ム世界転生

ダン活

~ゲーマーは[ダンジョン就活のススメ]を〈はじめから〉プレイする~

REINCARNATION IN THE GAME WORLD DANKATSU

Lv.
06

はじめから
▷ つづきから
オプション

ニシキギ・カエデ
イラスト:朱里

TOブックス

REINCARNATION IN THE GAME WORLD

DANKATSU

GAME ADDICT PLAYS "ENCOURAGEMENT FOR JOB HUNTING IN DUNGEONS" FROM A "NEW GAME"

PRESENTED BY KAEDE NISHIKIGI
ILLUSTRATED BY SHURI
PUBLISHED BY TO BOOKS

Lv. 06

イラスト:朱里　デザイン:沼 利光(D式Graphics)

ギルド GUILD エデン

名前 NAME	ゼフィルス	人種 CATEGORY	主人公	男

職業 JOB	LV	
勇者	55	迷宮学園一年生

HP	338/308	MP	638/538

STR 攻撃力	200	VIT 防御力	200	INT 魔力	200
RES 魔力抵抗	200	AGI 素早さ	200	DEX 器用さ	30

ゲーム〈ダン活〉の世界に転生。リアル〈ダン活〉に馴染んできて、もう完全にゲームをプレイしている気分で楽しんでいる。ギルド〈エデン〉のメンバーと共に、Sランクギルド——学園の頂点を目指す。

名前 NAME	ラナ
人種 CAT.	王族/姫	女
職業 JOB	聖女
	迷宮学園一年生

我儘だが意外と素直で聞き分けが良い王女様。ゼフィルスの影響で、恋愛物語が大好きな夢見る少女から、今はすっかりダンジョン大好きなダンジョンガールに。

名前 NAME	シエラ
人種 CAT.	伯爵/姫	女
職業 JOB	盾姫
	迷宮学園一年生

代々優秀な盾職を輩出してきた伯爵家の令嬢。類まれな盾の才能を持ったクールビューティ。色々抜けているゼフィルスやギルド〈エデン〉を影からサポートすることが多い。

名前 NAME	ハンナ
人種 CAT.	村人	女
職業 JOB	錬金術師
	迷宮学園一年生

ゼフィルスの幼馴染で錬金術店の娘。命を助けられたことでゼフィルスを意識している。生産職でありながら、戦闘で役立ちたいと奮闘中。趣味は『錬金』と〈スラリポマラソン〉。

名前 NAME
エステル
人種 CAT.
騎士爵/姫　女
職業 JOB
姫騎士
迷宮学園一年生

幼い頃からラナを護衛してきた騎士であり従者。一時期塞ぎ込んでいたラナを笑顔にしてくれたとゼフィルスへの忠誠をグッと深め、鋭意努力を重ねている。

名前 NAME
ケイシェリア
人種 CAT.
エルフ　女
職業 JOB
精霊術師
迷宮学園一年生

最強になることを目標に掲げるエルフ。知識欲が強い。エルフをスカウトするのに必要なプレゼントアイテムを自ら持参した猛者。

名前 NAME
ルル
人種 CAT.
子爵/姫　女
職業 JOB
ロリータヒーロー
迷宮学園一年生

子爵家の令嬢。幼女のような外見をしているがゼフィルス達と同じ迷宮学園一年生。可愛い物が大好き。自称ぬいぐるみ愛好家。

名前 NAME
セレスタン
人種 CAT.
分家　男
職業 JOB
バトラー
迷宮学園一年生

国王の命令で勇者の付き人となった執事。ゼフィルスの身の回りの世話以外にもギルド〈エデン〉の書類仕事や資金運用、他のギルドとの折衝等々、仕事もテキパキとこなす。

名前 NAME
リカ
人種 CAT.
侯爵/姫　女
職業 JOB
姫侍
迷宮学園一年生

侯爵家令嬢。モデル体型の高身長でキリっとして凛々しい。ゼフィルスの事は頼りになる仲間だと思っている。可愛い物が大好きで、ぬいぐるみを愛でるのが趣味。

名前 NAME
カルア
人種 CAT.
猫人/獣人　女
職業 JOB
スターキャット
迷宮学園一年生

傭兵団出身で猫の獣人。童顔で小柄で華奢。ぼーっとしていて、大事な話でも余裕で忘れ去る。優しくて面倒も見てくれるゼフィルスが好き。好きな食べ物はカレー。

名前 NAME
ヘカテリーナ
人種 CAT.
公爵/姫　女
職業 JOB
姫軍師
迷宮学園一年生

公爵家令嬢。〈エデン〉からスカウトを受け、【姫軍師】に転職。交渉ごとなどが得意で、ゼフィルスが右腕にしようと画策している。

名前 NAME
パメラ
人種 CAT.
分家　女
職業 JOB
女忍者
迷宮学園一年生

元々ラナの隠れた陰の護衛だったが、無事【女忍者】に就いたためラナが〈エデン〉に誘った。

名前 NAME
シズ
人種 CAT.
分家　女
職業 JOB
戦場メイド
迷宮学園一年生

元々ラナ付きのメイドだったが【戦場メイド】に就いたためラナが〈エデン〉に誘った。ラナ大好きであるが、エステルとは違いちゃんと自重している。

名前 NAME	
ミストン所長	
人種 CAT.	街人 / 男
職業 JOB	???
	研究所所長

長年、職業（ジョブ）の発現条件について研究している。学園長とは割と仲が良い。

名前 NAME	
フィリス先生	
人種 CAT.	侯爵 / 女
職業 JOB	上侍
	ダンジョン攻略専攻・戦闘課教員

迷宮学園卒業生の美人新任教師。ゼフィルスのクラス教員。学園長である祖父に無理を言ってでも職に就いたため、やる気は十分。

名前 NAME	
マリー先輩	
人種 CAT.	街人 / 女
職業 JOB	魔装束職人
	迷宮学園二年生

Cランクギルド〈ワッペンシールステッカー〉のメンバー。先輩なのに学生と思えないほどの幼児体型。独特ななまり口調があり商売上手。あとノリが良い。

名前 NAME	
キリちゃん先輩	
人種 CAT.	侯爵 / 女
職業 JOB	??? / 迷宮学園三年生

Aランクギルド〈千剣フラカル〉のサブマスター。身長は高く、スラリとした美少女。実力は高く、ゼフィルスの知識チートを朧気ながら見抜いた眼力を持つ。

名前 NAME	
ガント先輩	
人種 CAT.	街人 / 男
職業 JOB	クラフトマン / 迷宮学園三年生

職人気質で不愛想。彫金屋で店番をしていた。

名前 NAME	
ヴァンダムド学園長	
人種 CAT.	公爵 / 男
職業 JOB	??? / 学園長

学園を統括する大貴族。サンタと見間違えるほど白い髭をたっぷり伸ばし、がっちりとした体型のご老公。

名前 NAME
〈幸猫様〉

神棚の主こと正式名称〈幸運を招く猫〉の設置型アイテム。ギルド内に飾るとギルドメンバーに『幸運』が付与される。そのあまりの効果に、〈ダン活〉プレイヤーからは、崇め奉られ神棚に置かれてお供えをされている。

第1話　これが我らのギルド、〈天下一大星〉だ！

「ゼフィルス！　我らは貴様の不当な扱いから脱却を宣言する！」

「ふふ、僕たちは決して屈しはしません、どれだけ屈辱を味わっても」

「そうだ！　あんな横暴、許してはならない！」

「俺様たちは貴様を倒し、自由をこの手に掴むのだ！」

横並びに整列した、すでに見慣れたクラスメイトたちがまったく身に覚えの無い事を口走り始めた。

せっかく強くなれるよう訓練したというのに、どうしたんだ突然？

「ゼフィルス！　そこで我らは貴様に〈ギルドバトル〉を申し込む！　逃げることは許されないぞ！」

代表してサターンが前に出た。その口上はまるで宣戦布告のようだ。

なんでこうなったんだ？

思い出すもまったく心当たりが見つからなかった。

今日は5月13日月曜日、初となる中級ダンジョンの攻略と、新しい仲間リーナの加入を祝い宴会をやった翌日だ。

昨日はあれから大変だった。女子たちが俺が動けなくなるまで食わすものだから帰れなくなったのだ。

結局その場に〈やわらか簡易マット〉を敷いてギルド部屋で夜を明かすことになってしまった。

何気にギルドで夜を明かしたのは初めてだったな。

朝早く起きて部屋に帰り、シャワーと着替えをしなければならなかったから若干寝不足だ。睡眠耐性付きの料理アイテムが食べたい。でも料理アイテムって高いんだよなぁ。美味いけど。

〈耀きの恐竜ステーキ〉は残り少ししかないので取っておきたい。我慢するかぁ。

そんなこんなで少しゆっくりめに部屋を出て、学園に向かった。

うっかりゆっくりしすぎて走っても遅刻確定の時間だったので、初めて〈陰陽次太郎〉からドロップした1人乗り移動用アイテム、〈セグ改〉を使って登校してしまったよ。

いやあ、朝遅くて誰も居ない道をセグウェイで疾走するのは楽しかった。

〈セグ改〉のおかげでギリ遅刻せずに滑り込んだクラスにはまだフィリス先生はいなかったのでホッとした、のも束の間だった。

いきなりサターンを始めとするクラスメイト4人が俺の前に並んだのだ。

そして冒頭に戻る。

こいつらのリーダーは【大魔道士】のサターン。ちょっとピエロ似の面白い男だ。

続いてサターンの右隣に立つ長い髪を一つに結んで後ろに流している剣士風の男子がジーロン。

サターンの左横に立っている鉞（まさかり）を担いだ姿が似合いそうな木こり風の男子がトマ。

トマの隣に立つラグビー選手並みに肩幅が広く筋肉質な戦士風男子がヘルクだ。

４人は俺のクラスメイトで、最近平日は彼らの要望でよくダンジョンに彼らを鍛えに行っていた。彼らも泣いて喜ぶほど熱中していたのを覚えている。（ゼフィルスの視点です）

やっぱり心当たりは無いなぁ。

「あなたたちぃ、朝礼を始めますよ〜、席についてくださいね」

俺が首を捻っていると後ろに人の気配がした、言わずもがなフィリス先生だ。

本当にギリギリだったな。危ない危ない。

俺は何事も無かったように席に座り、今日の授業がまた始まったのだった。

「うぉいゼフィルス！　貴様、朝我らが言ったことを忘れたのではあるまいな⁉」

「え？　……なんだっけ？」

「ふふ、ふふふふふ。僕は、こんな屈辱などに、負けない……‼」

「くそう！　こんな横暴をいつまでも許しておいていいのか！」

「俺様を忘れるなよ！　あれだけハッキリ言っただろう⁉」

確かに朝何か言っていた気がしたけど、若干眠かったのと遅刻寸前だったのとですっかり耳を通り抜けてしまったのだ。

でも大丈夫。俺とこいつらの仲だ。聞き逃してしまったことはまた聞けば良い。

「悪い悪い、もう一度聞いて良いか？」

「ぐっ、いいだろう。もう一度言ってやる。全員横に並べ！　最初からだ！」

「あ、そういうのはいいから簡潔に言ってもらえるか？　じゃないと休み時間なくなっちゃうからさ」

「ぐうぉぉぉぉ！」

現在お昼時間。俺は相変わらず食堂のメニュー全制覇の旅を続けていて、まったりと教室に帰ってきたところだ。

残りの休み時間は5分と無い。次の授業の仕度もあるので手早く済ませてもらいたかったのだが、なぜかサターンが苦しみの声を上げた。大丈夫だろうか？　もしかしたら昼食を食い過ぎたのかもしれない。俺も昨日は苦しかったから分かるのだ。

「放課後だ……。放課後にまた宣言してやる！　首を洗って待っているがいい！」

そう言い残し、サターンたちは席に戻っていった。

放課後……。ああ、多分ダンジョンの事だろう。

おそらくまた鍛えてほしいとお願いしに来たに違いない。

プライドが高いからなぁ彼らは、きっと素直になれなかったんだろう。よし、今日もビシバシ鍛えてやるかな。ちょっとハードめにしても良いかもしれない。

「うお⁉　なんだ今の寒気は⁉」

そんな事を計画していたので、前方の席の4人が寒気に震え上がっているのに俺は気が付かないのだった。


そして放課後。

「行くぞゼフィルス！　付いてこい！」

「おいおいどこ行くんだ。初ダンはこっちだろ？」

「貴様やっぱり忘れているだろう！」

サターンたちがなぜか初ダンとは別方向に向かうので引き留めると、サターンの顔が怒りに染まった。

どうやらダンジョン関係では無いようだ。

やってきたのは〈ギルド申請受付所〉。

ギルドの登録や加入の手続きをしたり、ギルドバトルの申請なんかが出来る部署だ。俺も昨日リーナの加入手続きのために来た。１日ぶりだ。

いったいこんなところで何を？　いや、まさか？

「おいサターン。俺はすでに〈エデン〉のギルドマスターだから掛け持ちは出来ないぞ？」

「違うわ！」

俺をギルドに誘う気かと思ったのだがどうやら違うらしい。

「いいだろう。もう一度宣言してやる！」

「あ、あまり大きな声は出さないようにな。他の人に迷惑だから」

「くそぉ！」

サターンが歯を食いしばって何かに耐えるような仕草をする。

血管に怒りマークが浮き出ていてちょっと怖い。

「ふふ、ふふふふ。サターン、ここは僕に任せてもらいましょう」

「くっ、ジーロン」

ジーロンに言われ、若干苦虫を噛み潰したような顔をしつつも素直に下がるサターン。

確かにジーロンは冷静沈着で声を荒げるイメージは無い。良い人選だろう。

「ふふ、ハッキリ言いましょう。ゼフィルス、僕たちとギルドバトルをしなさい。そして僕たちが勝てばあの拷問まがいな訓練から、いいえあなたの訓練自体から脱却します」

拷問まがいな訓練ってなんのことだろうか？　まったく身に覚えがないのだが？

「拷問まがいの訓練なんてしてないぞ？　勘違いじゃないか？」

「き、貴様……！　俺にあれだけキツいダンジョン攻略や訓練をさせておいて身に覚えがないだと!?」

「俺様たちを訓練に強制連行したことや、指示に従わなかったら罰則と言ったことを忘れたのか！」

身に覚えがなかったため聞き返すと、後ろに控えていたトマとヘルクが憤った。

しかし声は抑えめだ。静かに叫ぶとは器用な真似をする。

施設で大声は人の迷惑になるからな。

だが、うーむ？

確かに言ったが、それはこいつらのせいでもある。

だってこいつらパーティ戦なのにまったく連携しようとしないんだぜ？

しかも敵がこちらより少ない場合は獲物の取り合いだ。唯一ヘルクだけは自分の役割（タンク）を分かっていたようだが、他のアタッカー3人はてんでダメだった。目の前の敵をただスキルの大技で倒すことしか考えていなかった。

ま、その辺ちゃんと矯正しておいたけどな。（それが原因じゃね？）

確かに【大魔道士】【大剣豪】【大戦斧士】の魔法とスキルは高位職のため非常に優れている。強力な魔法『メガフレア』が二段階目ツリーで開放されるのは高位職だけだ。

要は職業(ジョブ)自慢である。

つまり、この先まったく役に立たない。全滅して強制送還される彼らの図がバッチリ見えた。ギルドメンバーの育成でそのことを学んでいた俺は、こりゃいかんと彼らにも教えることにしたのだ。正しい役割(ロール)というやつを。

ちなみに罰則は大した事は言ってない。せいぜいスクワット20回とか腕立て伏せ30回とかその程度のものだ。それで拷問とか言い出したら〈公式裏技戦術ボス周回〉でもっとたくさんの戦闘をこなしている〈エデン〉は何だと言うのだ。

首を捻る俺に顔を引きつらせたジーロンが言う。

「ふふ、確かにあなたは強いのでしょう。クラスでもトップの実力を持っているというのも、……………認めましょう」

「すごく認めたくなさそうだな」

「ですが、だからと言って僕たちを支配できるとは思わないことです！　クラスの平和は僕たちが守ります！　それを証明しましょう、このギルドバトルで！　いくらLv差があっても、ギルドバトルでは関係ありません。僕たちがいかに優れているか見せてあげます！」

いや、優れていないから教えていたんだが……。

というか、まるで俺がクラスを支配し牛耳っているような言い方はやめてほしい。そちらはまったく身に覚えがないのだ。ないよな？

俺が困惑して言葉が出ずにいると、後ろの３人も調子づくように続いた。

「そうだ！　クラスを引っ張っていくのは、世界一の【大魔道士】になると約束されたこのサターン様よ」

髪をかきあげながらサターンがフッと笑って歯をキランとさせて言う。

自分を様付けだと⁉　どう見ても自惚れているようにしか見えない。

「何を言っているんだ。クラスを引っ張るのは将来どんなモンスターも一撃粉砕する予定の最強の【大戦斧士】、このトマだろ？」

なぜかサターンにあわせて、こいつ力自慢か、というポーズを決めるトマ。

「俺様を忘れてもらっては困るな！　クラスを引っ張るのはいつだって守りに秀でるものだと決まっている！　全ての背中は俺様に任せろ、【大戦士】の俺様こそがふさわしい」

くるりと回り自分の背中を見せつけてくるヘルク。

なるほどその気概は買おう。タンクは確かにパーティでは最重要だ。

というかこいつらプライド高すぎじゃね？

へし折れても不思議ではないほどＬｖの高い人材が多く在籍するクラスなのにへし折れていない、とても頑丈なプライドに感心する。

何がここまで彼らを増長させるのか……。

まあそれは置いといて、

「つまり話を纏めると、俺に上に立たれるのは気に食わないからギルドバトルで負かしてマウントを取りたい、とそういうことか？」

「「「そういうことだ（です）」」」

「素直だな⁉」

認めやがったよ。いや、いいけどな。この世界は実力主義だし。

なんやかんや言っていたが、つまりはそういうことか。

……まあいいか。なんか楽しくなってきたし。俺とギルドバトルがしたいと言うのならやぶさかではない。

「あ、そういえばそっちのギルドはどうするんだ？　4人じゃ作れないだろ」

ギルドバトルとはギルド対ギルドのバトルだ。つまりサターンたちもギルドに入っていなくてはギルドバトルは出来ない。

そしてギルドは最低5人からだ。4人では登録できない決まりになっている。

「ふ、我等はすでに5人目の優秀なメンバーを迎え、ギルドに登録済みだ！　これを見ろ！」

サターンがそう言って取り出したのは〈学生手帳(スマホ)〉、その画面にはギルド〈天下一大星(てんかいちたいせい)〉という良く分からない名前が載っていた。

どうやらこれがサターンたちのギルド名らしい。

「ふふ、天下一。とても僕らにふさわしい響きです」

「俺たちは全員、大の付く特別な高位職。大だけは外せなかったぜ」

「俺様たちは迷宮学園に輝く期待の新星、間違いなく世に名を轟かすことになるだろうな」

なぜか勝手にギルド名の解説を始めるジーロン、トマ、ヘルク。きっと知ってほしかったのだろう、ちょっと分かる。

しかし、いつの間にか本当にギルドを作っていたのか。クラスメイトの門出だ！　お祝いの言葉を贈る。

「おお！　ギルド結成おめでとう！　なんだよギルド作ったのなら早く言えばいいのに、そしたらもうちょっとマシなお祝いできたのによ」

「ふふ、ありがとうございます。って違います、これで心置きなくギルドバトルが出来るということです」

「まだFランクだから練習ギルドバトルの項目しか選べないが、勝ち負けを決めるだけならば問題ない。やっと脱却できる」

「余裕ぶっていられるのも今のうちだぜゼフィルス。俺様たちが本気を出せば、たとえ【勇者】が相手であろうとも負けはしないのだ。自由はすぐそこだ」

何故かもう勝った気のクラスメイトたち。

どこからそんな自信が来るのか、ちょっと頭の中を覗いてみたいぞ。

「そういえば、その5人目はどこにいるんだ？」

「ふふ、今日はダンジョンでＬｖ上げをするらしいですよ」

勤勉！　こいつらもダンジョンに行けばいいのに。

「さてゼフィルス！　話はわかったな？　日時は週末の放課後――」

「あ、俺金曜日は臨時講師があるから無理なんだ。木曜日にしてくれるか？」

「……日時は木曜日の放課後。……待て今なんと言った？　臨時講師だと？」

それはともかくとして、少し揉めはしたのだが。

今週の木曜日、サターンたちのギルド〈天下一大星〉と〈エデン〉の練習ギルドバトルを申請したのだった。

やべ、俺ワクワクしてきた。練習とはいえギルドバトルだ！

心躍るなぁ。

ギルドバトルを受け付けた日の夕方、フラッとやって来たギルド部屋には、何人かのギルドメンバーの姿があった。

ダンジョンに行く約束をしているわけでもないし、ほぼ同じクラスなので集まりなおす必要は無いのだが、彼女たちの目的は別にある。

「うーん。このモチちゃんは何度抱いても飽きる気がしないな。柔らかさの中にモチッとした弾力があり、さらに心地よい反発力で強く抱きしめるほど気持ちいい」

「ん。最強は〈幸猫様〉だけど、〈モチちゃん〉は２番目に最強」

2番目は果たして最強なのだろうか？

まず目に付いたのは特大のモチッコ、それを思いっきりギューっと抱きしめているリカの姿だ。

そしてそんなリカごとカルアが背中から抱きしめて〈モチちゃん〉をモチモチしていた。

控えめに言っても尊い絵だった。本気でスクショ機能がほしい。

「はぁ。〈幸猫様〉成分が補充されていくわ。もう私、〈幸猫様〉が補充できないとやっていけないかもしれないのよ。ゼフィルスに〈幸猫様〉を譲ってもらえるよう交渉しないといけないわね」

「あのラナ様。悪いことは言いませんのでそれだけはおやめください、下手をすればギルドが割れてしまいます」

次に聞こえてきた恐ろしいセリフに俺の視線が反対側へ向く。

そこには神棚に飾られていたはずの〈幸猫様〉を抱きしめたラナがいた。今のセリフはラナか！

シズが窘(たしな)めていなければ戦争が始まっていたぞ！　というかまた〈幸猫様〉が⁉

そう、ここに集まっているのは放課後にぬいぐるみを愛でたい派の女子たちだ。

このギルド〈エデン〉のメンバーはなぜかぬいぐるみや可愛い物好きが多い。

今日はこの4人しかいないようだが、多ければ女子が全員参加している日もあるらしい。

そのおかげでギルド部屋は徐々にラブリー的ファンシーな部屋になってきている。

ぬいぐるみ専用の台やショーケースが置かれ、日を追うごとに少しずつぬいぐるみが増えていっているのだ。最初はシエラが買ってきた10体だけだったのが今は30体を超えていた。

このまま増え続けたらいったいギルド部屋はどうなってしまうのか、最近の俺の心配事だった。

「あ、ゼフィルスじゃない。どうしたのよ、あの〈プラよん〉たちとダンジョンに行ったんじゃなかったの？」

ラナの声に全員の視線が俺に向く。

「ああ、ラナさっきぶり。というか〈プラよん〉ってなんだ？　後〈幸猫様〉をこちらに渡そうか？」

「断るわ！」

「〈プラよん〉とはクラスでゼフィルス殿の前の席に座る4人のことです。自己紹介でのアレからクラスでは徐々にそう呼ばれてきていますね。直訳すると〈プライドが無駄に高すぎる4人組〉という意味になります」

ラナが〈幸猫様〉を抱き締めて拒否し、シズがすまし顔でそう答えた。

哀れサターンたち。まさかクラスメイトたちからそんなあだ名で一括り（ひとくくり）にされているとは、プライドの高い彼らが知ったら爆発するんじゃないか？

せめて俺だけはちゃんと名前で呼ぼうと思う。

「なるほど。あとラナ、〈幸猫様〉は絶対譲らねぇからな！」

「む～!!」

膨れても絶対ダメ！　これだけは言っておく。

それはともかくだ。ようやく本題に入る。

「そうだ、実は相談したいことがあってな、件の4人がギルドを作ったらしいんだ」

「へぇ」

ラナの反応は薄かった。

しかし、そんな反応も、次の言葉に一変する。

「それで俺たち〈エデン〉と練習ギルドバトルをしたいと言い出してな――」

「ギルドバトル!!」

ラナが食い気味に反応する。

そう、ギルドバトルだ。Eランク試験の時以来だな。

俺とラナの会話にそれまで傍観に徹していたリカとカルアも反応する。

「ゼフィルス、ギルドバトルをするのか？　参加者はもう決まっているのか？」

「出られるのなら、参加してみたい」

前回のEランク試験の時は2人ともたくさん練習したのに観戦席だったからな。

ギルドバトルは一度体験してみたいだろう。

俺もよくわかんない感じに挑まれたギルドバトルだったが、正直なところ今後の事を考えれば悪くないと思っている。経験的な意味で。

Eランク試験の時は結局参加できたのは5人だけだった。

今の〈エデン〉は13人、ギルドバトル未経験者が圧倒的に多い。

今後ランクを上げていくにあたってギルドバトルは必須だ。故に出来るだけ経験を積んどいたほうがいい。今回のギルドバトルは渡りに船だった。

本当ならメンバー同士での練習もしたいところだが、生憎アリーナにそこまでの空きはなく、いつでも練習できると言うわけではない。特に今の時期は。

またアリーナを一ギルドが使用するにはＱＰが多く必要になるのも利用できない理由の一つだ。

ちなみにクエストポイント、ＱＰと呼ばれるこれはギルドがクエストを達成した時などに学園側から貰えるご褒美的なものである。これを使う事でアイテムや素材と交換できるほか、学園施設の利用など、様々なものに使う事ができるが、詳しくは別の機会に語ろう。

そして、他のギルドと練習試合ならばＱＰが割り引きされるほか、時間や目的によっては優先的にアリーナを使わせてもらえることがあるのだ。

木曜日の放課後で予定を組んでしまったが、アリーナを使わせてもらえる許可が下りて良かったよ。

ちなみにＱＰは持っていないので、今回はミールで支払った。

ＦランクとＥランクの練習ギルドバトルの場合、お互いろくにＱＰを持っていないためミールでの支払いが許可されているのである。

その代わりランクが上がったら使えなくなる制度だけどな。

そんなわけで残り3日しかないので参加者を決めようと思ってここに来たのだが、今回はリカとカルアは確定で出てもらおうか。

「出来れば皆平等にギルドバトルを体験してもらいたいからな。今回はリカ、カルア、頼むよ」

「！　任せてくれ、きっと期待に応えてみせるぞ」

「やった。リカ、頑張ろう」

「もちろんだ」

リカとカルアが2人とも顔をほころばせながらハイタッチする。

特大のモチッコぬいぐるみを持っているのが少しシュールな件。

「ゼフィルス、私も立候補するわ！」

「いや、ラナは前回出たじゃないか」

「1回だけじゃない！　それにあのギルドバトル、とっても楽しかったのよ。あれだけじゃ全然足りないわ！」

そうかそうか！　分かるよラナ。超楽しかったよな！　そう言われるとラナを出したくなるぜ。

まあどうしてもダメと言うわけではないし、別にいいか。

「では私も、後学のために」

シズ、君もか。まあシズは初参加だしまったく問題はないけど。

そんなこんなで、ギルドバトル出場メンバーは決まった。

サターンたちはギルドバトル初心者だけど、手加減する気はない。

こちらも3人初心者がいるからきっと大丈夫だよね（？）。

第2話
学園・情報発信端末・誰でもチャット掲示板13

344 ：名無しの罠外3年生
聞いてくれ！
勇者の奴が美少女をさらって2人きりでダンジョン入りしたのを目撃したんだ！

---

345 ：名無しの盾士1年生
妄想乙。

---

346 ：名無しの商人1年生
そんな妄想、誰だってしているわ。

---

347 ：名無しの罠外3年生
え？
いやそれ詳しく聞いてみたいけど違うんだって。
本当、本当に見たんだって！

---

348 ：名無しの錬金2年生
黙りなさい。
今の私は憎き親衛隊に強制送還を食らって気が立っているの。
これ以上そんなうらやま、……勇者君の妄言を垂れるなら、潰すわよ。

---

349 ：名無しの罠外3年生
はい。自分の見間違いでした。
疲れ目、かなぁ……。

350 ：名無しの錬金2年生

目は労(いた)わりなさい。

351 ：名無しの剣士2年生

お、恐ろしいっす。
とても真実を言える空気じゃないっす……。

---

123 ：名無しの神官2年生

〈天下一大星(てんかいちたいせい)〉が〈エデン〉に練習ギルドバトルを挑んだ？
どこのギルドだそれ？

124 ：名無しの薬師3年生

どうやら勇者君が育てたギルドみたいなのよね。
ほら勇者君が平日クラスメイトと遊んでいたって目撃情報があったじゃない？
あれって勇者君が下部組織(ギルド)を作っていたんじゃないかって噂があってね。

125 ：名無しの錬金2年生

ちょっと待って！
それって確か〈戦闘課1年1組〉の子のみで構成されたギルドだったはずよ！
上級生からなぜか勧誘されない1組男子として
かなり有名な子たちだわ。

126 ：名無しの斧士2年生

詳しいな。
しかし、思い出したぞ。確か無駄にプライドが高い1年生がいた記憶がある。

127 ：名無しの神官2年生

ぐっ!?
過去の黒歴史が！
なぜ俺はあんなにイキがってたんだ！

128 ：名無しの錬金2年生

あー、いるわよね無駄にプライドが高くなる男子って。
大抵は身の程を知ってへし折れるかちょうどいい高さにカットされるんだけど。
たまに頑丈な子が現れるのよね。

129 ：名無しの大槍1年生

言い方が完全に木だな。まあその表現は分かる。
ほんと、にょきにょき伸びるんだ。
誰かに切ってもらわないとそのまま雲まで届きそうな勢いで伸びるから困る。

130 ：名無しの魔法使い2年生

男子は本校に入学するとすぐ増長するのだわ。
確かに狭き門を潜り抜けた達成感に酔うのは分かるのだけど……。

131 ：名無しの神官2年生

うおぉ、やめろぉ！
過去を、過去を思い出させないでくれ！

132 ：名無しの大槍1年生

神官さんにいったい何があったんだ。

133 ：名無しの斧士2年生

そっとしておいてやれ。
誰しもイキっちまったことはあるもんだ。

134 ：名無しの大槍1年生

お、おう。そうだな。

135 ：名無しの斧士2年生

それはともかく勇者が下部組織を作っているという噂は本当なのか？
もしそれが事実ならば、今年の上位成績者、〈戦闘課1年1組〉の
半数以上が〈エデン〉に加わることになるぞ。

136 ：名無しの冒険者2年生

学年最強のギルドを作るつもりかよ！
ヤバイ、マジで勢いが増してきてないかコレ？
勇者はどんだけ先を見通しているんだ。

137 ：名無しの大槍1年生

質問いいですか！
下部組織ってなんですか？
なぜそれを作ると〈エデン〉に加わることになるのでしょうか？

138 ：名無しの神官2年生

あー、そうか。1年生ならまだ実感は薄いよな。
えっとな、なんと言えばいいか。
下部組織っていうのはそれを作った親ギルドの加入見込みみたいな
認識なんだ。
または内定？　いかん、俺じゃ上手く説明できん。誰かヘルプー。

139 ：名無しの支援3年生

あとを引き継ごう。
ギルドには上限人数がある。
これを上回り加入させることは出来ないと校則で決まってはいるが、
この上限人数は増えることがある。
むろん、ギルドランクが上昇したときだ。
当然メンバーを勧誘するのだが、その時に下部組織から

メンバー入りをさせることでスムーズに補充することができる。
今回の事例で言うならば、勇者氏が作っている下部組織を
〈第2エデン〉とでも呼称しよう。そうなると〈エデン〉が
Dランクに上がるとき〈第2エデン〉と合流することができる。

---

140 ：名無しの神官2年生
さすが支援先輩！
やっぱり説明役なら支援先輩だぜ。

---

141 ：名無しの大槍1年生
え？　じゃあ下部組織は補欠メンバーみたいな感じなんですか？

---

142 ：名無しの支援3年生
その認識で間違っていない。
ギルドランクが上がる見込みのあるギルドはこういう囲い込みを
行うことが多い。
というよりどこのギルドでも同じようなことをやっているな。
上位のギルドに引き抜かれてメンバーが減ることもある。
そういうときにいちいちスカウトしていてはダンジョンに潜る
時間がなくなってしまうからだ。
また、上位のギルドの一部では下部組織の認識がかなり異なる。
本当の意味で補欠扱いなのだ。攻略が上手くいかない場合の保険
として多くの人材を囲っているという話だな。スタメン入りする
ために敢えて下部組織で実績を積む者もいるという話だ。

---

143 ：名無しの大槍1年生
はへ。
なんだか想像以上の情報が出てきてビックリしています。

---

144 ：名無しの神官2年生
ま、初めて聞くと驚くよな。
だが、ギルドの運営だって一筋縄じゃいかないのさ。

人数が減ればそれだけギルドは弱体化する。

Cランク以上のギルドなら1人抜けただけで致命的になる場合もあるんだ。

その保険として下部組織を作っておくのは悪くないんだぞ。

145 ：名無しの魔法使い2年生
付け加えるとギルドが負けたときの保険でもあるのだわ。
これはBランク以上の話になるのだけど、
もし親ギルドが負け、上限人数が減った場合、脱退者が出るの。
そのとき下部組織に受け入れさせれば脱退者が路頭に迷うこともないのだわ。

146 ：名無しの神官2年生
Bランク以上とか、まあ俺たちには縁の無い話ではあるが、
リベンジの機会とでも覚えておくといい。

またギルドランクが上がって返り咲いたときに下部組織さえあればメンバーも元通りだ。

下部組織が無ければメンバーは別のギルドに流れちまう。

そういう意味でも結構重要な組織なんだ。

学園からも黙認されているようなものだしな。

147 ：名無しの大槍1年生
なるほど。勉強になります！

ありがとうございます！

148 ：名無しの斧士2年生
それで結局、勇者のギルドはその〈天下一大星〉？　を吸収するつもりなのか？

というか、なんでギルドバトルなんて挑まれてるんだ？

149 ：名無しの支援3年生
まだ分からん。

おそらく調査のやつが調べていることだろう。
今は情報待ちだな。

---

150 ：名無しの薬師3年生
〈エデン〉に勝てる1年生のギルドなんているのかしら……。

---

151 ：名無しの錬金2年生
私はその〈天下一大星〉のメンバーのこと少しだけ知っているけど。
120%無理だと思うわよ。
だってプライドしかないもの。

---

152 ：名無しの神官2年生
ぐふっ!?

---

153 ：名無しの斧士2年生
おい、神官の奴がダメージ受けてるからやめてさしあげろ!?

---

154 ：名無しの冒険者2年生
それで〈エデン〉に挑んじゃったのか、
その冒険心は評価するが、彼らにその冒険はまだ早かったな。

---

155 ：名無しの斧士2年生
多分同じ冒険を冒険者がしても結果は同じだと思うのだが
気のせいか？

---

156 ：名無しの冒険者2年生
ごふっ!?

---

157 ：名無しの錬金2年生
ちょっとまって！
下部組織、その手があったわね！
潜入すればワンチャン……。

こうしちゃいられないわ、私これで落ちるわね！

---

158 ：名無しの斧士2年生

あいつ、どこ行く気だ。

---

159 ：名無しの王女親衛隊過激派

行かせない。

---

160 ：名無しの神官2年生

!!

---

611 ：名無しの神官2年生

おいおいおいおい、聞いたか！

〈戦闘課1年51組〉の女の子の件だ！

---

612 ：名無しの魔法使い2年生

当然なのだわ。

ちょうど今その話をしていたところなの。

まさか〈転職〉者が現れるなんて。

それも高位職の中でもさらに上位と言われている【姫軍師】が

現れるなんて、とても驚いているのだわ。

---

613 ：名無しの支援3年生

公爵家の【姫軍師】。

歴史の教科書によれば50年前まで実在したという伝説の職業（ジョブ）の

一つだな。

現学園長の先代に当たる方が保持していたと聞く。

〈王家の盾〉と呼ばれた【盾姫】と共に54年前のスタンピードを

食い止めた功労者の御一方だ。

614 ：名無しの魔法使い2年生

【盾姫】と【姫軍師】。
なんだか妙な感じね。
伝説の職業（ジョブ）がこんなに現れるだなんて。

615 ：名無しの冒険者2年生

それも、たった一つのギルドに集まっているんだもんな。
本当に何か起きる前触れみたく思っちまうぞ。

616 ：名無しの支援3年生

そう思うのもしかたない。
伝説と呼ばれる職業（ジョブ）には必ずそう呼ばれるだけの意味がある。
それは災害なのか、ダンジョンなのか、はたまたそれ以外なのか、
伝説の職業（ジョブ）がこの世に生まれるとき、必ず何かが起こっている。
しかし、結果を見れば必ず伝説が集まり、解決に導いている。

617 ：名無しの神官2年生

まるで物語の当事者だな。
それで、ツッコミたいことが山ほどあるんだが、
まず、なんでこの時期に転職者が現れたのか、だ。

618 ：名無しの錬金2年生

そんなの決まったようなものよ。
だって【姫軍師】がどこのギルドに加入したか知っているでしょ。

619 ：名無しの冒険者2年生

〈エデン〉だもんなぁ。
これ絶対裏で勇者が動いているだろ。

620 ：名無しの調査3年生

それは間違いなさそうなのよね。

621 ：名無しの剣士2年生

調査先輩が帰ってきたっす！

間違いなさそうとは、裏が取れたっすか!?

622 ：名無しの罠外3年生

ほら！　だから昨日見たって言ったじゃん！

あれはやっぱり勇者だったんだって。

勇者が【姫軍師】の子をダンジョンに連れて行くのを見たんだって！

623 ：名無しの錬金2年生

黙りなさい。

あれはあなたが見間違いって言っていたでしょ。

妄言者は引っ込んでなさい。

624 ：名無しの罠外3年生

ち、違うんだ、あれは言わされただけなんだよ……。

625 ：名無しの剣士2年生

これが日頃の行いってやつなんっすね。

罠外先輩の扱いに涙が出てくるっす。

626 ：名無しの調査3年生

話を戻すわね。

新しく〈エデン〉に加わった女子、【姫軍師】の子は、前日まで

確かに【大尉】だったというわ。

【大尉】は中位職ね。それで51組に在籍。

公爵家の息女が51組ということで色々あったみたいだけど、土日が

明けたらいつの間にか【姫軍師】。クラス中大騒ぎってわけね。

627 ：名無しの冒険者2年生

転職の成功者だからな。

そりゃあ大騒ぎだわ。

〈下級転職チケット〉利用者なんてまずそうはいないし。

628 ：名無しの魔法使い2年生
Lvがリセットされるものね。
スキルも魔法も消滅。力も抜けてしまって、
今まであったものがなくなる喪失感がすごいって聞いたことがあるのだわ。

629 ：名無しの支援3年生
それだけではない。

今まで職業（ジョブ）を得て築いてきた全てのものがなくなるのだ。

生半可な覚悟では転職はできない。

たとえ高位職になれるとしてもだ。

630 ：名無しの調査3年生
でも、転職したわ。

しかも先日まで確かに現れていなかった高位職に。

とはいえ考えてみれば運命の日からまだ2週間経っていないわ。

今転職するのであれば損害も軽く済むのかもしれないわね。

631 ：名無しの神官2年生
だがそれは、高位職が発現していたら、の場合だ。

2週間前に測定したとき高位職なんて項目はなかったんだろう？

まだたったの2週間だぜ？　どうやってその短い期間に高位職を発現させ、そして転職チケットを使うことができたのか、そこが抜けている。

632 ：名無しの冒険者2年生
確かにそこは謎なんだよなぁ。

中位職以下なら誰しも最初は転職したいと考える。

でも職業（ジョブ）の条件を満たすのは難しい。だから皆〈覚職（かくしょく）〉したてでは転職はできない。

次第に月日は経っていき、自分の職業のことを受け入れて、
自分の一部となっていくんだ。それが普通だ。

633 ：名無しの調査3年生
ということで誰かが誘導した可能性が高いと落ち着くわけね。
まあ十中八九勇者君だろうけど。

634 ：名無しの剣士2年生
通報されてたって聞いたっす。
なにやったんすか勇者さん。
いや知っているっすけど。

635 ：名無しの神官2年生
あれが真の勇者だ。想像する勇者の動き、そのものだ！

636 ：名無しの盾士1年生
くっ、妄想がはかどるわね。

637 ：名無しの商人1年生
お、同じく。私も強引に連れ出されてみたい。

638 ：名無しの錬金2年生
私も……。く、なんで1年生ばっかり！
これじゃますます勇者君とお近づきになる機会が減るわ！
誰か防げる子は居ないの!?

639 ：名無しの盾士1年生
当然阻止したいです。私が身代わりになるわ！
本音はお近づきになりたいです。

640 ：名無しの商人1年生
口説いてほしい。

641 ：名無しの調査3年生

は、話が前に進まない……。
それだけの話題なのは分かるけど……。
まあいいわ。とにかく勇者君が何かしたかもしれないって
ことだけは伝わればいいかしらね。
じゃ、私は次の調査があるから失礼するわね。
まだ〈エデン〉にギルドバトルを挑んだ〈天下一大星〉についてが
途中なのよ。
じゃね。

642 ：名無しの神官2年生

あ！　調査先輩!?

643 ：名無しの剣士2年生

……行ってしまったっす。

644 ：名無しの支援3年生

か、肝心なことを伝えていかなかったぞあいつ。
間違いなさそうって、間違いないと言い切ってない。
あとその理由、どういう事だ？

645 ：名無しの冒険者2年生

え？　調査先輩が確証なし？
つまりこの騒ぎの真相はなぞのままってことなのか？

第3話　朝礼で大型クエスト発表！　対象はEランクな。

ギルドバトルを約束し、メンバーが決まった翌日。今日は火曜日だ。

昨日の件について他のギルドメンバーにも通知したのだが、やっぱりギルドバトルをやってみたかったメンバーが多かった。というか女子は全員やりたがっていた。

ギルド部屋にいたメンバーですでに決まったことに落胆していた様子だったが、次練習するときは絶対参加させるという約束でなんとか事なきを得た。

セッティングをどうしようか……。これは未来の俺に任せるとしよう。

それはともかく、朝の教室では何故かサターンたちが余裕の貫禄を見せていたのが妙に気になる。なんだろう、勝者の貫禄か？　すでに勝った顔になっているのは気のせいだろうか？

そんなことを思っていると今日も朝礼が始まる。

「――あとお知らせです。Eランクのギルドに学園から大型クエストが来ているわ。このクラスでは〈エデン〉と〈マッチョーズ〉が受けられるから、詳細を〈学生手帳〉で確認してもらって、受ける気があれば申請しておいてね。大型クエストは成功すればたくさんQPがもらえるけど、競争率が高いから良く考えてから決めるのよ？」

壇上のフィリス先生から大型クエストについての連絡があった。

――――学園クエスト。

〈ダン活〉を攻略する上で学園クエストは欠かせない。

学園側から出される依頼を達成すると〈ＱＰ〉と〈名声値〉がもらえる仕様で、主にギルド単位で受けることができる。

ギルドランクが上がればそれだけ難易度の高い依頼を受けることができるようになり、達成すれば報酬もガンガン上がっていくのだ。

名声値の説明はいいだろう。これが上昇するとスカウトの幅が広がるが、リアルだとすでに有って無い様なものだ。嬉しい誤算だった。

ということで、リアルで最も重要なのはＱＰだ。

学園クエストかぁ。今までダンジョン攻略優先で進めてきたが、そろそろクエストも進めて行きたいところ。

このポイントは学園側からの報酬や褒美として与えられ、様々な素材やアイテム、資源、装備、設備などと交換することが出来る。アリーナなどの学園施設の利用もこのポイントで支払う仕様だ。

ゲーム時代はこのポイントを使ってギルドハウスの設備を充実させてもらったり、他ギルドにポイントを使って依頼を出したりすることも可能だった。

素材やアイテムに関しても、購買に並ばないようなレア素材や〈上級転職チケット〉などと交換できるためクエストは積極的にやったな。

満足にダンジョンアタックの出来ない平日の放課後なんかにクエストを達成し、土日はダンジョンをこなす。こんな感じのスケジュールをよくやっていた。

また、ギルドが〈ランク戦〉をやるときなどにもＱＰは必要だった。

上のギルドほど結構デカイ額が要求されるので、暇なときはとりあえずＱＰを稼いでいたっけ。

ただ、リアル世界だと〈上級転職チケット〉の入手が非常に厳しく、交換のラインナップに並んでいないようだ。また上級ダンジョン以上で手に入るドロップ品などは軒並み全滅だった。中級ダンジョンのレア素材などは結構充実していたが。

そんなことを思い出していると、俺の前に座っている〈プラよん〉たちが一斉に手を上げた。なんだ？

「先生！　なぜ我らのギルド〈天下一大星（てんかいちたいせい）〉は対象外なのですか！　納得がいきません！」

「でもあなたたちのギルド、Ｆランクでしょ？」

「ぐぅ!?」

サターンが抗議するがフィリス先生に一蹴されていた。

しかし、そんなことではあきらめないのが〈プラよん〉。

「ふふ、僕たちを舐めないでいただきましょう」

「俺たちだって1組だ、たとえランクはＦだろうとも実力は負けてはいない」

「俺様たちを忘れてもらっては困るぜ」

どこからその自信が来るのか、彼らが不敵に微笑んでいる様子が鮮明に思い浮かんだ。

フィリス先生もちょっと困った顔だぞ？

「でも、このクエストね、中級下位ダンジョンの依頼なのよ。あなたたち、今のＬｖはいくつなの？」

おっとーフィリス先生が強烈な一言を放ったー！　秘技、子どもに向かって「僕いくつ？」である。これはたまらないダメージを受けたのでは!?

Ｌｖを聞かれたサターンたちが見事にピシリと固まり、そして震えていた。プルプルである。

「ぐぅ……」

はい！　ぐうの音いただきました！　フィリス先生の勝ち！

結局、その後サターンたちは沈黙し、朝礼が終了したのだった。

今日も授業をこなし、放課後。

俺はリーナと共に職員室に向かっていた。例の大型クエストを受けるためだ。

本当は〈学生手帳〉から申請も出来るのだが、色々リアルのクエストについて先生に聞きたいこともあるので直接聞きに行こうと思ったのだ。

「ゼフィルスさん、本日はわたくしを付き添いにお誘いいただいてありがとうございます。わたくしゼフィルスさんに誘っていただけて、とても嬉しいですわ」

「いや、この後リーナに用事があっただけで付き添いには誘っていない気がするんだが？」

俺の記憶では〈学生手帳〉のチャット機能を使ってギルドでクエストをすることに決まったとき、「じゃあ俺が職員室に行って受けてくるよ」「あ、一緒に行きますわ」こんな感じのやり取りがあったような気がするが……。気のせいだっただろうか？　まあ、リーナは俺に代わって指示出しやメンバーの育成などにも協力してほしくてスカウトしたので、俺のやり方を見てもらうのは良いことだ、と納得することにした。

一応この後、新しいメンバーとなったリーナのＬｖを10に上げると共に、指導役として色々詰め込む予定も立てている。所謂勉強会（ダンジョン編）というやつだな。

「ふふふ。そうだったでしょうか？　でも教室は今とても騒がしくて、待っていられる所ではありませんの。あなたのせいですわよ？」

そう言って流し目で見てくるリーナ。

その妖艶な視線にドギマギする。とても綺麗です。

「いや、まあ。あそこまで大騒ぎするものとは思わなくて、な」

「もう、ゼフィルスさんは認識が甘甘さんですわ。わたくし、昨日も今日もクラスの人たちにずっと囲まれっぱなしでしたのよ？　転職をどうやって成功させたのだとか、どうやって短期間にＬｖを上げたのかとか、色々質問攻めにあいましたわ。もちろんお答えは濁しましたけれど」

「でも、転職して良かっただろ？」

「それは、もちろんですわ。おかげでこうして〈エデン〉に加入し、ゼフィルスさんの役に立つことが出来ています。今では神様の思し召しではないかと思っているくらいですわよ？」

それはさすがに大げさだ。

だけど、喜んでもらえているようで良かったよ。

正直言ってあの時は少し強引すぎたなぁとは思っていたんだ。

だけど、お嬢様と2人っきりでダンジョンに行き、短時間で転職の条件を満たすには押せ押せするしか無かった。説明している時間が惜しかったんだ。

説明してもし警戒されたら話が進まなくなるし。というか初めて会う男子と2人っきりでダンジョンとかお嬢様なら普通は警戒してしかるべきだし。

相手に考える暇を与えないくらい、もう姫を攫うくらい強引に進めるのがベストだったと、今振り返ってもそう思う。

そして結果はご覧の通り、大成功である。

通報された時は肝が冷えたけどな……。誰だ通報したのは！　なお、いつも通り誤報ということで事なきを得た。

「だけど付いてきても暇だぞ多分」

「暇でもいいですわ。一緒に行きますの」

「いや帰って装備整えてくれれば？」

放課後は〈初心者ダンジョン〉行くんだけど？

まあ、〈初心者ダンジョン〉周回なんて学生服でも行けるが。

〈初心者ダンジョン〉は短いので放課後の少ない時間でも余裕で攻略可能だ。

またリーナの今のLvは8だそうだ。後1回か2回の周回でLv10に届くな。

日曜日の時点でLv7だったが、昨日のうちに一つLvを上げたらしい。やる気に満ち溢れている。

一応助言したつもりだがこのお嬢様はまったく気にした様子も無く話を変えた。

「そういえば、ゼフィルスさんは何をしに職員室へ行くのです？　クエストを受けるだけでしたら〈学生手帳〉で済みますわよね？」

「いや、大した理由は無いんだけどな」

学園クエストを受けるのは初めてなため詳しい説明を受けに行くのだと告げる。

「なるほど、ではその話、わたくしも聞いておいたほうがよろしいですわね」

彼女の職業はサポート系でも最高峰に近い【姫軍師】だ。

主にギルド単位の活動でその真価を発揮する。

学園クエストはギルド単位のクエストになるので、確かに【姫軍師】はいた方がいいかもしれないが……、リーナが聞いても多分無駄になってしまうと思う。

「大型クエストは中級下位ダンジョンのレアモンスターの素材確保だからなぁ」

今回学園が出した大型クエストだが、中級下位ダンジョンの一つ〈倒木の大林ダンジョン〉で出てくる〈ゴピップス〉というレアモンスターが落とす素材の納品だった。

レアモンスターなため非常に出にくく、故に大型クエストで多くのギルドに探してもらおうという魂胆だな。人海戦術だ。

一応参加しただけでも報酬をもらえるがこちらは微々たるもの。しかし狩りに成功し素材を納品できれば大量のＱＰがもらえる。一攫千金だな。

フィリス先生が「成功すれば」と言っていたのはそういうことだ。

まあ、レアモンスターなので血眼（ちまなこ）になって探す人は少ないだろう。会えたらラッキー程度の感覚でいた方がいい。思いっきり時間をかけて探したけれど結局見つからなかったなんてザラだからな。まあ、こちらには〈幸猫様〉が付いている。案外簡単に見つかるかもしれないので参加はする予定だ。

つまりだ、職業（ジョブ）Ｌｖが10にも至っていないリーナではＬｖ不足なんだよなぁ。目的地、中級下位（チュウカ）、入場制限Ｌｖ40からだから……。

「う、確かにまだわたくしではお手伝いは出来そうにありませんが、後学のためにも聞いておいたほうがいいと思います」

「そっか。じゃあ頼む。今後指示出しなんかもリーナに頼む予定だしな」

「はい！　わたくしまだ未熟ではありますが頑張ってお役に立ちますわ！」

「その意気やよし、だ。本当にこの前よりだいぶ明るくなったなリーナ。今の方が魅力的だと思うぜ」

「ええ！　もう、ゼフィルスさんったらお上手なんですから。でもありがとうございますわ」

リーナが気合いを入れる姿が魅力的でつい口が滑ってしまった。

リーナは頬に手を当てて照れている様子がプライスレス。俺の口よくやった！

と、リーナとやり取りをしているうちに職員室に到着。ここもなんだか来慣れてしまったな。

〈初心者ダンジョン〉の予約をするたびに訪れていたからだろう。

「失礼します。〈戦闘課1組〉ゼフィルスです」

「同じく〈戦闘課51組〉のヘカテリーナです、失礼いたしますわ」

挨拶をしてから職員室に入り、勝手知ったるでフィリス先生の元へ向かう。

ちなみにこの校舎には1年生しかいないので自分のクラスを言うだけでいい。

「あら、ゼフィルス君、ヘカテリーナさんも、いらっしゃい」

「お久しぶりですわフィリス先生」

リーナとフィリス先生は以前にも面識があったようだ。雰囲気からしてさほど親しいわけではなさそうだが、知り合い程度かな？

「お忙しいところすみませんフィリス先生にいくつか聞きたいことがありまして」

「いいわよ。ちょうど一段落したところだから何でも聞いて」

許可を得たので予め用意していた事を聞いておく。

ゲームでの納品クエは、帰還したときに〈中下ダン〉にいたゼゼールソンさんみたいな説明役の方に素材を渡して達成扱いだったが、細かな描写はカットされていたのだ。

そのためちゃんと聞いておく必要がある。

ポイントの方も使用するときはギルドハウスや購買などの一部で使用可能だったが、リアルではギルドハウスにいてどうやってポイントを使うの？って話である。

ゲームでは、「ここに設備を置きますか？（1200QP）」などと表記され、「はい」を押すと自動で1200QPを支払って設備が出来上がる仕様だった。「設備完成まで残り2日」などと表記されて2日過ぎるといつの間にか完成しているアレだ。

ゲームならではだが、リアルではまったく異なるだろう。異なるよな？

フィリス先生には悪いが、〈ダン活〉のデータベースと言われた俺に穴があればそれは大変なことなので、しっかり聞かせてもらった。

うん、やはりゲームとはだいぶ違う仕様だったな。脳内でゲームとリアルの差し替えを行う。ウィーン。差し替え完了。データベース更新、完了しました。

「もう、大丈夫かしら？」

ちょっと聞きすぎたようだ。なんだかフィリス先生も少し疲れた顔をしていた。すみません。

「あ、そうだわ。学園長からつい先ほど〈エデン〉宛てに依頼が来たのよ」

「……学園長から、ですか？」

はて？　なんだろうか？

「ええ。何でもギルド〈エデン〉にしか頼めない内容だそうよ」

そう言ってフィリス先生は２枚の書類を渡してきた。

確認すると、そこにはこう書かれていた。


〈学園長クエスト〈ビリビリクマリス〉の各種素材を納品してもらいたい。詳細は別紙記載〉
・〈六森(ろくもり)の雷木(いかずちもく)ダンジョン〉のレアボスを複数体討伐する。
・〈ビリビリクマリスの大毛皮〉×20、〈ビリビリクマリスの雷斬爪〉×30、〈ビリビリクマリスの銀髭〉×10、〈ビリビリクマリスの大魔石〉×2、の納品。
・期限：〈5月19日（日）まで〉

・報酬：〈QP：20万P〉。

〈学園長クエスト〈最上級からくり馬車（王族用）〉を作製し、納品してもらいたい〉
・ギルド〈エデン〉が使用している物と同じタイプの〈最上級からくり馬車〉を学園に納品してほしい。
・期限：〈今月中〉
・報酬：〈QP：30万P〉。

俺はそのクエストとQP額にビックリした。


学園の長、学園長から直々の依頼。

なんだろうと軽い気持ちで覗いてみたら、レアボスを複数体倒さなくては手に入らない数の納品依頼が書かれていた。

〈エデン〉にしか頼めないという言葉付きで。

おう。ボスを狩りまくっていることがバレてるぜ。

まあ、マリー先輩のところに売りまくってたし、いつかはバレると思っていたので問題ない。

しかも、高速キャリー馬車までご所望だ。ダンジョン攻略に使うのかな？

いや、王族用ということは献上目的なのかもしれない。

しかし、今それは置いておこう。

「少し確認なのですが、馬車の項目に、〈エデン〉が使用しているとありますが、同じタイプの物を作って納品、という意味でよろしいですよね？」

とりあえずこれだけは真っ先に確認しておかなければならない。

〈サンダージャベリン号〉を納品するという意味ではないよね、という確認だ。

「ええ。作製し、納品と書いてありますからその認識で間違いないですよ」

フィリス先生の言葉にとりあえず安心する。新品をご所望とのことだ。

入学して1ヵ月半、とうとう学園側も〈公式裏技戦術ボス周回〉の実態に迫ってきたぜ。

しかし、直接〈公式裏技戦術ボス周回〉を教えろではなく、こうして依頼して来ているのだから好感が持てる。

ラノベなんかだと権力に物言わせて無理矢理にーって感じのイメージだが、少なくともリアル〈ダン活〉はそうではないのだ。

内容は、中々にタイトであるが。

また、頼んでくるということはまだ〈公式裏技戦術ボス周回〉は完全にバレてはいないのだろう。知っていれば自分でやればいいし。

さて、〈公式裏技戦術ボス周回〉についてだが、まず俺は今のところ誰にも教える気はない。

これが露呈すればダンジョンの最奥は狩場と化すだろう。どう考えても狩場の取り合いで争いが起きることは火を見るより明らかだ。攻略だって滞るだろう。

公開するのなら何かしらのルールを敷く必要がある。番人だって必要になるだろう。

ああ、だから学園側も踏み込んでこないのかもしれないな。

大混乱は目に見えているのだから、それは学園の本意ではない、ということか。

ふむ。それを踏まえてこの依頼をどうするかだな。

一度、学園長とは話し合いが必要かもしれない。

もう一度依頼書を見てみる。

正直言ってかなりタイトな内容だ。普通は不可能である。

だが、逆に言えば普通じゃなければ不可能ではない、ということだ。

そして〈エデン〉は、普通ではない。

〈公式裏技戦術ボス周回〉に掛かれば両方とも不可能ではないだろう。

なら、とりあえず考えてみよう。

まずは〈ビリビリクマリス〉素材の納品からだ。

〈六森(ろくもり)の雷木(いかずちもく)ダンジョン〉は中級下位ダンジョンの一つなのでEランクギルドの俺たちなら問題無く行ける。ただ名称の通り〈雷属性〉を多用してくるため注意が必要だ。〈雷属性〉は〈麻痺〉の状態異常を誘発するからな。対策を練る必要がある。

そしてレアボス〈ビリビリクマリス〉。

名前から察しているかもしれないが、こいつは初級下位(ショッカー)のボスだった〈クマアリクイ〉の同型だ。

クマみたいなリスである。どんなリスだよ、である。

俺は〈ビリビリクマリス〉の戦闘風景を思い浮かべる。

誰がメンバーなら勝てるだろうか？

ハンナは今回こそ無理なので選手交代する必要がある。さすがにレアボスクラスはハンナでは無理だ。間違いなく戦闘不能になる。

だけどそうすると拗ねるかもしれないんだよなハンナ。

俺たちに付いていきたいって頑張っているから、少し可哀想に思う。

ふむ、何かしら俺たちに役立つ類いのアイテムでも作ってもらおうかな。

そうすればハンナも一緒に戦ったことにできる……はさすがに苦しいか？

でも対抗アイテムは作ってもらおう。中級のレアボスが相手だ、備えあれば憂い無しである。

ハンナの事は、また本人にも相談しておくかな。

ヤバいな、途中から思考がハンナに行った。修正修正。

次に納品素材の項目を見る。

納品素材の合計数は62個か。

基本的にレアボスからのボス素材ドロップは10個だ。宝箱も倍ならドロップも倍落ちる。その代わり道中のザコモンスターのドロップは落ちない。

ボスは部位破壊などでドロップが1個増えるが〈ビリビリクマリス〉に部位破壊は無いので10個だな。最低7周回しなくてはならない。7回で全部の規定数を満たせるわけ無いので実際はもっと増えるだろう。というかどれだけ増えるか分からない。

そして期限を見る、日曜日までと書かれていた。

今日が5月14日火曜日なので残り5日しかない。

残り5日でレアボスの素材を62個納品。確かに〈エデン〉にしか頼めないことだろう。

というか〈笛〉がこの前3個追加ドロップしたから良かったものの、もし2個しかなかったら〈エデン〉でも厳しかったかもしれないぞ。というか3個追加ドロップした事は誰にも言っていないので多分学園長も知らないと思われる。

しかし、報酬は〈20万QP〉だ。

これは大盤振る舞いである。

何しろ先ほどの大型クエストの参加報酬が〈100QP〉、成功報酬が〈2万QP〉しか貰えないのである。Eランクギルドにとって、〈2万QP〉でも一攫千金などと表現されるくらい高額報酬なのだと言えば、〈20万QP〉がどれだけ大盤振る舞いなのか分かってもらえるだろうか？

ちなみにQPはミールに換金こそできないが、
そのレートは1QP＝1000ミールくらいと言われている。

20万QPなら2億ミールと同価値だ。5日で2億を稼ぐ仕事である。そりゃ無茶振りも分かる。つまり日給4000万、日本ならそんな仕事絶対やりたくない。週末は死んでるんじゃないだろうか？

普通は絶対無理だからこそ、この数字なんだろうな。

だんだん学園長の意図が見えてきた気がする。

ちなみにだがFランクの平均報酬は500QP程度。

Eランクの平均報酬が１５００ＱＰくらいである。

Dランクになれば平均報酬は1万ＱＰくらいと言われている。とはいえこの数値は平均で、実際はピンからキリまでかなりの差がある。Cランク並みに稼ぐDランクも少なくない。

逆に言えばEランク並しか稼げないDランクも多いというわけである。

EランクまでとDランクの差が凄いけど、実力主義のこの世界では仕方ないな。

暗に早くDランクまで上がってこいと言っているようだ。

まとめると、提示されている報酬は大きいので逃すのは惜しい。

しかもこれ、交渉次第ではもっと増やせる可能性が高いのではなかろうか？

受けても良さそうだよな。


次に〈最上級からくり馬車（王族用）〉の作製納品クエストを見る。

〈エデン〉が使っているあの〈サンダージャベリン号〉と同じタイプをご所望である。

なんて贅沢な。いや、俺が言っちゃいけない。

さて、これもレアボス素材が必要だ。〈ビリビリクマリス〉に比べたら少ないが。

前回は4周回分、40個のレアボス素材を使って作製した物である。しかも〈陰陽次太郎〉の攻略は結構クセがあるのでしっかり連携できるメンバーでないと攻略が難しい。少なくとも〈プラよん〉では絶対無理だ。

また最大の問題はこの〈からくり馬車のレシピ〉である。

〈金箱〉産レシピ、これは非常に価値が高い。作れるかは別にして。

実はこの世界には馬車装備が少ない、というよりまったくと言っていいほど使われていない。偶然それを知ったので調べてみたのだが、どうもこの〈からくり馬車のレシピ〉は俺が初のドロップ者であるらしい。

いや、もしかしたら歴史の中で誰かが持っていたのかもしれないが、少なくとも記録には残っていなかったのである。

まあ、ナイト系など何かしらの特殊なカテゴリー持ちじゃないと扱えない特殊な装備なので、今まで日の目を浴びていなかったのかもしれないが、なんとなく腑に落ちない気もする。

しかし、それによって希少度が跳ね上がっているのは事実だ。というか〈エデン〉の独占状態になっていた。

報酬もそれを加味しているのだろう。なんと〈30万QP〉である！

〈からくり馬車〉を作製して納品するだけでこのポイントはヤバい。超ヤバい。

さすが〈金箱〉産レシピ。絶対に手放したくない。

もし定期的に納品クエストが来るようになれば……ふはは！　おっと想像したら笑いが出てしまった。

これがレシピを独占するということか。

さて報酬の件だが、確かに数字だけ見ると悪くは無い。むしろ良い。

何しろ達成報酬は合計で〈50万QP〉だ。先ほど受注した大型クエストの報酬が霞んでしまう。

あれ、受注したっけ？

あ、してないや。むしろもうどうでもいいや。

こほん。しかし、この学園長クエストを受けるかどうかは学園長と話してから決めよう。俺は学園長室に向かうことにした。

第4話
学園・情報発信端末・誰でもチャット掲示板14

555 ：名無しの斧士2年生

それで結局、〈エデン〉が〈天下一大星（てんかいちたいせい）〉と合流するという話はどうなったんだ？

---

556 ：名無しの冒険者2年生

いや、まだ調査先輩は帰ってこない。
現在進行形で調べているはずだが、事実ならやべえよな。
何しろ今年は異常な強さを持つ〈戦闘課1年1組〉。
その半分以上が同じギルドに在籍するんだ。
マジで最強のギルドを作るつもりかよ。

---

557 ：名無しの神官2年生

1組はその課で最も優秀な成績を出しているエリートクラス。
授業の質も他のクラスに比べてトップレベルだ。
何しろ副担任があの〈轟炎のラダベナ〉にムカイ先生というメンツだぞ。
普通にヤバイ。

---

558 ：名無しの支援3年生

さらに担任は学園長先生の孫に当たるフィリス先生だ。
学園側も〈戦闘課1年1組〉に相当注目しているな。

---

559 ：名無しの狸盾1年生

質問です！
〈轟炎のラダベナ〉先生は聞いたことあるのですが、

ムカイ先生とはどなたでしょう？

---

560 ：名無しの支援3年生

入学したてじゃ知らないのも無理はない。

---

561 ：名無しの神官2年生

さすが支援先輩だ。

質問に対する反応が早い。

---

562 ：名無しの支援3年生

うむ。

ムカイ先生は過去上級下位(ジョーカー)の一角を攻略したギルドに在籍なされていた傑物の1人だ。

そして〈轟炎のラダベナ〉教諭がダンジョンで活躍なさっていたとき、裏方で最大限バックアップされていたのがムカイ先生だ。

我ら〈支援課〉の大先輩に当たる。支援のプロフェッショナルだ。

---

563 ：名無しの狸盾1年生

そうなんですか!?

そんな方がいらっしゃったなんて初めて知りましたですよ！

というか、〈轟炎のラダベナ〉先生って上級下位(ジョーカー)攻略者の1人だったのですか!?

---

564 ：名無しの支援3年生

正確には攻略に導いたギルドのメンバーだな。
ダンジョンのフィールドは人数制限がほぼ無いに等しい。
いくつものパーティーがレイドを組んで挑戦することが可能なのだ。
というより上級ダンジョンではそもそもレイドを組まないと
危なくて進む事も困難らしい。
まあ、あまり大人数で行くとそれに比例してモンスターやフィールドボスも強化されてしまうので、実際には攻略できる上限人数は
決まっているがな。

当時上級下位（ジョーカー）にはとあるSランクギルドが総勢50名を動員し攻略に挑んだ。
ギルドは本命となる5名を温存し、見事最奥まで到着、送り届けることに成功した。
そして選ばれた5名は激闘の末に最奥のボスを見事撃破に至ったのだ。

---

565 ：名無しの狸盾1年生
おおー!!　すっごいです！
ではその送り届けたメンバーが!?

---

566 ：名無しの冒険者2年生
〈轟炎のラダベナ〉とムカイ先生と言うわけさ。

---

567 ：名無しの神官2年生
なんでそこで冒険者が言う!?

---

568 ：名無しの剣士2年生
支援先輩の役目を取っちゃダメっす!?

---

569 ：名無しの斧士2年生
冒険者、最後の最後で持っていきやがった、だと？

---

570 ：名無しの支援3年生
だ、大丈夫だ。我は気にしていない。

---

571 ：名無しの神官2年生
ちょ、一人称！
むっちゃ気にしているでしょ!?

---

572 ：名無しの剣士2年生
支援先輩お気を確かにっす！

573　：名無しの冒険者2年生

やっべ。ごめんなさい支援の先輩！

574　：名無しの狸盾1年生

あわわ！

575　：名無しの支援3年生

いいんだ。こういうことはままある。

次からは気をつけてくれたら良い。

576　：名無しの神官2年生

おお！　支援先輩がかっこいい。

577　：名無しの剣士2年生

大人の対応っすね！

憧れるっす！

578　：名無しの斧士2年生

それで、なんの話をしていたんだったか？

579　：名無しの神官2年生

上級下位（ジョーカー）を攻略したギルドの話だろ？

もう20年以上も前の話だが、未だにその後の上級下位（ジョーカー）の攻略者はゼロだ。

当時どれだけ力を入れていたかわかるな。

そういえばなんて言うギルドだったんだ？

580　：名無しの魔法使い2年生

私たちが生まれて来る前の話だものね。

でもちゃんと教科書に載っているわよ？

ちゃんと勉強しなさいな。

581 ：名無しの支援3年生

ギルド名〈キングヴィクトリー〉。
現国王様が学生だったときに率いていたギルドだな。
当時、現国王様は後継者争いの渦中に居られたそうだ。
そしてこの快挙が決定打となり、国王様は晴れて王になったのだ。

---

582 ：名無しの魔法使い2年生

歴史の教科書に大々的に載っているわね。
確か、今のSランクギルドの一つ〈キングアブソリュート〉も
上級下位（ジョーカー）の攻略を目標にしていたはずよ。

---

583 ：名無しの調査3年生

そうね。ギルドマスターの王太子殿下が大々的に発表しているわ。
学園側もかなり協力的みたいね。と言っても結構スパルタなのだけど。
少し前に行われた〈千剣フラカル〉とのギルドバトルも学園が
絡んでいるみたいよ。

---

584 ：名無しの剣士2年生

あ！　調査先輩が帰ってきたっす！
おかえりなさいっす！

---

585 ：名無しの神官2年生

え、調査先輩それマジ!?
え？　じゃああのギルドバトルって作為的なものだったのか!?
〈キングアブソリュート〉に花を持たせよう的な!?

---

586 ：名無しの調査3年生

勘違いしないで。スパルタって言ったでしょ。
あのギルドバトル自体お互いのギルドは本気でやりあったみたいよ。
Aランクギルドに敗北するようでは先はない、ということでしょ。
学園側はギルドバトルを依頼し、人を呼び集めただけみたいね。

587 ：名無しの冒険者2年生

スパルタすぎる!?
王族っていうのも大変だな。あの大衆の前でAランクギルドと
ギルドバトルして勝たなきゃあかんなんて、俺には絶対に無理だ。
負ける自信がある。そしてポッキリ折れる。

588 ：名無しの斧士2年生

それで、可能性はありそうなのか？
〈キングアブソリュート〉の上級下位(ジョーカー)攻略は。

589 ：名無しの調査3年生

正直な話、少し前まで可能性は低そうだと見込まれていたみたいよ。
〈キングアブソリュート〉は当時の〈キングヴィクトリー〉に比べて
上級職の人数的な面がかなり不足しているのよ。
このままでは卒業までに上級下位(ジョーカー)攻略は不可能だとも言われていた
そうよ。
そんな背景もあって、攻略に反対するメンバーも出てきて攻略の
準備すら満足に進められていなかったのよ。上級ダンジョンで全滅
すれば、〈救護委員会〉は救助にいけないから。

590 ：名無しの斧士2年生

ふむ？　その言い方だと、今は可能性があるのだな？

591 ：名無しの調査3年生

研究所と勇者君のおかげでね。

592 ：名無しの冒険者2年生

高位職か！

593 ：名無しの神官2年生

なるほど。今年は1年生の高位職持ちが一気に増えた。
育成が間に合えば、上級下位(ジョーカー)の攻略も夢ではない？

594　：名無しの調査3年生

それもあるのだけど、もっと耳寄りな情報があるわ。

〈キングアブソリュート〉が学園長に何とか〈ダンジョン馬車〉を入手できないかと掛け合っているという話があるの。

595　：名無しの支援3年生

そうか〈ダンジョン馬車〉！

ということは本格的に〈キングアブソリュート〉が上級下位（ジョーカー）の攻略に乗り出したのか！

596　：名無しの冒険者2年生

おお!?　いつも冷静沈着な支援先輩が興奮している!?

597　：名無しの調査3年生

支援はムカイ先生に憧れていたからね。

上級下位（ジョーカー）攻略という言葉に熱くなっているのよ。

598　：名無しの神官2年生

へぇ。支援先輩にこんな熱い魂があったなんて。

599　：名無しの支援3年生

こほん。自分だって熱くなる時もある。

それで調査よ、〈キングアブソリュート〉の準備はどこまで進んでいる？

攻略はいつから始める予定なのだ？

時期的に、夏の帰省の時期は公務が目白押しだ。

今から準備をして上級下位（ジョーカー）の攻略は間に合うのか？

600　：名無しの神官2年生

おお、あの支援先輩が……本当に熱くなっているんだな。

601 ：名無しの魔法使い2年生

レアな光景ね。

602 ：名無しの調査3年生

6月の始めには攻略を開始する予定らしいわ。

装備がまだまだ貧弱だから各所からかき集めているという話ね。

全体のLv上げもあるから、上層のクリアに1ヶ月半を予定しているとの事よ。

ギリギリ、帰省の時期に間に合う計算ね。

603 ：名無しの支援3年生

思ったよりずいぶん早いな。

なるほど。

ということは2学期から中層か？

Lv的に上層なら今の状態でも突破だけは可能だろうが、中層からは一気に難易度が上がる。

故にLv上げは必須。夏の帰省までに全体の足並みを揃えておきたいところか。

604 ：名無しの調査3年生

2学期が始まった時点でまだ中層にも届いていないならかなり厳しいわね。

だから今かなり無理して準備を進めているらしいわ。

1年生も、有用そうなのはバンバン下部組織（ギルド）に入れているって話ね。

下部組織（ギルド）が1年生を育て、2学期には本隊に合流させるつもりらしいの。今の〈キングアブソリュート〉本隊は37人しかいないから。

605 ：名無しの支援3年生

そして3学期までに攻略完了を目指す、か。

聞くかぎり、〈ダンジョン馬車〉さえあれば様々な方面で役に立つだろうしな。1年生を育てるのも楽になるだろうし、攻略にも役に立つ。

となると、今の時期が重要だな。

どれだけ早く、そして十分に準備ができるかが肝心だ。

後は1年生か。光る原石をいかに早く、そして多く吸収する事も重要になってくるな。

---

606 ：名無しの調査3年生
多ければ多いほどいいわね。

上級進出できる子だと、上位の組の子かしら。

1組とか？

---

607 ：名無しの冒険者2年生
待て待て、確か勇者が最強のギルドを作るために1組クラスメイトを吸収しているという噂があっただろ。不味いんじゃないか？

---

608 ：名無しの斧士2年生
まさか、〈エデン〉と〈キングアブソリュート〉が人材の取り合いで衝突する？

---

609 ：名無しの調査3年生
いいえ、調査したところによればそれはデマだったわ。

勇者君が初めて野良パーティを組んでダンジョンに挑んだために
生まれた噂だったみたいね。

というより〈天下一大星〉が勇者君に大きく反発しているのよ。

ギルドバトルも、どうやらその反発心や対抗心からきているようね。

あとプライドが凄い高かったわ。今までいろんな人に出会ったけれどあんなにプライドが頑丈な人たち、初めて見たわよ。

---

610 ：名無しの冒険者2年生
デマだったのかよ！

というか調査先輩が驚くほどのプライドって何だ？

あと勇者って確か〈エデン〉としかパーティ組まないんじゃなかったっけ？

611 ：名無しの賢兎1年生

そんなことないみたいですよ。
私ダンジョンで勇者さんとクラスメイト4名を見たのですが、
とても楽しそうにしていました。あれは多分遊んでいるだけですね。
楽しそうでした。

612 ：名無しの支援3年生

ふう。そういうことか。
勇者氏の行動は注目されすぎて、たとえ何もなくても何かあったと
勘ぐられているようだな。

613 ：名無しの斧士2年生

なるほど。
名士の弊害ってやつか。

614 ：名無しの神官2年生

じゃあ勇者が〈戦闘課1年1組〉のクラスメイトを〈エデン〉に吸収
する気はないんだな？　これ以上高位職が増すことは無いんだな？

615 ：名無しの賢兎1年生

それは知りません。勇者さん次第じゃないですか？

616 ：名無しの神官2年生

そりゃそうだ！

617 ：名無しの冒険者2年生

しかし、〈エデン〉はどこまで強くなるきなんだ？
下手をすればガチで〈エデン〉VS〈キングアブソリュート〉が
勃発するぞ。
もし〈キングアブソリュート〉が負けたら洒落にならない。

618 ：名無しの調査3年生

ま、その辺は学園の采配に任せましょ。
でも、これからも〈エデン〉と〈キングアブソリュート〉の動向には注意しておくわね。

---

619 ：名無しの神官2年生

さすが調査先輩頼りになります！

---

198 ：名無しの支援3年生

ついに〈キングアブソリュート〉が上級下位（ジョーカー）攻略の準備を始めたことで学園中が慌ただしくなっているな。

---

199 ：名無しの神官2年生

びっくりだわ。
昨日の今日だぜ？
俺のギルドにも軽くだが問い合わせがあったって聞いたし、
本当に動き始めたんだって実感したわ。

---

200 ：名無しの魔法使い2年生

私のところにも依頼が来たのだわ。
学園側からだったから名前は出さなかったけど、おそらく
〈キングアブソリュート〉関係の依頼で間違いないわね。

---

201 ：名無しの薬師3年生

学園もかなり協力的ね。
20年以来の快挙になりそうだもの。
聞けば多額の支援も行なっているって話よ。

---

202 ：名無しの支援3年生

学園と〈キングアブソリュート〉は持ちつ持たれつの関係だ。
以前のギルドバトルのように学外から多くの企業を集めるため、

言い方は悪いが客寄せのために〈キングアブソリュート〉を利用することもあれば、今回のように〈キングアブソリュート〉が学園に支援してもらう場合もある。
だが、今回は〈キングアブソリュート〉も本気なのだろう。今まで貯めた財貨を放出するいきおいで各所に依頼を出しまくっているようだな。

---

203 ：名無しの冒険者2年生
こんだけ規模が大きくなるんだから今まで攻略を渋っていた人がいたというのもわかるな。
大事になりすぎてる。

---

204 ：名無しの神官2年生
それな。
〈キングアブソリュート〉って上級下位(ジョーカー)攻略のために立ち上げたギルドのはずなのに反対派がいるのはおかしいと思ってたんだ。
だけどこんな大事になるなら、まあ分からなくもないな。
まず動くミールの額からしてやべぇ。

---

205 ：名無しの冒険者2年生
なのに俺のギルドに依頼が来てなくてもっとやべぇ。
なぜだぜ!?

---

206 ：名無しの錬金2年生
それはね、あなたが弱いからよ。

---

207 ：名無しの冒険者2年生
ぶはっ!?

---

208 ：名無しの剣士2年生
冒険者さん!?　大丈夫っすか!?

209 ：名無しの神官2年生

錬金のやつ、バッサリいきやがったぜ。

事実だけど。

210 ：名無しの支援3年生

こほん。

反対派が出ていた理由はそれだけではないんだがな。

211 ：名無しの斧士2年生

無理矢理、軌道修正をしたな。

というと？

212 ：名無しの支援3年生

うむ。

前回上級下位（ジョーカー）攻略がなされたときは王位継承の渦中にあったことは前に話したと思う。

しかし、今回王位は王太子殿下が継ぐとほぼ決まっているのだ。

つまり上級下位（ジョーカー）攻略はただの箔付けでしかない。王位継承とは直接結びつかないのだ。

213 ：名無しの冒険者2年生

あー、そうだったな。

だけど現国王様が攻略したんだから、王太子も攻略しないと、

舐められる、のか？

俺には難しくてよく分からん。

だが、聞いた話ではあの〈千剣フラカル〉とのギルドバトルも

反対派を抑えようとしたパフォーマンスの一種だったらしいな。

214 ：名無しの神官2年生

まあ、攻略してほしいというのが本音だろうけどな。

俺もその辺の感覚はよく分からんけどさ。

だがなるほどな、あのギルドバトルは実力のアピールの場だったのか。

215 ：名無しの斧士2年生

復活したか冒険者。タフだな。

216 ：名無しの魔法使い2年生

それはともかくとして、大量のQPは美味しいわよね。
何に使おうかしら。

217 ：名無しの支援3年生

そうだな。施設の利用、設備の増築も悪くない。
シングルオークションもQPで参加、購入できる。
これもありだろうな。
Lvや最高到達層を更新したければ他のギルドに依頼し、
傭兵を雇ってダンジョンを攻略するのもいいだろう。
エクストラダンジョンに入ダンさせてもらうのも手だな。あそこは
QPを支払う以外では入れん。学生の時しか利用できないから
貴重な体験になるだろう。
将来の職を探したければ学園側に企業の紹介を依頼するのもいいな。
魔法使いが腕を上げたいならば、王宮魔道師団の訓練に
参加させてもらえるよう推薦状を依頼するのもありだと思うぞ。
QPさえあれば、学園はあらゆるコネを使って希望を叶えてくれる
からな。よく考えるといい。

218 ：名無しの神官2年生

さすが支援の先輩。すらすら出てくるな。
多すぎて何に使うか逆に迷うんだけど。

219 ：名無しの魔法使い2年生

本当ね。
というか学外のことまでQPで叶えられるの？

220 ：名無しの支援3年生

QPは学園の褒美だからな。

それに就職の紹介はしてもらえても推薦まではしてくれない、
などの制限もある。
しかし、できるだけ良い場所への就職を考えるならば、QPを使い、
学園の協力を依頼するやりかたが一番賢いだろう。
コネは最大限使うべきだ。せっかく〈迷宮学園・本校〉に籍を
おいているのだからな。
まあ使うコネが難しくなるほどQP額は高くなるが。
しかし、逆に言えば大量のQPを得た今がチャンスである！

---

221 ：名無しの冒険者2年生
きゅ、QPを持ってない人は？（震え

---

222 ：名無しの錬金2年生
話を続けて支援先輩。

---

223 ：名無しの冒険者2年生
お願い！　見捨てないで!?

---

224 ：名無しの錬金2年生
やかましいわ冒険者。
口を閉じなさい。

---

225 ：名無しの神官2年生
最近の錬金は荒れてるなぁ。

第5話　姫軍師の交渉術。学園長室は公爵家の城にあり。

「フィリス先生ありがとうございました。早速詳しい話を聞きに学園長室に行ってきたいと思います」

「わかったわ。学園長に連絡するから少し待っていただけるかしら？」

やっと考察から帰還した俺はフィリス先生にそう答えると、学園長にアポイントを取ってもらえることになった。ありがたい。

「悪いリーナ、ちょっと用事が長引きそうだ。なんだったら今日の予定は明日に回しても――」

「いいえ。わたくしも付いていきますわ、付いて行かせてくださいまし。もちろんその後の勉強会も致しますわ」

さすがにこれ以上待たせるのは悪いと思ったので今日の予定を明日に移す提案をしようとしたら食い気味に遮られてしまった。

どうやらリーナは学園長室にまで付いて来ようとしているらしい。

学園長室が怖くは無いのだろうか？

俺はゲーム時代、何度も入ったことがあるので平気だが、普通の学園生活で学園長室に入るのは怖いと思うのだが。リーナは肝が据わっている。

と、そうこうしているうちにフィリス先生が戻ってきた。

「連絡が取れたわ。今学園長はちょうど学園長室にいらっしゃるみたいだから来ても構わないそうよ」

「ありがとうございますフィリス先生。早速行ってきます」

「いってらっしゃい。失礼の無いようにね？」

無事アポイントも取れたようなのですぐに学園長室へ向かって移動した。

「あの、ゼフィルスさんにお尋ねしたいことがあるのですが」

「ん？　言ってみ？　俺が知っている事なら答えてやれるぞ」

移動中、リーナが困ったような顔をして質問してきたので聞く態勢になる。

「では、御言葉に甘えまして、学園長室ってどこにあるのですか？　わたくし初めて行きますの」

ずっこけそうになった。

知らなかったのかい！

聞いてみると、リーナは入学から運命の日まで発現条件の訓練に最大限注力していたため、学園の施設等はほとんど行ったことがないのだそうだ。

学園長とは話したこともあったようだが、その時学園長室には行かなかったとのこと。

学園長室に関しては確かに、〈学生手帳〉で調べなくちゃ書いてないからな。これは仕方ない。

「学園長室はこの迷宮学園の中心地に聳える〈ダンジョン公爵城〉の2階にある。ほら、あそこに見えるあれだ」

そう言って俺は指さす。その先には、ここは学園なのに城がそびえ立っていた。

レンガで造られた西洋風のその城は、〈ダンジョン公爵城〉。中心地にある城なので別名〈中城〉

なんて呼ばれたりしている。

学園の中心地にある、公爵家領主の城だ。

〈迷宮学園・本校〉は学園長が領主をしている関係上、学園都市の中に領主が住んでいる仕様だった。

当然学舎が立ち並ぶ中、一際異質な城は注目の的だ。

あんなに目立っているのに、なぜ知らんのかと俺がずっこけそうになった理由である。

「まあ、イヤですわ。あれが領主様の城だっただなんて、無知な自分が恥ずかしいです！」

そう言ってリーナは真っ赤な顔を両手で隠していやいやする。

なんだか、あざと可愛い。

「まあ、聞くは一時の恥、聞かぬは一生の恥って言うし今知って良かったんじゃないか？」

「うぅ。はい。ですがゼフィルスさんにおバカな子と思われてしまったかもしれません。お願いですからそんな風に思わないでくださいませ」

「いや、別におバカな子とは思ってないぞ、ちょっと天然入っているかもとは思ったが」

「天然……。うぅ。なぜか友達からもたまに言われていました。ゼフィルスさんは天然入っている女の子はお嫌いですか？」

「あ、着いたな。ちょっと入場の手続きをしてくるから待っていてくれ」

「あ……、うう、残念です」

話しているうちにいつの間にか到着したので手続きのためにリーナを置いてその場を離れる。

ここは〈ダンジョン〉と名前は付いているが実際はダンジョンではなく領主の城である。つまりは職場だ。故に入場するのにちょっとした手続きが必要らしい。

城の門を守っている兵士風の方に近づいて声を掛ける。

「すみません、先ほど連絡致しました〈ダンジョン攻略専攻〉〈戦闘課1年1組〉のゼフィルスです。学園長クエストについて詳しいお話を聞きたく参上しました。学園長へお取り次ぎ願えますか？」

「おお。しっかりとした学生だ。話は聞いているぞ。まずは中で待つと良い、公爵様の準備が整い次第呼ぶからな」

そう言って兵士風の人が指示を出すと、門がガァァと重い音を響かせて開いた。この演出もゲームであったなぁ。

重い扉が開く時、ちょっと緊張するのはなんでだろうな？

近くに居たリーナを手で来い来いして一緒に中に入る。

中は豪華なホールだった。4階部分まで吹き抜けとなっており、中央には見事なシャンデリアが耀いている。

おお、シャンデリアとか直接目で見たのは初めてだけど、なんか引き込まれそうなほど綺麗と感じた。美しさの引力が凄い。ゲームではこんな迫力は無かったからかもしれないな、あの時は背景の一部みたいに感じていたし。

「ゼフィルスさん、迎えが来ましたわ」

「ん？」

リーナの声に我に返ると目の前にはスーツ姿の女性が立っていた。

ピシッとしたクールな秘書という印象を抱く出で立ち。

「ゼフィルス様、ヘカテリーナ様ですね？　あちらの部屋でお待ちくださいませ」

「それには及ばんよ」

「……御領主様」

クール秘書さんが案内しようとしてくれたところに2階から声が響いた。

見上げると立派なサンタ髭を拵えた、入学測定の時にも見た学園長が立っていた。

「ちょうど区切りが良かったからの。ゼフィルス君、ヘカテリーナ嬢、良く来たの。さ、学園長室に来ると良い。ミス、案内を頼むの」

「かしこまりました御領主様」

そう言って学園長は奥に消える。あっちは俺の記憶通りなら学園長室があるはずだ。

「ではゼフィルス様、ヘカテリーナ様。御領主様の準備が出来たようなのでご案内致します」

「はい。よろしくお願い致します」

待たされること無く学園長室に通してもらえるようだ。ラッキーだぜ。

クール秘書さんの後ろに付いていき、学園長室の前まで案内してもらう。

「到着いたしました。中で御領主様がお待ちです。――御領主様、お客様をお連れいたしました」

「うむ、入るといい」

中から学園長の許可が聞こえ、クール秘書さんが扉を開いてくれたので入室する。

「久しいの。ゼフィルス君と呼ばせてもらっても良いかの？」

「お久しぶりです学園長。はい、構いません」

「うむ。そしてヘカテリーナ嬢、話は聞いておるぞ、良き出会いがあったようじゃな」

「その節はお世話になりましたわ学園長先生」

「その様子なら心配は無用なようじゃ。ほっほっほ」

まずは挨拶。

リーナも自分が職業（ジョブ）の発現条件で悩んでいたときに相談に乗ってもらったらしく、運命の日以降も気に掛けてもらっていたらしい。リーナの晴れやかな表情を見て学園長も朗らかに笑う。

挨拶が済むと学園長室の全体が目に入ってきた。

一瞬で豪華という言葉で埋め尽くされるような品の数々。

中央には長テーブルとソファーが置かれ、部屋の四隅には学園のエンブレムの旗が飾られている。

俺から見て両端には壁を埋め尽くす勢いで棚が置かれ、いくつものトロフィーやエンブレムが飾られていた。

これは全てこの学園で優秀な成績を残して卒業していった学生たちのものなのだとか。

卒業記念にこうしてギルドエンブレムなどを学園に納めていく学生は多いらしい。

そしてテーブルの向こう側には社長なんかが使っているイメージの豪華なデスクが設置され、学園長が座っていた。

ちなみにここ〈ダンジョン公爵城〉は領主の城ではあるが、基本的に学生が領主様を呼ぶ時は学園長と呼ぶのが通例だ。

ただし、とあるイベント時、ここではなく3階の当主の部屋に通された時のみ御領主様と呼ぶ決まりがあったりする。その時はこんな学生に向けるような優しい目では無く、当主としての視線を浴びせてくるぞ。

閑話休題。

「まずは座りなさい」

「はい。失礼いたします」

「失礼いたしますわ」

学園長に勧められソファーに座ると、テーブルを挟んで向かい側の席に学園長が腰掛けた。

そこに、ここまで案内してくれたクール秘書さんがお盆を手に現れお茶菓子を置いていく。一体いつの間に用意したのだろうか？

それが終わりお茶を頂くと、学園長が世間話を始めた。

「ゼフィルス君の事はフィリスからよく聞いておる、誠に素晴らしい優秀な学生だとの。またギルドの活動も非常に精力的で、すでに中級下位ダンジョンを攻略しているとも聞いておるぞ」

「ははは、ダンジョンは楽しいですからね、つい夢中になってしまいます」

ちなみに学園長とフィリス先生は祖父と孫の関係だ。最初聞いた時は驚いた。

まあ担任がフィリス先生なら俺の情報も筒抜けだろう。ちょっと恥ずかしい。

「ヘカテリーナ嬢も先日【姫軍師】に転職されたとのこと。【姫軍師】は公爵家の切望じゃ。素晴らしい成果に祝いの言葉を贈りたい、誠におめでとう」

「ありがとうございます学園長先生」

「それでの、一つへカテリーナ嬢に願いがあっての」

「わたくしにですか？」

「うむ。実はワシの直系の孫娘が来年ここに入学する予定での。できればへカテリーナ嬢から指導してもらえぬかの？　孫も【姫軍師】に就きたいと切望していての」

ほう？　「公爵」のカテゴリー持ちが入学すると？　それはいい情報を聞いた。

いやいやいや、ちょっと待とうか俺よ。思わず反応してしまったが違うぞ。よく考えるんだ俺。

学園長が仕掛けてきたぞ。自分の孫を【姫軍師】に就かせてくれだとさ。

しかも話の流れに逆らわずに自然な感じでお願いをするのだから侮れない。思わず頷きそうになってしまったぞ。危ない危ない。危うく引っかかるところだったぜ。

リーナよ、簡単に頷いてはダメだぞ。

俺は横目にリーナに視線を投げる。

「いえいえ学園長のお孫さんでしたら優秀な御方でしょう。わたくしが指導するまでも無いと思いますわ。今は高位職の研究も進んでおりますし、きっと実力で【姫軍師】に就けますでしょう」

「そうかのぅ？　ふむ、では我が孫が困っていたら少し力になってやってもらえるかの」

「ええ。相談に乗るくらいでしたら構いませんわ、わたくしもとても苦労しましたもの。学園長先生の頼みとあればそれくらいいつでもお受けいたしますわ」

おお、リーナやるなぁ。

学園長からの指導のお願いを、相談に乗るくらいまで引き下げたな。

これならたとえお孫さんが【姫軍師】に就けなかったとしても角が立たないだろう。上手く躱したな。さすが貴族のお嬢様だ。

しかし、今の学園長の話術は危なかった。

おそらく学園長は〈エデン〉が高位職ばっかりで構成されていることや、研究所に情報をリークしたのが俺だということを知っていて今のお願いをしたのだろう。

俺が職業(ジョブ)の発現条件を本当に知っているのか確かめる狙いがあったのだと思われる。

しかも話を俺ではなく、恩のあるリーナに聞いたのはうっかりボロを出させるためか。

しかし危なかった。もし俺に聞いていたらボロが出ていたかもしれない。

リーナに聞いてくれて良かったよ。

これからも何気ない会話の中で情報を取られるかもしれないな。

俺は気を引き締め直した。

「さて、では本題に移ろうかの。ここに来てもらったのは例の学園長クエストの件を引き受けてもらえるということでよいかの?」

「はい。今日来たのはフィリス先生から預かりましたこの依頼書の件について、詳しくお話を伺いたかったからです」

俺は学園長の問いに答えて依頼書をテーブルに置く。

しかし学園長の表情を窺っても、変化は見られない。

「これは学園長が直接自分たちのギルド〈エデン〉に依頼してきたのですか？」

「いや。他のギルドから学園を通しての依頼となるが、ちと急ぎでの、〈エデン〉ならばこれを解決してくれると考えたのじゃ」

ふむ。学園を通しての依頼か。

ＱＰの利用方法についての時にもチラリと話したが、ギルドは他のギルドに依頼を出すことができる。

しかし、あまりに規模が大きい依頼や複数のギルドへの依頼の時などは、ギルド単体での運用が難しくなる場合がある。

その場合、学園を通すことでスムーズに依頼を出すことができるシステムがあるのだ。学園が把握している適性のあるギルドに依頼を割り振ってくれる、などサポートをしてもらえたりする。その代わり依頼料が嵩むんだけどな。

どうやら今回はそのシステムを使った上位ギルドによる規模のデカい依頼であるらしい。

学園長がそれを承認し請け負う規模のクエスト、学園長クエストである。

相当な大事か、それとも早さが求められているのか。それともその両方か。

「なるほど。確かに期限が残り５日しかないクエストがありますね。ですが、さすがに残り５日でこれだけの量は難しいのではないですか？　いくつかのギルドに分散して依頼した方が良かったのではないでしょうか？」

この依頼書の最大の懸案事項は納期が短いこと。

〈公式裏技戦術ボス周回〉ならば可能だが、逆に言えば普通は不可能だ。

まあギルド単体での話だが。

ならば多くのギルドに依頼を分散して出せば良いだけのこと。例の大型クエストみたいに。

わざわざ1年生だけで構成された、しかも駆け出しのギルド単体に任せる理由は無い。

なぜ大型クエストにしなかったのか、その辺もハッキリ聞いておかなければ話は始まらない。

「ふむ。実はすでにいくつかの〈笛〉持ちギルドにも依頼を掛けておる。ゼフィルス君が担当するダンジョンとは別のダンジョンではあるがの」

おっとそれは初耳だ。

「分散してなお、この量ですか？」

「その方が、ゼフィルス君もやりやすいじゃろうからのう」

「！」

その一言で全て察した。

こりゃ一本取られたかな。

とりあえず、学園長は俺たち〈エデン〉が何らかの方法でボスを複数体倒している、またはドロップ量を増大させている、と分かっているようだ。

それも踏まえて、こちらへ一切干渉しない、好きに素材集めをしてきてくれて問題ない、と言ってきている。

わざわざ〈エデン〉にこれだけの依頼をしてきたのは〈公式裏技戦術ボス周回〉を探るためじゃなく、方法はなんでも構わないので協力してほしいと依頼をするためだったようだ。

つまり、この依頼は普通に切羽詰まったから〈エデン〉に頼んだ、ということになる。

大型クエストをするにもレアボス相手では〈笛〉の数がネックになるだろうしな。

その貴重な〈笛〉持ちのギルドをさらに様々な場所へ送ってしまったんだから、もう〈エデン〉にしか頼むところがなかったのだろう。

ふむ。

これは、非常にありがたい申し出だ。

正直なところ〈ダン活〉で最強を目指すのであれば〈公式裏技戦術ボス周回〉をするのは前提だ。必須事項である。

故に、もしこれが広まり最奥でボスの取り合いが起きてしまうとゲームが破綻してしまう。

結局学園長から〈公式裏技戦術ボス周回〉について、どう認識しているのかを確かめることはできなかったが、一切干渉する気は無いことを仄めかされたのは大きな収穫だった。

万が一学園長がこの情報を寄越せと言ってきた時の対処も考えて来てはいたが、できれば使いたくなかった。

戦争が起きなくて良かったよ。

「とりあえず学園長のお考えは分かりました。こちらの事情を留意していただきありがとうございます」

「ほっほっほ。学園としても、今は様々な発見や情報があっての、少々立て込んでおる。〈エデン〉にも協力願いたいのじゃ」

これは、暗にこれ以上爆弾情報を投げ込むなと言われている？

まあ、うん。この前の高位職の発現条件の一角を話しただけであの騒ぎだったからなぁ。

学園側もかなり混乱したようだし。

ただ、そのおかげで〈迷宮学園・本校〉は今や名声をほしいままだ。分校などと比べると差は歴然、というかぶっちぎりの名門と化している。

来年の入学希望者はさらに増えそうで、倍率がどのくらいになるのか、恐ろしいことになりそうだ。

あ、その借りもあるから秘密にしておいてくれるのかな？　それもあるっぽい。

そして〈公式裏技戦術ボス周回〉の情報がもし投げ込まれたら、そりゃ大混乱は必至。

むしろ投げ込むなと釘を刺すレベルだと知れただけで大安心だ。

しかし、ちょっと気になるのは「今は」と付いている部分。

しばらくして落ち着いたら情報を求められるかもしれない？

ふむ、もしそうなったら他の、公開してもいい爆弾情報を放り投げて煙に巻こうか。

これで情報の扱い方をより計画的にしなくちゃならなくなったが、問題はない。

小出しにする情報をピックアップしていつでもカードを切れる状態に準備しておこう。

〈ダン活〉プレイヤーの英知を舐めないでほしいね。爆弾情報は〈公式裏技戦術ボス周回〉だけではないのだよ。うむ。いっぱいあるのだ。ふっふっふ。

それはともかくだ。とりあえず最大の懸案事項は消えた。

次は値段交渉だ。

「それと、報酬の〈20万ＱＰ〉ですが、期限がこれですと少ないです。最低でも30万ＱＰはいただきませんと」

正直に言おう、俺はこれでも報酬額をちょっと盛っていた。吹っかけていたつもりだった。

ゲーム〈ダン活〉時代であれば、この20万ＱＰは凄まじく破格なんだ。

これだけ貯めるのにいったいどれほどのクエストを受け、どれくらいの日数が掛かるか、ちょっと分からないレベルの大金（ポイント）である。Ｅランクなら特に。

だから30万ＱＰとか、ちょっと貰いすぎってレベルじゃないな、ダメ元で交渉して、もしよければ1万ＱＰくらい上乗せ出来ないかなぁとか、わりと本気で思っていた。

しかし、ここはリアル世界。

そんな俺の妄想に物申す者がいた。

俺の横でジッと様子を見ていたリーナである。

「ゼフィルスさん、失礼ですがそれは甘甘だと思いますわ」

「へ、リーナ？」

「ゼフィルスさんその、できれば値段交渉はわたくしにお任せしてはいただけないでしょうか？きっと損はさせませんわ」

ポカーンである。

今ですら破格と思っているのに損をしていると言われた。甘甘さんと言われた。

あれ？　俺ちょっとやらかしたか？

もう一度よく考えてみる。報酬20万ＱＰ。ミール換算すると2億だ。

これだけでもゲーム時代ならまず間違いなく受けていただろう。破格すぎる金額だ。

でもリーナからすればこれは損をしている額らしい。

なるほど分からん！

え？　もっとつり上げていいの？　30万ＱＰって言ったんだよ？　本当にいいの？

そんな視線をリーナに投げてみるが、リーナは何を勘違いしたのか、

「大丈夫です。お父様からこの手の交渉術は仕込まれましたわ。任せてくださいまし」

そう自信満々に言う。つり上げられるらしい。

おおう。そうなんだ。

「んん。では交渉役をリーナに任せる。頼むな」

「任せてください！　頑張りますわ」

ということでリーナに譲渡した。

リーナにはあらかじめ〈ビリビリクマリス〉の素材回収の依頼について、ここへ来る途中で達成できると話しておいたので交渉はできるだろう。

リーナが学園長へ向きなおる。

「学園長、最低でも倍の40万ＱＰ、そして〈笛〉を始め、その他のアイテムの使用料と回復料は全

て学園長持ちにはしていただきませんとこれは受けられませんわ」

「(ひえっ)」と俺は内心震えた。

え？　マジで？　ゲーム〈ダン活〉時代ではアイテム使用料は全てプレイヤーの自己負担である。むしろそういう経費込みの金額が提示されているハズだ。

学園持ちにするなんて聞いたこともないんだけど。

俺が震える中、関係なくリーナの交渉は続く。

「また〈笛〉を回復する技術者の協力要請などの支援もしていただきませんと、とても間に合いませんわ。さらに言うなら、それだけしても〈笛〉の数が足りないかもしれませんの。学園側からの報酬の先払いで〈笛〉を頂戴したいですわ」

〈笛〉の報酬まで取る気かリーナ⁉

俺は足に震えが来ていないかとても心配になった。

「ふむ？　しかしの、これでも多く増額している。他のギルドの報酬の関係もある。〈エデン〉だけを増額するのも厳しいの。それに〈笛〉とて……」

「ですがこれだけの量ですのよ？　おそらくですが他のギルドの納品数はもっと少ないもしくは余裕のある日数のはずですわ。〈エデン〉は他のギルドより負担が大きいのですから、もう少し特別手当が付いても良いかと存じますわ。〈20万QP〉では〈エデン〉がそこまで無理をして受ける理由にはなりません」

いえ、バリバリ受けても大丈夫です。だけど、そんな事は当然言わず俺は大人しくしていた。

学園長が困ったという顔をするが、しかしリーナの勢いは止まらない。

「まず残り5日しか無いということで達成自体難しいですの。ですが、〈エデン〉であれば間違いなく達成できますわ。ですわね、ゼフィルスさん」

「おおう！　もちろんさ」

急に話を振られたために変な声が出た気がする。声に震えが混じっていないか心配だ。

「学園長、要求を呑んでいただけるのでしたら必ずやこの依頼を達成すると確約いたしますわ。いかがでしょう？」

「……ふむ。あいわかった。条件を呑もう。ただし〈笛〉は1本が報酬、2本を依頼中の期間の貸与とする。学園が譲歩できるのはここまでじゃ」

ついに学園長が頷いてしまった！

俺の内心の震えは最高潮だ。

「ありがとうございます。また、超過分の素材はいかがしましょうか？　学園への納品もQP、またはミール次第では検討しますわ」

これで終わりじゃなかった！

リーナはさらに報酬を上げる気らしい。

余った分の素材の買い取りも迫る。

「ふふふ。いいじゃろう。おそらく向こうのギルドもいらんとは言うまい。もし言ったとしても学園で買い取れば良いしの、超過分の納品も頼もう。QPはそうじゃのう、このくらいでどうじゃ？」

学園長がメモにサラサラと査定額を記入して見せてくるが、リーナはそれに首を振る。

「いえいえ、規定納品数の量的に最低でも30回以上レアボスを狩る必要があることは学園長もご存じでしょう。それにこの短い納期です、その労力を考えればこのくらいが妥当かと思いますわ」

リーナは追加分を新しく書く。俺は震えることしかできない。恐ろしい金額だ。

「ふむ。あまり持ってこられてもそのＱＰ額では学園が損をする。あくまで、規定数を超えてしまった過剰分と言うことを忘れないでほしいのう。譲歩出来るのはこれくらいじゃ」

「はい、構いませんわ。それでお受けいたします」

交渉で報酬のＱＰが大変美味しくなった。

こりゃレアボス周回が捗るってものだぜ！

だけど、そう素直に喜べないのは何故だろうか？

その後も細かいことを決め、〈からくり馬車〉の方も納品額は〈78万ＱＰ〉で、ということになった。当初〈30万ＱＰ〉だったものが、〈78万ＱＰ〉である。

さらに支援も色々といただけることになり、俺の心臓はバクンバクン震えている。何この金額、高いんですけど……。

馬車については納品するか否かでリーナが色々提案してくれたが、俺は馬車単体なら納品しても良しとした。

レシピはこちらにあるしな。これは公開しないので〈エデン〉としては何も問題ない。

馬車は王族が乗れるよう改造してほしいと言われたので後でまたガント先輩に言っておかないと

いけないな。王族用に改造したのはガント先輩のオリジナルだから、またガント先輩に依頼をする必要がある。

もしかしてこれを見越してオリジナルの装飾を施したのか？

だとすればガント先輩侮り（あなど）がたし。なんちゃって。

そんなこんなで学園長との話し合いは終わり、俺たちは学園長室をお暇（いとま）することにした。

「学園長、上級ダンジョンの攻略、頑張ってくださいとお伝えください」

「……ほっほっほ。ありがとの。しっかり伝えよう」

これだけの素材を何に使うのか、当たり前だが雷属性系の武器防具を作製するためだろう。しかも複数人分。

それを必死こいて集めているのだから目的は限られてくる。

鎌を掛けるつもりで言ってみたが、当たりだったようだな。


修正された依頼書、その項目で新たに増えた部分を確認したい。
・〈ビリビリクマリス〉の素材納品クエスト。
報酬40万ＱＰ＋〈笛〉1個＋α（素材過剰分に応じて別途買取）。

〈笛〉使用料、アイテムの使用料、学園持ち。

クエスト期間中〈笛〉2個の貸与、〈笛〉回復の技術者協力付き。

他、支援etc.

・〈最上級からくり馬車〉の納品クエスト。
報酬78万QP。

〈笛〉使用料、アイテム使用料、学園持ち。

クエスト期間中〈笛〉2個の貸与、〈笛〉回復の技術者協力付き。

〈からくり馬車〉の作製費、学園持ち。

他、支援 etc.

おかしいな。

俺は眉間の皺を揉みほぐし、もう一度見る。

何も変わらない。

すでに5度見しているが報酬額がすごくすごいんだ。

もうね、本当にこんな依頼受けてもいいの？　俺騙されてない？　ってレベルで。

しかし、交渉する前の報酬も見ているし、交渉でつり上がっていく光景も見ている。

どうやらこの依頼に嘘は無いらしいし、俺は騙されていないらしい。

俺はそっと依頼書を仕舞った。

心の平穏のために。

ふう。とりあえず、頭を切り替えようか。うん。

「消費アイテムが学園長持ちになった事ですし、〈金当タ～ル（中級）〉でも買いに行きましょうか？」

「やめてやってくれ」

隣を歩くリーナがとんでもない事を言い出したので透かさず止める。

さすがにこれ以上は絞らないであげて？

もう十分だ。これ以上貰うのは、ちょっと罪悪感が凄いんだ。

むしろ今の段階ですでに貰いまくりまである。

リーナに交渉を任せたのは本当によかったのか、悩むところだ。

「ふふふ、冗談ですわ。ゼフィルスさん、難しい顔をされていましたから、和ませようとしましたの」

それはリーナが原因だと思うのは俺の気のせいなのだろうか？　いや気のせいではないのよ。

しかし、リーナは最大限頑張ってくれたのだ。恨めしげに見るのは筋違いである。とりあえず礼を言おう。うん。

「まあ、なんだ。ありがとうなリーナ。おかげで報酬がっぽりだ」

「お役に立てて良かったですわ。わたくしへの好感度もがっぽりですの」

「ん？　何か言ったか？」

「ほほほ、なんでもありませんわ。それよりクエストのことを早めに始めませんと、残り5日しかありませんわ。すぐに〈エデン〉のメンバー全員に招集を掛けましょう」

「ああ。ちょっと待ってくれ。招集はしなくていい」

「へ？」

早速と言わんばかりに〈学生手帳(スマホ)〉を取り出したリーナを止める。

止められたリーナは俺の行動が分からなくてキョトンとしていた。

まあ、普通なら今すぐにでも攻略を開始するところだよな。

しかし、それには及ばない。というか〈笛〉が8個も使えるのだ。むしろ楽勝である。

「ですが、今から準備しても5日ではまず最下層に着くことすら難しいですわよ？」

「うちには〈サンダージャベリン号〉があるからなぁ。最短ルートを爆走すれば数時間で最下層まで行けるぞ。多分2時間くらいで着くんじゃないか？」

「へ？」

うん。まだリーナにはその辺話してないからなぁ。とてもキョトンと、まったく意味が分からないという顔をしてらっしゃる。

思い出すのは、初級上位（ショッコー）の一つであるキノコ満載な〈毒茸の岩洞ダンジョン〉。

〈金当（きんあ）タ〜ル（初級）〉を使ってしまうもレアボスが相手で倒せなかった哀れな2年生の代わりに、俺たちは馬車で最奥を目指し、そして1時間以内に帰還したという実績があるのだ。

中級下位（チュカ）の広さは初級上位（ショッコー）のたかが3倍。

初級上位（ショッコー）60層くらいの広さしかない。

正直最奥まで行くだけなら2時間でも余裕だと思っている。キノコの時は〈ママ（レアボス）〉を倒し、〈金箱〉にはしゃいでなお、出発から1時間で帰還したからな。

ドヤァア。

「ついでに言えば、こちらが持っている〈笛〉は8個、32回のレアボス呼び出しが可能で、おそらく20回は呼び出しに成功するだろう。〈エデン〉には裏技周回があるから1日で20体狩れる。ショートカット転移陣を稼働していれば2日目からは移動がもっと短縮されるな。そんなわけで余裕で規定数が集まると思うぞ」

「…………へ？　それはいったいどういう……、それに〈笛〉8個？　あの、聞き間違えじゃないですの？　〈笛〉というのはレアボスの〈金箱〉からしかドロップしない激レアアイテムで……」

「ああ、俺、元々5個持ってたんだ」

「…………」

ついに無言になってしまったリーナ。

うん、分かるよ。ちょっと〈笛〉ゲットしすぎだよな。うん。全部〈エンペラーゴブリン〉が悪い。いや良いボスだよあいつは。うん。

「ですが最短ルートと言っても道が……、一応地図は貰える事になりましたが」

「俺が全部覚えてるからいらないなぁ」

「……それにボスを倒してしまったら一度帰還しなければいけないルールで」

「裏技があるんだよなぁ。まあ後で教えるよ。わざわざ帰還なんてしなくてもいい方法をさ」

「へ、えええ??」

「とりあえずリーナが思っているほど慌てる必要は無いって事だ。いやあ、でも助かったぜ。リーナが〈笛〉を3個も確保してくれたからスケジュールに余裕ができたよ」

現在予定にある、『今日リーナと行く〈初心者ダンジョン〉』も、『木曜日にあるギルドバトル』

も、『金曜日にある臨時講師』も全部こなしてとなると、ギリギリ達成出来るかなぁとは思っていたのだが、これで安心だ。

むしろ土日だけで〈ビリビリクマリス〉の素材回収は終わると思われる?

というか、中級下位(チュカ)のレアボスが相手だ。周回するにしても万全の態勢で挑みたいぞ。だって確実に今までで一番強いから。今からすぐ突入しても下手すりゃ誰か戦闘不能になる可能性だってある。周回ができなくなる可能性だってなくはないのだ。

こりゃ、空いている水曜日はその辺の訓練や対処法を練る時間に充てなくちゃならなそうだな。

そして土日で、ちょっと本気をだそう。ちょっとしたテクニックでも披露しちゃおうかな。

それで〈ビリビリクマリス〉の方は片が付くだろう。

俺はそう計画する。

学園長との話し合いが終了したので、その足で初ダンに向かう。

だいぶ遅い時間になってしまった。

リーナもやっと落ち着きを取り戻した。

道を歩く中、周りに特に誰もいないと確認してからリーナが聞いてくる。

「ゼフィルスさん、先ほどの話ですが〈エデン〉には秘匿している情報があるということでしょうか?」

ま、〈エデン〉の軍師としては気になるよな。

それを知らずに先ほどの強気の交渉術である。恐ろしい軍師だ。

「そうだな。リーナにも教えておこうと思ってた。だが、学園長も言っていたが――」

「他言無用、ですわね」

「そうだ。【姫軍師】の発現条件も含めて、今はまだ内緒にしておきたい」

「〈エデン〉が高位職ばかりなのはそういうことですのね。ということは最近になって急に研究所が高位職の発現条件の一角を発見したと言うのも」

「鋭いな。お察しの通り、俺がリークした」

「まあ……」

リーナが片手を口に当てる。

しかし、その様子は驚いているようには見えない。

結構爆弾情報のはずだが、もしかしたらリーナは最初からある程度予想が付いていたのかもしれないな。さっきの交渉術を見る限り、かなり頭の回転が速いみたいだし。

いや、ただ単に驚き疲れただけかもしれないが。

しかし、なぜか視線に熱っぽさが加わったように見えるのは気のせいだろうか？

「もう一度言うが基本的に〈エデン〉で聞いた話は他言無用で頼むな。広めて混乱が起きそうなものは特にだ。世間に出す情報は時期を選んでいきたい」

「分かっていますわ。学園長からも釘を刺されていましたものね」

やっぱりあれは釘を刺していたのか。

ま、逆に言えば学園を混乱に陥れなければ干渉してこないと言う意味でもある。

うーん。俺が臨時講師をする件については何も言われていないが、そちらも情報には気をつけておかないといけないな。

そんなことをリーナと話していると初ダンに到着。

一緒に中に入り〈初心者ダンジョン〉の門を潜った。

結局俺の計画や説得もあり、リーナはLv10になるという今日の目的を実行することになった。

本人はさっきまで「こんなことしている暇は本当にあるのでしょうか」と言っていたが問題無いで押し通したのだ。

リーナって結構押しに弱いよな。

「リーナは武器を魔砲にしたんだな」

「はい。やはり近接戦闘は苦手でして、遠距離(こちら)の方がわたくしに合っていますの」

リーナが持つのは両手で持てる小型の大砲だ。小型なのに大とはこれいかに。

見た目は銃をちょっと大きくした感じのデザインだ。とある天空の城で登場する海賊が使っていたアレに似ている。

【姫軍師】は基本的に味方を指揮するバッファーだ。

指揮にはデカイ音が使われる関係で武器は魔砲などが採用されている。

上に空砲を撃って味方を鼓舞したり指示したりするアレだ。

ちなみに〈ダン活〉では魔砲は魔法ダメージを与える銃のカテゴリーだ。

シズが物理射撃ならリーナは魔法射撃だな。シズの物理射撃がＤＥＸ依存であるのに対し、リーナの魔法射撃はＩＮＴとＤＥＸに依存する形だ。

しかし、ちょっと気になるのはその魔砲のデザインがあまりよろしくない部分。

他の〈姫職〉の皆と比べて簡素すぎる気がする。

「実は最初【大尉】に就いた時に大きな戦斧を送ってもらうところだったのですが、すぐに転職してしまったので、これは間に合わせですの」

そういえばそうだった。

リーナは実家がかなり遠方にあるらしいから、まだ装備が届いていないのだろう。

今手に持っている魔砲も初級中位ダンジョンでドロップする物だった。

「ま、大丈夫さ。初級中位(ショッチュー)まではそれで十分通用するし、とりあえず腕前を見せてもらってもいいか？」

「はい！」

『直感』が囁く通りに目を向けると、初心者ダンジョン1層のモンスター、モチッコを発見する。

まずはアレを狙おう。

「まずはアレだな」

「あの、いつも思うのですが、あれは本当にモンスターなのでしょうか？　撃ってはいけない気がいたしますの」

「マスコットだからなぁ」

何しろうちのギルドに特大の〈モチッコ〉ぬいぐるみがあるのだ。

女の子にとってそのマスコットキャラクターを撃つのは大変抵抗があるだろう。

結構可愛いしな。

リカとカルアは問答無用で斬りつけていたらしいが。

ぬいぐるみと実物の扱いの差よ。

「大丈夫。撃ってもまた湧くから。遠慮なくやっちゃって」

「うぅ。ごめんなさいモチッコさん。これもＬｖを上げるためですの……。『マジックスフィア』！」

リーナの魔砲から放たれた丸い魔法の弾が飛んでいきモチッコに着弾。

一瞬でエフェクトに還ってその後にはもち米が残されていた。もち米ゲットだぜ！

「狙い違わずだな。見事なもんだ」

「ああ。なんでしょう。なぜかいけないことをやってしまった気がします」

リーナがもち米を見て震えていた。あまりこの階層でレベル上げしない方がいいっぽいな。

この調子で2層のウサギも倒し、3層4層と階層を進んで、途中でリーナがＬｖ9になったので少し経験値稼ぎ。並ゴブリンを後1体倒せばＬｖ10になれるところまで稼いだところで最奥の5層に到着する。

「人が多いですわね」

「賑わってるなぁ」

5層に到着したときの俺たちの反応がこれだった。

〈初心者ダンジョン〉の最下層は、結構な混雑を見せていた。数えるのも億劫だが、多分50人くらいいる。全部ボス部屋の順番待ちだ。

まだ5月も半ばでLv10にも至っていない学生は多い。

「はい次の方どうぞー。後ろがつかえていますので、倒したらすぐに転移陣で帰還してくださいねー」

「あら？　あなたたち、そんなところにいないでこの後ろに並んでね」

見ればどこかの教員の方が案内役をしていた。

まあ、これだけ混雑してたら誘導の人員は必要だよなぁ。

ここはいつからアトラクションになったのだろうか。さすがリアル。ゲームでは順番待ちなんてなかったのでちょっと新鮮だ。

案内役の方の指示通り最後尾に並ぶ。

相手は並(ただ)ゴブリンだし前に並んでいるのは10パーティくらいだ。すぐに順番も来るだろう。そう考えていたのだが、俺はどうやら甘かったらしい。

ここに並んでいる学生たちは全員初心者。

しかも、5月半ばになるまでLv10も突破できない人たちばかりである。

要はゴブリン相手でも腰が引けまくって全然戦えないという学生が多かったのだ。

HPがあるから突っ込んでいけば良いと感じてしまうが、彼らは今までHPが無い人生のほうが長かったのだ、どうも「モンスターに攻撃される」＝(イコール)「大怪我」という常識から脱却できないらしい。

その光景を見てなるほどと思う。

２年生になっても初ダンに残っているのはそういう人たちなんだな。また俺の知識欲が満たされてしまった。

結局１時間以上も待たされてようやく俺たちの出番になり、鬱憤を晴らすかのようにめっちゃ撃ちして瞬殺して帰還したのだった。

「ゴビュ⁉」

リーナの戦闘時間、14秒。

リーナはこの戦いで無事Ｌｖ10に至ったのだった。

これ、道中のモンスターを狩りまくって引き返した方が早かったんじゃないか？

第６話　ついにこの時が来た！　対決〈天下一大星〉！

「ふははは！　ついに明日だなゼフィルス！　俺たちにやられる覚悟は出来ているか⁉」

「ふふ。首を洗って待っていてくださいね」

「俺たちは君を倒すため猛特訓をしている。覚悟しておくことだ！」

「俺様の本気を見せてやる！　ギルドバトルを楽しみにしておくんだな」

水曜日、朝登校したら横一列に並んだサターンたちから宣戦布告された。

相変わらずすごい自信だなぁ。相当猛特訓とやらを頑張っているらしい。

クラスメイトたちも遠巻きに見ているが誰もツッコもうとはしない。むしろまたか、とか面白そう、みたいな視線をビシビシと感じた。すでに名物になりつつある様子だ。

「「「ふはははは!!」」」

そして彼らはそのまま背を向けて高笑いしながら教室から出て行ってしまった。もうすぐ朝礼だが、どこに行くのだろう?

「お、ラナおはよう！　楽しみだなギルドバトル！」

「ゼフィルス、明日が楽しみね！　けちょんけちょんにしてやりましょ！」

そして何事も無かったように日常へと戻る平和。

とりあえず席に荷物を置いているとラナが近寄ってきた。挨拶もそこそこに彼らをけちょんけちょんにしようと息巻いていた。とりあえず先に挨拶をしておく。後ろのシズが鋭い視線を向けているからな。

「ラナ様?」

「あ、そうよね。おはようゼフィルス」

「ふう。おはようございますゼフィルス殿。明日はよろしくお願いいたしますね」

「シズもおはよう。こちらこそよろしくだ。後、今日の午後空いている時間あるか?　明日の打ち合わせとクエストについて話をしておきたいんだが」

「いいわよ」

「こちらも構いません」

ラナとシズから許可を取る。シズは初めてギルドバトルに挑むため改めて打ち合わせは必要だろう。それにまったくの作戦無しで勝てるほどギルドバトルは甘くない。

むしろ最初にどう動くかで勝敗を分けるといっても過言ではないのだ。勝敗とは始まる前に決まっていると言うのがギルドバトルの常識だった（〈ダン活〉プレイヤーの常識です）。

その後、一緒にいたリカとカルアにも提案するとオーケーをもらえたので、放課後は一度ギルドに集まることになった。

クエストについてもメンバー全員に周知したかったが、残念ながら用事がある人が多い。

とりあえずチャットで通知しておこう。

やっぱり平日は集まるのが難しいな。

チャイムが鳴り、授業が始まる。サターンたちはちゃんと帰ってきた。

「今日ダンジョンについて教える副担任のラダベナだ。よろしく頼むよボーイズアンドガールズ」

今日の授業は初級ダンジョンについてのノウハウだった。

実際に〈熱帯の森林ダンジョン〉に入り、〈轟炎のラダベナ〉先生から直接の指導を受けるという形だ。

やはり今年の1組は全体的にレベルが高いらしく、初級下位程度(ショッカー)、クラスのみんなは余裕なようだ。

ラダベナ先生も嬉しそうに教えている。

俺にとっては当たり前に知っている知識になってしまうので退屈かもしれないと危惧していたが、

実際はリアルな話が多く、中々面白かった。〈轟炎のラダベナ〉先生は自分の武勇伝を織り交ぜて話すのがすごく上手い。

「次はパーティ戦だよ。2人から5人のチームを作りな」

モンスター戦ではいくつかのパーティを組んで順番に挑む。

ラダベナ先生は経験豊富な知識で学生にアドバイスをする。

俺はクラスメイトに有望な人材はいないか目を光らせてそれを見る。もし良い感じの人が要れば〈エデン〉に誘おうと思っていた。しかし、何人かは目に留まるが、そういう子たちはすでに上級生のギルドに加入してしまっているらしい。

さすがに〈戦闘課1年1組〉という実績は上級生も放っておかないということだろう。残念。

まあ、中には上級生からの誘いが来ていない、もしくは蹴った人もいるわけで、

「ふははは！　見よ、これが【大魔道士】の力だ！　『メガフレア』ァァァ!!」

「ふふ、派手ですが、相変わらず狙いがなっていませんね。最強なのはやはり僕のようです。『パワースラッシュ』！」

「はん。威力が全然足りてないな。本当に最強の攻撃っていうのはこういうものを言うんだよ！『アックスボルト』ォォ!!」

「俺様を忘れてもらっちゃ困るぜ。攻撃力だけあっても意味はねぇ！　敵の攻撃を受けきって勝ってこそ最強だ！　『ファイターボディ』！　からのぉぉ『カウンタースマッシュ』！」

その筆頭枠はやはりこの4人だ。さすがだぜ。

しかし、確かに先週より切れが増している。ように見える。ごめん、俺はそこまで動き方に理解が深いわけじゃないから分からないんだ。

ただ一つ言えることは、初級下位(ショッカー)のモンスターにそんな大技は必要ないという点だな。俺も何度も教えたが結局直らなかったようだ。

「こらあんたたち、こんなモンスター相手にイキってんじゃないさ。そもそもそんな大技ばっか使ってるとすぐMPが尽きるよ。相手に合わせた最適な動きを考えな！」

ほら、先生にも言われてやがる。

俺だけじゃなくラダベナ先生からも言われたらさすがに彼らも改めるだろう。

そう思っていたのだが、〈プラよん〉のプライドは並じゃなかったようだ。

「なんだと！」

「ふふ。最強には最強なりのやり方があるのですよ？」

「お、俺たちは間違っていない！」

「そうだ。獅子はウサギを狩るのにも全力なのだ！」

アホだこいつら。いや、人をアホ呼ばわりしてはいけない。

しかし、まさか言い返すとは。プライド高っかいなこいつら！

だが、ラダベナ先生は経験豊富だ。すぐに言い返す。

「相手に合わせた最適な動きをしろって言っているのさ！　まさか出来んのかい！」

おお、ラダベナ先生が煽る。

するると当然プライドの高いこいつらは乗ってくる。

「なんだと！」

「ふふ。まさかここまで僕たちが舐められるなんて、いいでしょう」

「最強の攻撃力を誇る俺にその言葉は許せないぞ！　力を制御なんて朝飯前だ！」

「証明してやろう。俺様が最も優れているということをな！」

こいつら乗せられやすいな！

ラダベナ先生、上手いな。さすが多くの学生を導いた実績を持つお方だ。

先生に掛かればプライドの高い学生の扱いも慣れたものなのだろう。

育成する者として俺も見習わなくては。

残念ながら新しいメンバー候補は見つからなかったが、授業は中々充実していたのだった。

翌日の放課後。

「ふははは！　ついにこの時が来たな！　貴様が上に立っていられるのも今日までだ！」

「ふふ、ですね。明日からはこの僕がクラスを引っ張って行ってあげますよ。安心して僕たちの下に付いてください」

「何を言ってやがる。俺こそがトップに立つのだ！　すべて俺に任せておけ」

「俺様を忘れてもらっては困るな！　全ての者を引っ張っていくのはこの俺様だ！」

「なんだと!?」

相変わらず、こいつらは仲が良いのか悪いのか分からんな。

俺に言っているのかと思ったら仲間内でいがみ合い始めたぞ。やはりサターンたちは傍観側に立って見た方が面白いな。

今日は木曜日、昨日は放課後ラナたちを呼んで練習ギルドバトルの打ち合わせを行ったり、リーナに色々指揮役の引き継ぎをしたり、クエストの準備を纏めたり、ハンナに錬金を頼んだりしたり、と忙しく準備に奔走（ほんそう）したが、多いので割愛。

あっという間に練習ギルドバトルの当日となった。ちょっと楽しみにしすぎた。

彼らを見ていると浮かれているのは俺だけではないようで安心する。

現在地は第七アリーナ。

スポーツマンシップに乗っ取り、向かい合って挨拶をしているところだ。

俺の横にはラナ、シズ、リカ、カルアが並び、向かいにはサターン、ジーロン、トマ、ヘルク、そして見覚えのある「兎人」の女子がいた。

俺はサターンたちの身内争いよりも彼女の方が気になったため、彼らをスルーして話しかけることにした。

「君は同じクラスの確かミサトさんか……？」

「そだよ！　気軽にミサトって呼び捨てで呼んでねゼフィルス君！」

元気良くそう答えたのは同じクラスの女子。

「獣人」「兎人」のカテゴリー持ちで、頭には白いモコモコした兎耳が付いていてとても可愛らしい子だ。思わず視線が耳に向かってしまうが許してほしい。

白の髪を腰まで伸ばしており、人懐っこそうなアメジストの目をこちらに向けている。

身長はやや低くカルアと同じくらいだが、胸はとても豊かなため目を合わせようとすると視線が下がって危険で危ないことになる。そこだけ要注意だ。

クラスでも分け隔てなく誰にでも話しかける良い子で、他のクラスにも顔が広いらしい。

俺は何度か挨拶くらいは交わした事があるが、ちゃんと話すのは今日が初めてだった。

また、俺がギルドに勧誘しようと目を付けていた子の1人でもある。

「ミサトな。今日はよろしく。それにしてもちょっと意外だったな」

「ん、何が？」

「いや、うちのクラスから〈天下一大星(てんかいちたいせい)〉に入る学生がいると思わなかったからさ」

「うぉいゼフィルス！　それはどういう意味だ!?」

サターンが横から叫ぶが、俺はミサトと話しているところなのでスルーする。

クラスには今のところ男子が11人在籍しているが、〈エデン〉に2人、〈マッチョーズ〉に5人、〈天下一大星(てんかいちたいせい)〉に4人が加入しているため残りは女子しかいない。

自己紹介なんかで派手にやらかしたサターンたちはそんなクラスの彼女たちから〈プラよん〉なんて呼ばれており、正直言って彼らのギルドに加入した女子がいるとは、ちょっと意外すぎた。てっきり別のクラスの男子でも引っ張ってきたのかと思ってたんだ。

それを聞いてミサトも苦笑いする。

「あ〜。たはは。うちも頼まれまくってさ。上級生からの勧誘合戦にも辟易していたところだったし、ちょっと思うところがあってね。お試しで入ってみることにしたんだよ」

やっぱり何か事情があったらしい。

そうだよな。事情がなくちゃわざわざ〈天下一大星〉に入らないよな。

俺がうんうんと納得していると、サターンたちの方から「え？　お試しだったのか？」なんて声が聞こえてきたが、もちろんスルーした。

後で聞いた話だが、ミサトは多くのBランククラスの上位ギルドから勧誘にあっていたらしく、かなりしつこく付き纏われていたらしい。

何しろ彼女が付いている職業はゲーム〈ダン活〉時代の人気職業の一つ、【セージ】だ。

回復とデバフの解除、それと結界に高い適性を持った、自己防衛も出来る純ヒーラーである。

そりゃ上位ギルドは喉から手が出るほど欲しい人材だろう。

それに彼女は腕も良く、昨日と今日の実地授業での立ち回りは見事なものだった。

俺だって〈エデン〉に欲しい。

ただ、ミサト的にはそんな上位ギルドに魅力を感じなかったらしい。

どうもピリピリしている上位ギルドばっかりで、たとえ加入しても嫌気が差すのが目に見えていたとの事。

実はその時期は最上級生がご卒業なさってギルドバトルが活性化しており、どこもギルドランクの維持やリベンジに燃えていた。

ついでに言えばミサトは、1年生の多くが高位職になり、優秀な人材が溢れる中、1組に選ばれた一握りのエリートでもあったため、多くのギルドが彼女に目をつけたものと思われる。

つまり今までは高位職というだけでチヤホヤされていたが、これからは高位職からさらに頭一つ飛び出た人材が求められる時代。ミサトはそんなどこのギルドも求める条件にピタリと嵌まってしまったのだ。

故に多くの勧誘がミサトに押し寄せ、彼女はかなり辟易してしまったらしい。

そんな折知ったのが、勧誘合戦されまくっていた俺がギルドを結成したことにより勧誘されなくなったという情報。

そして偶然にもそんな時にサターンたちからギルドを結成したいので加入してほしいと誘われたらしい。サターンたちのところはヒーラー不足だったからなぁ。

そんなわけで、上級生のギルドに苦手意識が芽生え始めていたこともあり、お試しでいつでも好きなときに脱退できることを条件に〈天下一大星〉へ加入したらしい。

「そこ！　いい加減我らを無視するんじゃない！」

「ふふ、僕たちを無視するとは、許せませんよ」

おっと、スルーしていたのが彼らの癇に障ってしまったらしい。

しかし、そこに我らが王女様がぴしゃりと言う。

「ちょっと、さっきからうるさいわよあなたたち！　黙ってなさい！」

「え？　は、はい……」

「「「「ごめんなさい」」」」

おお⁉　あのプライドが高い４人組が謝った⁉　ラナの王女の覇気に平伏したのか⁉

さすが我らが王女様だ！　ラナ、すっげぇ。

俺はラナを尊敬の眼差しで見つめた。

「？　どうしたのゼフィルス？」

「いや、ラナがかっこいいと思ったんだ」

「うんうん、今の凄く良かったよ～」

「よく分からないけれど、その褒め言葉は受け取るわね！」

ミサトと２人でラナを褒めた。これが言いたいことを言える人の貫禄、そこに痺れる憧れる！

だがいつまでも世間話をしているわけにもいかないのでそろそろ本番へ進むとしよう。

挨拶もそこそこにルールの確認をする。

「今一度ルールの確認をするぞ。今回は練習ギルドバトルだがルール的には本番とさほど変わりなし。ただ本拠地への攻撃は無しだな。また今回のギルドバトルは〈城取り〉〈５人戦〉〈菱形〉フィールドで行う。ここまでで質問はあるか？」

ちなみに本拠地への攻撃が無しなのは主にＬｖ差のせいである。

本拠地への攻撃を俺とラナが行ったらあっという間に片が付いてしまうのでこれは当然の処置だな。練習ギルドバトルではよくあるルールである。

俺の確認に誰も異議を出さなかったためこれにて確認と挨拶は終了。

両ギルドはそれぞれの本拠地へ向かい、始まりの合図を待つ。

ちなみに今回アリーナで審判、操作してくれるのはＥランク試験でもお世話になったムカイ先生だ。実はこのムカイ先生、１組の副担任の１人である。１組は副担任が２人居るのだ。ムカイ先生は裏方担当らしい。

本拠地へ向かうと近くの観客席にはリーナが居た。

これも勉強の一環なので見に来るようにと言っておいたのだ。

軽く手を振るとリーナも照れた様子で振り返してくれる。

「ゼフィルス！　これから始まるって言うのに緊張感が無いわ！　しゃきっとしなさい！　そんなことでもし負けたら許さないわよ？」

ラナに注意されてしまった。なぜだか唇を尖らせてむっとしていらっしゃる。

お、おう。そうだな、やるからには勝たないとな。よし、と俺も気を引き締める。

ムカイ先生が操作してくださり上空のスクリーンにカウントダウンが表示された。


練習ギルドバトル。

〈城取り〉〈５人戦〉〈菱形〉フィールド。

白チーム〈エデン〉。

赤チーム〈天下一大星（てんかいちたいせい）〉。

この前のＥランク試験の時とほぼ同じ構成（ルール）だ。

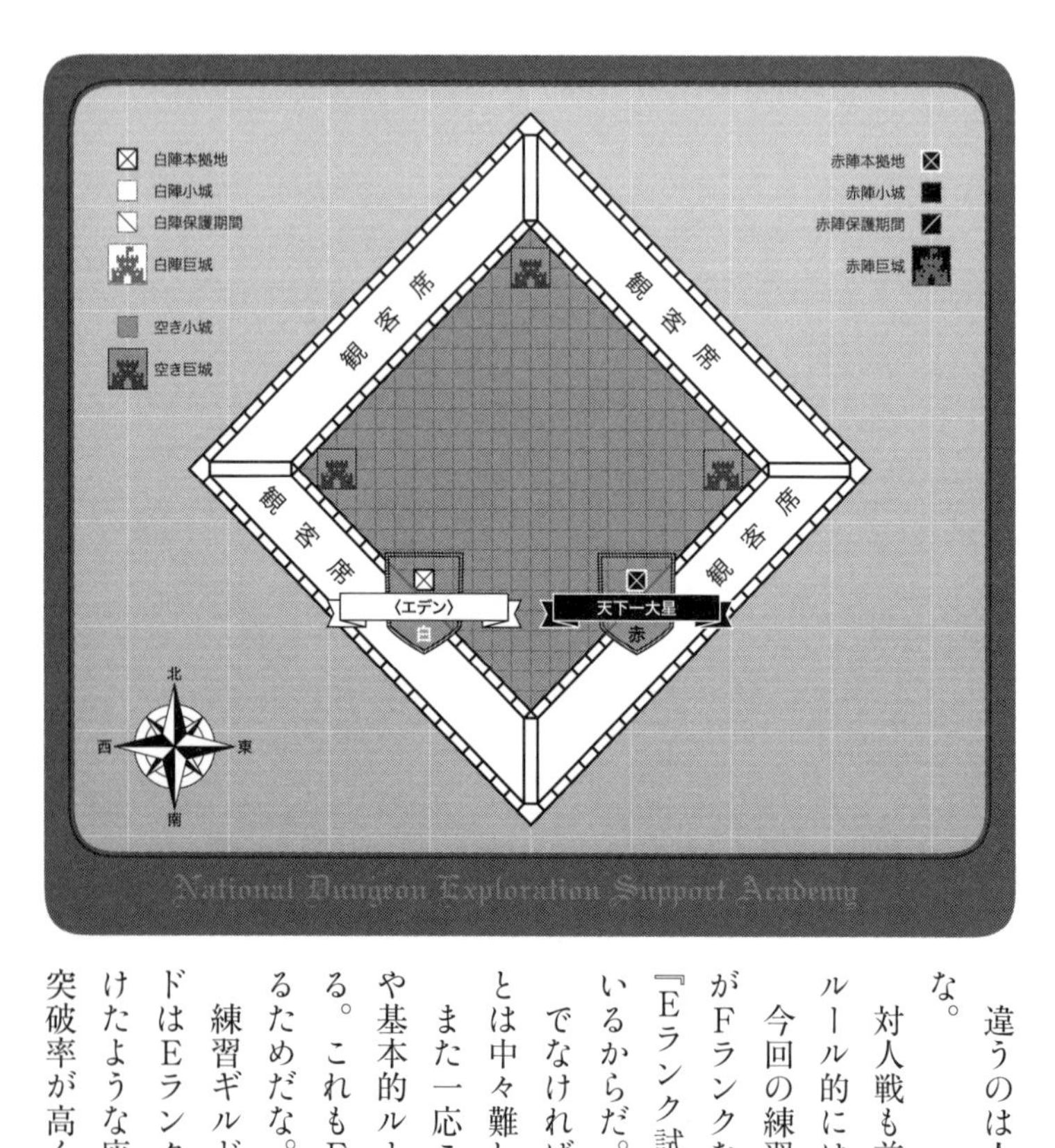

違うのは人数が5対5というところだけだな。

対人戦も前回先生組がやらなかっただけでルール的には可だったしな。

今回の練習ギルドバトルも、片方のギルドがFランクなのにアリーナが使用できたのは『Eランク試験の練習』という名目が効いているからだ。

でなければこの時期にアリーナを借りることは中々難しかっただろう。

また一応このギルドバトルをやる前に練習や基本的ルールの説明もしっかり行われている。これもEランク試験の時の内容を省略するためだな。

練習ギルドバトルを行った経験のあるギルドはEランク試験を受けるとき、俺たちが受けたような座学と実技は免除されたり、試験突破率が高くなったりする。先生側の負担も減るので練習ギルドバトルは学園側からも推奨されていた。

ちなみにルール説明をしてくれたのはムカイ先生である。あの人、しゃべるときは結構流暢にしゃべりおる。

さて、ブザーが鳴り、練習ギルドバトルが始まった。

ギルドバトルは初動が何よりも大事。

ギルドバトル初心者にはまずその辺を理解していただきたい。

果たしてサターンたちは大丈夫だろうか？　ちゃんとやれるのかな？　下手なことをすれば初動で決着が付きかねないので奇を衒わず頑張ってほしいものだが。いや、ここで思ったところで仕方がないか。とりあえず俺たちは自分たちのことに集中しよう。

「カルア、行くぞ！」

「ん！」

まずこのメンバーの中で最もＡＧＩの高い俺とカルアがブザーの音と共にツーマンセルを組んで飛び出した。

目指す場所は前回のＥランク試験と同様、北にある巨城。

それと同時に、西と南の間にある本拠地からまず中央マス（天王山）を目指す一手。

相手からすれば、俺たちがまず中央マス（天王山）を目指しているように見えるだろう。

中央マス（天王山）を押さえられると第２の拠点として使われてしまい、主に対人戦の面で大きく不利になる。もちろん三つの巨城の中央に陣取られるので簡単に巨城をひっくり返されてしまい、防衛の面でも不利になる。

また自分たちの行動に対し、対処されやすくなってしまう。

例えば本拠地へ戻ろうとしたら先回りされたり、簡単に足止めされてしまうのだ。

各個撃破も非常にやりやすい。

基本的に中央マス（天王山）を取ることは場の有利という面で非常に大きい意味を持つのだ。

まあ、俺が前回のＥランク試験の時に行った方法など、対処するやり方が無いわけではないが。

あれは熟練者向けだ。勝ち筋をしっかり理解できていなければできない戦法だな。

さて、俺たちの一手に対して〈天下一大星〉の手は？

「ん。東」

「まあ、初心者あるあるだよなぁ」

対する〈天下一大星〉は二手に分かれる手を打つ。

東の巨城に３人と、北の巨城を目指す２人だ。

〈菱形〉フィールドにある巨城は三つ。

過半数の二つを先取出来れば非常に有利になる。

ただ、理想に現実が追いついていないんだよな。巨城のＨＰを甘く見ている。２、３人では結構キツいのだ。

〈エデン〉は前回同様、俺とカルアが先行し、それを追う形で残り３人が北を目指していた。つまり５人全員で巨城一つを落とす構えだ。

巨城のＨＰは高く、また〈ＨＰを0にした側が巨城を先取する〉というルールがあるため、なるべく攻撃開始から短期間で城を落とすことがセオリーとなる。

でなければ差し込まれて持っていかれる恐れがあるからだ。

理想は一撃で落とすことだが、俺たちの今の攻撃力ではそれは不可能だ。

正直なところ2人では巨城を落とすのにかなり時間が掛かる。

10発以上のスキルと魔法を打ち込む必要があるためだ。クールタイムもある中、時間をかけて落とすなんてギルドバトルでは悠長が過ぎる。

ゲームも後半になれば10人単位で一つの巨城を落としに行くこともあるのだ。

差し込みされないようにすることは絶対必要な技術である。

「それに遅い」

「それも仕方ない。俺たちが速すぎるだけだ」

「ん」

カルアが、追いかけてくる相手の2人、サターンとジーロンを見ながらそう呟いた。

現在カルアは〈爆速スターブーツ〉の能力（スキル）『爆速』により、空中を後ろ向きに飛んでいる。

何それカルア、ちょっとかっこいいんだけど。俺もやってみたい！

防衛モンスターはザコだ、通常攻撃ですり抜けながら瞬殺できるレベル。これなら俺たちの足止めにもならない。すり抜けながらスピードを落とさずに一撃確殺する技術はギルドバトルをする上で必須の技だ。これがないと勝負にもならなくなってしまう。

しかし、〈天下一大星（てんかいちたいせい）〉はそれがスムーズに出来ていない。

そのため1マス1マスに掛かる時間が俺たちより圧倒的に多くなってしまっている。

まあこれは結構コツがいるからな。俺だってダンジョンに挑み始めたときから練習しているからこの速度が出せるのだ。初級下位（ショッカー）の〈アーマーゴーレム〉をすり抜けながら効率よく転ばせるのはいい練習になった。

また、単純にAGIの差も大きいな。カルアはすでに400近い数字になっている。俺も『身体強化』を含めれば320もあって非常に速い。サターンたちは……50くらいかな？

正直、彼らが可哀想になってくるレベルの差だ。

とはいえ、初動だけは手加減をするつもりはない。

結局余裕もあったため中央（天王山）マスを取ってからまっすぐ真北を目指すことにした。二手目だ。

ここでマスを、まっすぐ直線を作るように取るのがポイントだ。時計で言えば12時を指す針のようにまっすぐ道を伸ばす。これにより保護期間の道が出来、相手は1時の方角から11時の場所へは来られなくなる。2分間、完全に分断されるのだ。これで相手は西の巨城に近づけない。

北の巨城を取りつつ西の巨城を取られないようにする狙いの考えられた二手目だな。

相手がここから西を狙うのならば一回南へ出て大きく迂回する必要があるが、追いかけてくる相手の2人、サターンとジーロンは意地でもと言わんばかりに北を目指している。

まあ、引き返して南から回ろうとすれば〈エデン〉後続の3人が相手になったけどな。西巨城は絶対にやらん布陣だ。

「ん、防衛モンスター撃破完了」

「よっし、後続が追いついてくる前に削っちまおうか。『勇者の剣（ブレイブスラッシュ）』！『ライトニングスラッシュ』！」

「ん、わかった。『スターバースト・レインエッジ』！『32スターストーム』！」

北巨城に一番に到着した俺とカルアで防衛モンスターをコロがし、ラナたちが追いついてくる前に少々巨城のＨＰを削っておく。

カルアは三段階目ツリーが開放されて存分に【スターキャット】の高火力スキルを連発しているな。スピードを生かした連続攻撃系のスキルでガンガンダメージを稼いでいく。

そしてサターンたちが到着するころを見計らって巨城の隣接マスをすべて取り、保護期間で入れなくした。

「ぐおおぉぉ！　貴様ぁぁ！　ここに入れろー！」

「ふふ。まさか、計算が違いますよ。ここで横取りしてゼフィルスの悔しがる顔を拝む計画が……」

保護期間の壁（バリア）に阻まれてサターンたちが壁殴りをしているが、俺はまったく気にならない。勝負は非情なのだ。

あとジーロン、そんなことを考えていたのか。後日ペナルティだな。

「待たせたわねゼフィルス！」

「あの方たち隙だらけですね。撃っても良いのでしょうか？」

「やっと出番だな、任せてくれ」

とそこに壁（バリア）なんて無い風に入ってくるラナ、シズ、リカのメンバーたち。

この保護期間中のマスに入れるのは身内だけなのだ。

シズよ、確かに壁殴りするサターンたちは隙だらけだがやめてあげなさい。

ちなみにここから撃っても保護期間の壁(バリア)に阻まれてしまうためサターンたちに攻撃を届かせることは出来ないけどな。

保護期間中の壁に守られながら一方的に攻撃することは出来ない仕様になっている。

「まずはこの北巨城を先に落としちまおうぜ。作戦通りに行こうな」

「残念ですね」

シズがしょんぼりと肩を落として銃を構える。狙いは巨城だ。よかったなサターンたち。

「『獅子の加護』！ みんな行くわよ！ せーの『聖光の耀剣』！ 『聖光の宝樹』！ 『光の刃』！ 『光の柱』！」

「『グレネード』！ 『連射』！ 『ファイヤバレット』！ 『アイスバレット』！ 『サンダーバレット』！」

「『飛鳥落とし』！ 『焔斬り』！ 『凍砕斬』！ 『雷閃斬り』！ 『光一閃』！ 『闇払い』！」

「『ライトニングバースト』！ 『シャインライトニング』！」

「『デルタストリーム』！ 『スターブーストトルネード』！」

ラナ、シズ、リカ、俺、カルアが「せーの」に合わせて一斉に攻撃を叩き込む。

一斉に攻撃するのは差し込み防止のためだな。一斉攻撃も重要な戦術だ。

これで巨城のＨＰがゼロとなり、巨城に〈エデン〉の物と示す白い旗が立つ。

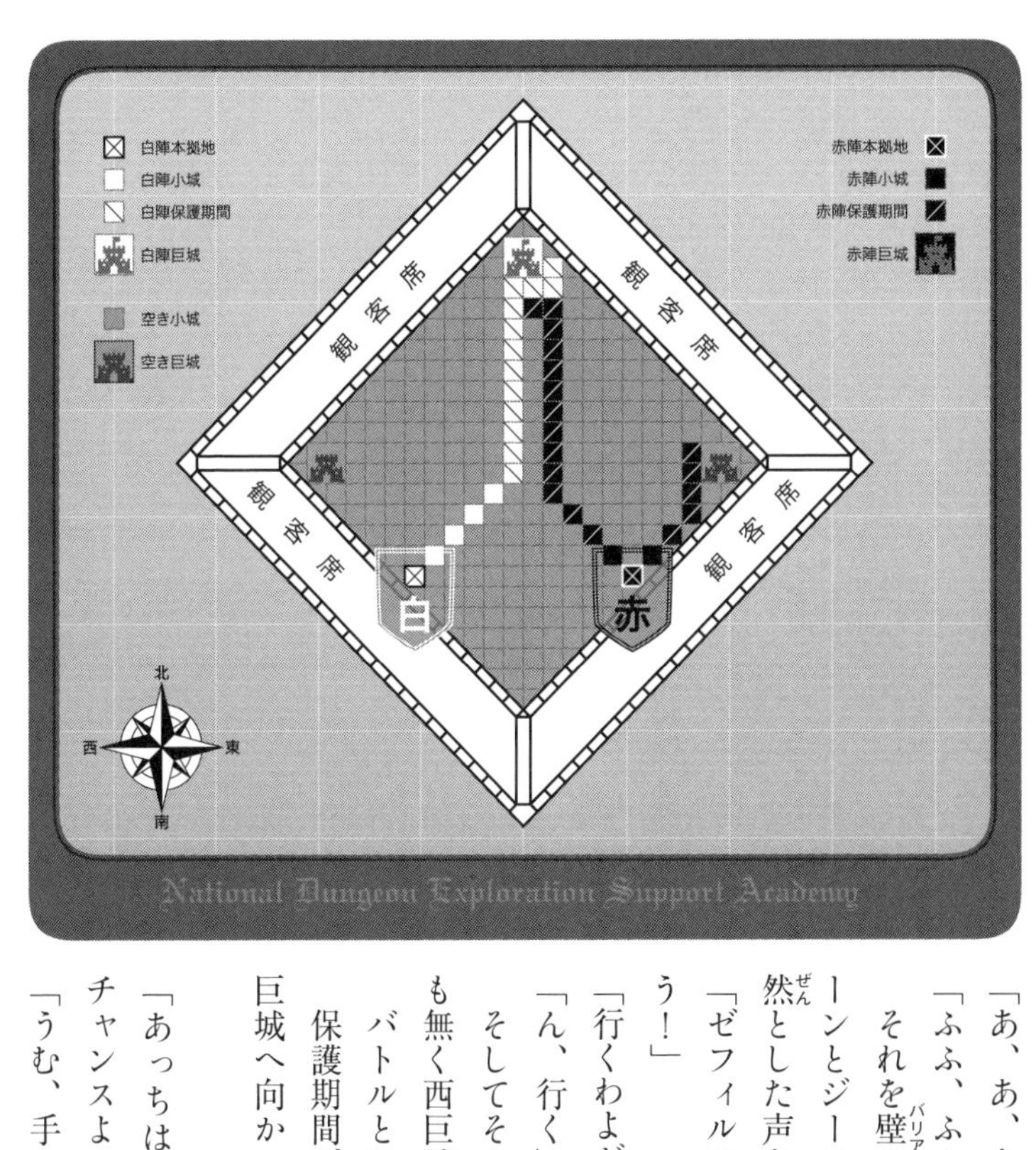

「あ、あ、あああ！」

「ふふ、ふふふ、おっふ！」

それを壁（バリア）に阻まれた向こう側から見るサターンとジーロンが、巨城が落ちたと同時に唖然（あぜん）とした声を上げたのが聞こえた気がした。

「ゼフィルス、城を落としたぞ！　次に行こう！」

「行くわよゼフィルス！　次は西の巨城ね！」

「ん、行く」

そしてそんなサターンたちに気が付くことも無く西巨城に向かうリカ、ラナ、カルア。

バトルとは非情なものである。

保護期間が明けてしまう前に俺もすぐに西巨城へ向かったのだった。

「あっちはまだ東巨城を落としてないわ！　チャンスよ！」

「うむ、手こずっているみたいだな」

「ゼフィルス殿、ラナ様がこう申されています。行ってもよろしいですか？」

あれから西巨城も一斉攻撃で落とし、２巨城を無事確保に成功したところで、実況中継スクリーンの点数を見たラナがそう言い、リカとシズも東巨城に突撃する構えを見せた。

現在、初動が成功し、ここからは中央を中心に小城を取りまくる手はずになっていたが、東巨城が先取出来る可能性があるのなら話は別だな。

「よろしい！　作戦変更！　行くぞ！　カルアと俺で先行する！」

「ん！」

「オッケー！」

東巨城は現在進行形でトマとヘルク、そしてミサトによってガンガンＨＰが削られている。差し込めるかは時間との勝負だ。すぐに東巨城へ全員で向かう。

先行するのはもちろん俺とカルアのツーマンセルだ。

カルア単体なら移動速度アップ系のスキルが多いためもっと速いが、〈城取り〉は自陣マスが隣接している土地しか攻撃出来ないルールなため仕方が無い。

どうも遠目で見る限り、東巨城はトマがほぼ１人でＨＰを削っているんじゃないか？　ってくらい削りの進行が遅い。火力が足りていないように見える。

まあ【セージ】のミサトは攻撃魔法が少ないし、ヘルクはタンクメインだからな。

おかげでかなり時間を食っているのだろう。

間に合うかどうか微妙だが、これも練習だ。巨城はすでに二つ確保しているので別に取れなくていいが、取れれば勝ちがほぼ確定だな。

しかし、中央マスに差し掛かった時、俺とカルアの行く手を阻む者が現れた。

「ここから先は通せんぼうだ！　ゼフィルス！」

「ふふ。計算によれば中央を押さえ、あなたたちを通さないことが最善と判明しました。行かせませんよ！」

「サターンにジーロンか！」

いつの間にか中央マスまで戻り、俺たちが取得していた天王山をひっくり返していたらしい。良い判断だ。取られたら取り返すのが〈城取り〉の醍醐味である。

しかし保護期間はすでに切れているようだな。つまり俺たちが西巨城を目指した時にはすでに彼らは中央マスに引き返していた事になる。

呆然としていたように見えたが、ちゃんと次の行動に移ってくれていたようで何よりだ。

天王山を取ればこうして相手の進行を阻止することが可能だからな。

対人戦を嫌って迂回することも出来るが、すれば確実に東巨城は間に合わないだろう。

ここで足止めした時点でサターンたちの作戦勝ちというわけだ。

だが、その作戦、肝心な事が抜けているぞ？

「ん。余裕」

「『メガフレア』！　くそっ！　なぜ当たらん！」

そりゃサターンの狙いが甘いからだよ。

それに、

「ふふ、ここです！『パワー――』」

「『ソニックソード』！」

「そ、そんなばかなぁ！ くおっ！」

俺たちのスピードが単純に速い。

サターンは相変わらず狙いが甘く、カルアのスピードに振り回されてしまえば当たる事も無い。

ジーロンは俺を待つ構えをしているが『ソニックソード』で余裕の回避だ。わざわざ待ち構えている相手に飛び込むなんて事はしない。そのままジーロンに向けて剣を振って牽制しつつ、走り抜ける。つまり対人戦スルーだ。

「ま、待て、ゼフィルス⁉」

「じゃあなぁ～」

サターンが何か言っているが、待てと言われて待つ人は居ないのだよ。

敵がモンスターの場合はむしろ襲いかかってきてくれるが、人間相手ならこうして避けてしまうこともある。

作戦は良かったが、圧倒的に相手の進行を抑える技術が足りていない。

俺ならアイテムの力を借りていたな。対人戦は成立させるのがそもそも難しいのだ。

負けそうなら逃げるのが当たり前、通せんぼうされたら押し通るのが当たり前である。

対人戦はリスクがあるからな。

だからこそ成立すれば白熱して面白いのだが。

「ま、待てー！」

「ふふ。まさか。僕たちがこんなにあっさり抜かれるだなんて――」

そんな2人の遠吠えを背後に、俺とカルアは東巨城へ向かって進行を再開する。

ちなみに中央マスの一つ上のマスがまだ自陣マスだったため、隣接する南東マスを取得することが出来た。

サターンたち詰めが甘いな。通せんぼうするなら中央マスの上下くらいひっくり返しておかないと、こうして通過されてしまうぞ？

まあ初めてのギルドバトルなら仕方ない。

だが、ほとんどタイムを削られずに突破し、真っ直ぐ東巨城を目指したが、どうやら一歩間に合わなかったようだ。

俺たちが東巨城の隣接マスまであと一歩というところでトマの一撃によりやっと東巨城が陥落する。

「おっと。東巨城は落ちちゃったか」

「ん。残念」

ま、彼らは5分以上巨城相手に頑張っていたようだからな、仕方ない。

「ふん！　ゼフィルス残念だったな！　巨城を落としたのはこの俺だ！」

トマがデカい両手斧を肩に担ぎ、ドヤ顔で言う。その顔には勝ったな、とでも書いてあるかのようだ。

確かに残念ではあったが、こちらはすでに二つの巨城を落としているわけで、なぜそんなに自慢げな顔をしているのだろう？

「ってうわ！　凄い大差じゃん！　うちらのチームすっごい負けてるよ！」

「なんだと！」

「サターンたちは何をやっていたのだ⁉」

あ、単純に状況を把握していなかったらしい。

ミサトがスクリーンに映る現在のポイントを見て叫ぶと、トマとヘルクが遅れて気がついた。その表情は先ほどのドヤ顔が吹き飛んでいる。

「ねえ。このままだとうちらのチーム負けるよ！　早く次の行動に移らないと」

「確かに、のんびりしている場合では無かった！」

「待て、俺様に妙案がある」

ミサトの声にトマが平静を取り戻した。

そこにヘルクが何故か俺の方を向いてそう言った。

「……奇遇だな、俺も同じ事を考えていた」

トマがそれを見て続く。

嘘をつけ、絶対考えてなかっただろうと思ったが、そっとしておいた。

「え、どういうこと？」

「ふん、つまりだ。今ここでゼフィルスさえ倒してしまえば俺たちの勝ちだというわけさ」

違うぞ？　ギルドバトルはポイント制です。

リーダーを倒せば勝ちなんてルールは存在しません。

ミサトは分からず質問し、トマの答えに驚愕する。

「いやいやいや、あの【勇者】君だよ⁉　倒せるわけないじゃん⁉」

「俺様たちに任せておけミサトさん！　だが回復だけは頼む。――行くぞトマ！」

「おうよ！　あの屈辱の恨み、ここで晴らさせてもらおうか！」

「お、来る気か。相手になるぜ」

「ん！」

相手の人数を減らすのはとてもポピュラーな戦法だ。

Ｅランク試験の件を思い返せば分かるが、人数差があるだけで非常に勝ちを掴みやすくなる。

彼らの行動自体は間違っていない。

間違っているのは、

「食らえ！　『大戦士の意地』！　からのぉぉ『ブレイクソード』！」

「これが最強の力だ！　『アックスボルト』おおお！」

「――『シャインライトニング』！」

「「ぎゃぁぁぁあっ‼」」

間違っているのは、戦力分析だ。

俺はすでにＬｖ55に到達している。それに比べ、確か彼らはまだＬｖ30にも届いていない。

あまりにも絶望的な戦力差だった。

一撃でＨＰが６割近く削られたトマ、ヘルクはタンクなので３割ちょい削られつつもそこそこ耐えていたが。

いいや、追撃しちゃえ。

「『ライトニングバースト』！」

「「ぎゃぁぁぁっ!!」」

「あ〜、だから言ったのに……、回復する暇すらなかったよ……」

ミサトが呆れたように彼らを見てそう言う。

三段階目ツリーの『ライトニングバースト』の威力は大きく、ヘルクすらあっと言う間にＨＰを全損させてしまった。さすがにこのＬｖ差で三段階目ツリーの攻撃は受け止めきれなかったか。

これで２人は退場だ。

どういう原理なのか、戦闘不能になった彼らの足下に転移陣が現れて一瞬でトマとヘルクが消える。

転移先はアリーナの観戦室だったかな？　〈ダン活〉プレイヤーからは〈敗者のお部屋〉と呼ばれていた場所だ。退場になったキャラはギルドバトルが終わるまでそこで観戦する事になる。

さすがゲーム。便利な機能が付いているな。

「きゃー！」

「ん？」

彼らが消えたのを観察しているとミサトの悲鳴が響いた。

そちらに振り向くといつの間にかミサトのＨＰが全損していた。

あれ？　俺何もしてないぞ？

「ぶい」

「カルアの仕業だったか」

どうやら俺にばっかり集中するあまりカルアの行動に注意が行き届かなかったらしい。

ミサトはいつの間にか背後に接近したカルアにサクッとやられてしまったらしい。

「ああ！　ゲームオーバーか～。もうカルアちゃん可愛いなりしてやるね」

「むふぅ。勝負は非情だって、ゼフィルスが言ってた」

「そっかぁ。まあ油断しちゃった私も悪かったんだけどね。あ、そろそろ転移されるみたい、じゃあね！」

「ああ。また後でな」

戦闘不能になったミサトの足下にも転移陣が現れると、一瞬で彼女が消える。

なんだか、さっぱりした気持ちの良い子だったな。

その直後。スクリーンからブザーが鳴り響く。

あれ？　この音って？

「ん、勝者〈エデン〉だって」

「あ～。全員退場判定か～」

スクリーンを見てみると、そこにはこう書かれていた。

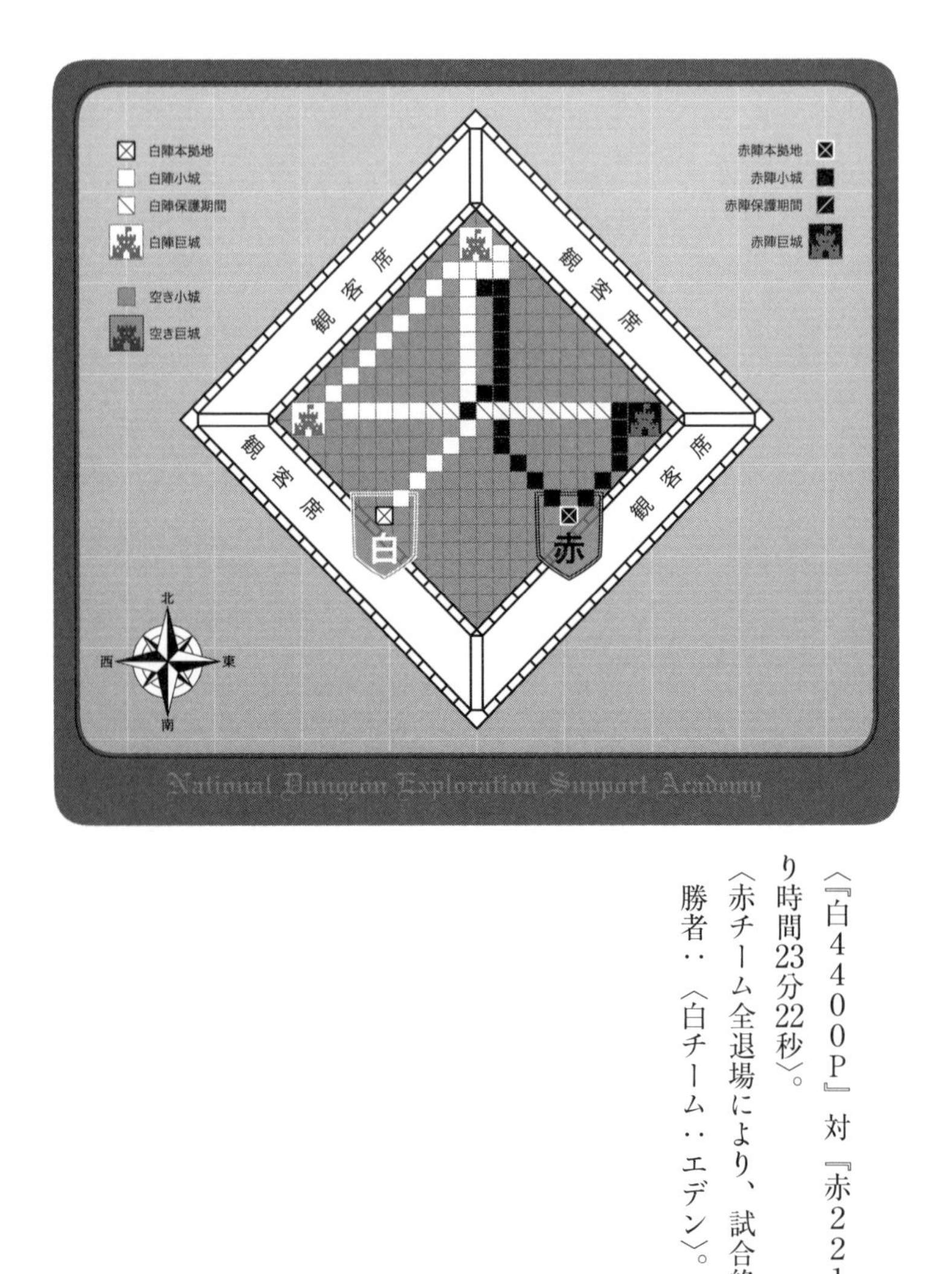

〈『白４４００Ｐ』対『赤２２１０Ｐ』〉〈残り時間23分22秒〉。
〈赤チーム全退場により、試合終了〉。
勝者：〈白チーム：エデン〉。

第7話　不完全燃焼なので再戦？　特殊ルールでKO勝ち。

ギルドバトル〈城取り〉の決着方法は主にポイント制だが、例外もある。

それが全メンバーが退場した場合など、逆転が不可能と判断された時だ。所謂コールド勝ち。

この時ちょっとした特殊ルールが適用される。

片方のチームが全滅した時、全滅したチームのポイントを上回っていれば残っているチームの勝利となる。

下回っていたら時間制限以内に上回ればその時点で勝利、だがもし上回ることが出来なければ、全滅したチームの勝利になってしまう。

え、そんな状況あるの？　と思うかもしれないが初動に失敗してポイントが不利になった時は相手を全滅させる事がよくあるのだ。

また巨城はＨＰが高いため少人数でひっくり返すのは時間が掛かる。移動だってそれなりの時間が掛かるので相手を全滅させた後も気を抜くことは出来ない。今度は誰も居なくなったフィールドで相手の残したポイントを逆転させなければならないのだ。

例えば〈５人戦〉で戦ったとして相手全滅、自軍４人が退場し、１人しか残っていなかった場合なんかだな。ポイントで逆転するのが厳しい。あれは絶望だ。

そして全滅した相手側は逆転されないよう〈敗者のお部屋〉から祈ることになる。

〈ダン活〉にはキャラにポーズを取らせる機能もあったので、何も出来ない間〈敗者のお部屋〉の住民にいろんなポーズを取らせるのが流行っていたっけ、懐かしい。

ゲーム〈ダン活〉時代、そんなドキドキな動画がいくつもアップされていて楽しかったなぁ。普通のギルドバトル動画も迫力あって面白いんだが、あれは別のドキドキ感があって人気があったのだ。

後もう少しでタイムアップというところで逆転が起きた時のあの熱狂。コメントの山。

〈敗者のお部屋〉の相手チームが総出でorz(オズ)している光景。

ああ、なんか思い出したらまた見たくなってきた。

まあ、それはともかくゲームセット、試合終了のお知らせである。

スクリーンには相手が全滅したため試合が終了したと書いてあった。

つまり〈天下一大星(てんかいちたいせい)〉の5人が全滅状態になっているということ。

サターンとジーロン。彼らは生きていたはずだが、どうやら俺たちの後方を付いてきていたラナたちによって退場させられてしまったらしい。ドンマイである。

〈敗者のお部屋〉の光景がとても気になる俺氏です。

誰か動画撮ってないかなぁ。リアル〈ダン活〉って未だに動画って見たこと無いんだよな。

あ、でもスクリーンは動画だな。

あれって録画機能とかあるのか？　あとで先生に聞いてみようか。

「ん。ゼフィルス戻ろ？」

「だな。なんか呆気なく終わってしまったが、お疲れ様」

何しろ練習ギルドバトルが始まってまだ6分ちょいである。

こりゃラナが荒れているかもしれないな。

「不完全燃焼だわー！」って叫んでいるラナの姿が余裕で想像出来る。

まあ、全ては〈天下一大星〉が不甲斐ないせいだな。

自信満々に挑んできたくせにあっさり負けた彼らが全て悪い。

ギルドバトルならＬｖは関係ない、確かにそういう言葉もある。

だが、それは対人戦をしない場合だ。対人戦を挑むのならＬｖ差がものを言うのは当たり前である。

だからラナ、文句は俺じゃなくて彼らに言ってね？

あ、ミサトは助っ人みたいなものだから強く言わないようにと言っておこう。

そんな事を考えながら白の本拠地に戻った。

帰りはマスの色を変えなくていいから楽だ。俺とカルアのスピードならすぐに到着する。

すでにラナ、リカ、シズは本拠地に集まっていた。

「ただいま～」

「あ！　ゼフィルス帰ってきたわね！　もう一戦やるわよ！」

「うん？」

思いがけない言葉に俺は目を瞬く事しか出来なかった。

なんだって？

「ラナ様がムカイ先生と交渉いたしまして。まだ使用時間もあるということでもう1戦させてもらえることになったのです。時間は20分だけですが」

「なるほど」

シズの説明にやっと事態を飲み込む。

アリーナの利用は人気なため使用時間がきっちり決まっている。

今回の練習ギルドバトルも1戦30分のみという話だったのだ。

しかし、あまりに早く試合が終わってしまったので時間を工夫すればもう1戦出来るとのこと。

「マジかよ。すげぇなそれ、早速やろうぜ！」

「すぐに準備して、1分以内よ！」

短いな!?

「まあMPだけ回復すればいいか。HPも満タンだから問題無いかな？」

「ん。問題無い」

俺とカルアは腰に手を当ててハンナ印のMPポーションをぐいっと呷る。

それを数回繰り返せば準備完了だ。

「ふ、1分以内に間に合ったぜ？」

「今ムカイ先生から連絡があった。〈天下一大星(てんかいちたいせい)〉は準備にもう少し時間が掛かるらしい」

リカの報告に転けそうになった。

1分以内とはいったいなんだったんだ……？

俺はラナを見たが、サッと目を逸らされてしまうのだった。


向こうの準備が終わったのはきっちり3分後のことだった。

リカが受けたチャットには〈天下一大星〉が次こそは絶対に負けないと息巻いていると書かれていたらしい。

ほほう。あれほどの大敗をしておきながらその意気や良し。

俺たちも一度手の内は見せているので、もしかしたら何かしらの策があるのかもしれないな。

俺たちも全力で打ち破るとしよう。

ギルドバトル再戦、開始だぜ！


そして試合終了。（早っ!!）

結論から言おう。

2回目の練習ギルドバトルも〈エデン〉の勝利だった。

しかし、その内容は前回とは比べものにならないほど違った。

今回は相手も学び対人戦は避ける、かと思われたが、なんと逆に対人戦を仕掛けてきたのだ。5人全員で。こちらを各個撃破する狙いだ。

その戦術は悪くない。

強い敵を相手にするには数で勝つのが常道だ。

俺とカルアのツーマンセルに戦いを挑んできた〈天下一大星〉。

その顔は非常に悔しげだったのを覚えている。

よほどギルドバトルに負けたのが堪えたらしい。

初動が終わり、小城を取りまくってポイント的有利を作り出していく場面。

自陣は俺、カルアのツーマンセル、そしてラナ、シズ、リカのスリーマンセルに分かれて小城を稼ごうとした。

そこに真っ直ぐやってきた〈天下一大星〉は今までとは気迫が違ったよ。

奇襲でサターンの『メガフレア』。あれは危なかった。まさかちゃんと命中する軌道に乗っているとは、避けなきゃ当たってたぜ。サターンの執念を見たね。

そして次々飛びかかってくる〈プラよん〉たち。そしてなぜかサターンまで飛び掛かってきた。

あれにはちょっと焦った。完全に予想外の行動だったぜ。

〈プラよん〉たちは今までとはどこかが違った。

なんというか、ちゃんと作戦を練っていたというか、そう、連携をしていたんだ。

俺があれほど口を酸っぱくして言い聞かせた連携を。

うん、実はちょっと感動した。あのサターンたちが成長してる！

俺の教えがようやく生きたんだ！

そう思った。でもそうじゃなかった。

「サターン少し右にズレてる！　トマ前へ！　ヘルクはカルアちゃんを絶対逃がさないで！　止め

て止めて！　ジーロン下がって、回復するよ！」

司令塔が居たのだ。

白いウサ耳をピョコピョコさせた可愛い司令塔が。

――こいつら、俺の指示には従わなかったくせに、ミサトの指示には従うだと!?

そこでちょっとぷちっとした。

少し、本気を出してしまったんだ。

「『ソニックソード』！」

「ブゥウラアアアァァ!?」

「サターーーンッ!?」

さっきから少し離れた良い位置で魔法を撃ちまくっていたサターンを強襲、乱れた連携の隙を使いミサトにカルアを放ったのだ。

カルアのスピードに追いつける者はいない。

「やばっ『バリアウォ――」

「遅い。『フォースソニック』！　『スターブーストトルネード』！」

「う、ひゃわ！」

ここでヒーラーのミサトがカルアに狩られて退場、後は動揺している間に挟み撃ちだ。

なぜか全員、自分がやられるときに「そんなバカなー！」と言ってダウンさせられていたが、それ、流行っているのだろうか？

ともかく〈天下一大星〉はヒーラー司令塔が退場したことにより瓦解して終わった。

まあ、一応情けをかけてミサト以外は退場まではさせなかったが、4人のHPをレッドゲージまで削ってあげた。

また全滅させたら練習にならないからな。決して俺らで全滅させたらラナがお怒りになりそうだと思って見逃したわけではない。

その後、ラナ、シズの2人による遠距離攻撃が炸裂し結局全員退場してしまったのだが……まあそういうこともある。うん。

「くそぉ、一度ならず二度までも！」

「ふふ。これが、敗北の味だとでも言うのですか……」

「遠距離攻撃なんて嫌いだ」

「俺様が負けるだと……そんな……そんなことが……」

練習ギルドバトル決着後、そこには呆然と座り込む4人の姿があった。

ミサトは「たはは～ごめんあまり活躍できなかったよ～」と笑っている。

いや、十分だミサトよ。

よくこのプライドの高い〈プラよん〉たちに指示を聞かせ、纏めあげたと思う。

正直、さすが【セージ】だと思った。立派だよ。俺が教師なら手放しで褒めた後Aランクの評価を付けるだろう。それくらいよくやったと思う。

さて、練習ギルドバトルはこれで終わりだ。

時間も押しているのですぐに帰り支度をしてアリーナから退出し、今はFランクギルド舎の近くまで戻ってきていた。ちなみにラナたち〈エデン〉の女子たちは一足先にシャワーに向かっていった。ラナが今回のギルドバトルを結構楽しんでくれたのが幸いだ。おそらく最後に〈プラよん〉にフィニッシュを決めたのがスカッとしたのだと思われる。

むちゃくちゃ良い笑顔だったからな、あの時のラナ。

そして呆然としていた4人もここまで来てやっと勝敗を飲み込んだのか悲痛な表情だ。なぜそんな表情をするのか俺にはさっぱりわからない。

「くそぉ、ずっとゼフィルスに覇権を握られたまま過ごせというのか！」

サターンが吠える。

いつ俺が覇権を握ったというのか。身に覚えがないことだ。

「ふふ、このままではクラスは、いや学年全体が覇王の手に落ちてしまいます」

ジーロンの言う覇王って誰のことだろうか？　まさか俺のことじゃないだろう。俺は【勇者】だしな。

ちなみに〈ダン活〉には覇王の職業(ジョブ)は無い。【覇者】ならあるが。

「これからもあんな暴挙が許されてしまうのか、グッ」

暴挙？　俺が彼らにした事といえばダンジョンでの指導くらいだから多分俺のことじゃないだろう。あまりに下手すぎて色々スパルタになってしまったが関係はないはずだ。できればもっとスパルタにしたいくらいなのだが。

「あきらめるな！　まだ戦いは始まったばかりだ。今は耐える、しかし俺様たちは絶対に頂点に君臨してみせる！　ゼフィルスにデカイ顔させておいて良いのか！」

1人スポコンをしている人が居るな。思ったんだが、ヘルクってこの中だと比較的まともかもしれない。

本当に、比較的に、だが……。

そんなことを思っているとヘルクの言葉に触発されたのか項垂れる3人の目に炎が灯った。

「そうだ。我らはまだ負けたわけじゃない！」

いや負けたぞ？　完璧に負けてたぞ？

サターンの叫びに俺は内心ツッコミを入れた。なんだか茶々入れちゃダメな雰囲気な感じなのでミサトと少し下がって傍観する。

「ふふ、その通りです。僕たちの力はこんなものではありません」

「俺たちにだって伸び代はあるんだ！　今は奴に先行されているがすぐに追い抜いてやる！」

「その意気だお前ら！　ゼフィルスの奴に『ぎゃふん、クラスの覇権はお譲りします』と言わせてやるぞ！」

「「「オオー!!」」」

誰が言うかそんな事！

こいつら、俺が側にいることを完全に忘れているな？

まあさっきまで魂が抜けたような表情をしていたからな。

しかし、さっきから言っていた覇王ってやっぱり俺のことだったのかよ。なんかそんな気はしていたけど。

「？」

ミサトが彼らの言うことは本当なの？　と言う顔をしてこちらを見てくるが首を振って否定する。

ふむ。風評被害が発生しているのでそろそろやめさせるか。

「ずいぶん好き勝手言ってるな」

〝――――っ⁉⁉〟

俺が声をかけると4人は声にならない声を上げてビクっとした。

「な、ゼフィルス。なぜここに⁉」

「ふふ、まさか今の話、聞いていましたか？」

「最初からそこにいたからな。バッチリ聞こえてたぞ」

俺の答えにサターンたちが震える。

「お、俺たちをどうする気だ」

「まさか、邪魔者をここで潰す気ではないよな⁉」

こいつらにとって俺はいったいどういう存在なんだろうか？　一度問い詰めてみたいと思う。

だが、今はそれよりも風評被害をこれ以上拡大させないようにするのが大切だ。

「さて、ギルドバトルで負けたら、なんだっけ？　下に付くとか言ってなかったっけ？」

〝――――っ⁉⁉⁉〟

俺の言葉に再びビクビクッとするミサト以外の4人。まさか、考えてもいなかったという顔をしていた。どうやら負けることは想定していなかったらしい。さすがプライドが高い。

とはいえ下に付かれても、困る。俺は〈天下一大星〉を吸収するつもりはない。だって困るし。

重要なことだから2回。

「わ、我らに何をさせる気だ」

「そうだなぁ……」

俺の言葉にまるで処刑台に立ちギロチンを待つ死刑囚のような顔をするサターンと他3人。

なぜそんな顔をするのか、本当に俺はどう思われているのか後で問い詰めてやらねばならない。

しかし、それは後回しにして、これだけは言っておく。

「風評被害だから、俺の悪評(?)を口にするのはやめようか。あと、やっぱり俺が言ったことが全然できていないようだから、できるまで練習しようか。安心しろ、できるまで俺も付き合うさ、君たちには特別メニューをプレゼントしよう」

俺はにっこり笑ってそう告げた。

サターンたちが絶望の表情を浮かべた。


練習ギルドバトルも終わって解散。

ラナたちも良い経験になったようだ。

特に対人戦に何か思うところがあったようでリカとカルアはあれから練習場に行きお互いを相手

に組み手をやったらしい。何か掴めたかもしれないとはリカの言だ。

ラナとシズはそのまま帰宅したらしいが、チャットに「またやる時に参加させてよね」というツンデレ風味の文が送られてきた。

サターンたちとの温度差よ。

あの後、「そんなバカなー！」と叫んでいたサターンたち4人とミサトを練習場に送り出し、体が覚えているうちに改善点を練習させておいた。

ミサトは別に来る必要は無かったが「面白そうだし、私も付いていかせて？」と言って付いてきた。ウェルカムだぜ。

とりあえずサターンたちにはあの強スキルばっかり使う行為を改めさせるところから始めよう。

一応ギルドバトルの約束ではあるので、もし約束を破ったらミサトを引き抜くからと言って彼らをやる気にさせておく。

貴重なヒーラーのミサトを引き抜かれでもしたら〈天下一大星〉は解散の危機だ。頑張ってくれるだろう。彼らも何度も高速で頷いていたからな。

ギルドは5人を下回った時点で解散させられる。

また、高位職で能力の高いヒーラーなんてミサトを逃せば二度と加入はしてもらえないだろう。〈天下一大星〉の面々は暴挙だの鬼だの悪魔の所業だの言っていたが、そう言いながらも必死に練習をし始めるのだった。

ちなみにその言葉も風評被害なので「約束を破るのか？」と問うてみると全員すごい勢いで首を

横に振って黙った。

ちょっとスカッとしたのは内緒だ。

「お、おいミサト氏！　まさか〈エデン〉に行く気ではないだろうな？」

「〈エデン〉ってやっぱり魅力的だよね～」

「！　ふふ、ふふふふ……。おのれゼフィルス。学年トップの座にいるだけでは飽き足らず、僕たちのギルドも解散に追い込む気ですか！　くっ」

「た、頼むミサトちゃん、行かないでくれ⁉」

「君だけが俺様たちの誘いに乗ってくれた唯一の同級生なんだ！」

ミサトの満更でもなさそうな言葉に全員が愕然とする。

あとヘルクの最後の言葉が胸に深く刺さった。片手を口に当ててサッと顔を逸らす。

気を抜けば同情してしまいそうだ。危ない。

彼らがクラスの女子どころか他のクラスにも声を掛けに行っていたのは知っていたが、審査するまでも無く、加入希望者はミサトしかいなかった様子だ。

そしてそのミサトも他のギルドに引き抜かれそうになっているとなれば、慌てふためくのも当然だろう。俺ならショックで何か爆弾（リーク）を解放してしまいそうである。

まあ端的に言って効果は抜群だったようだ。

彼らも高位職の一角、栄光の1組なのだからそれなりの実力を身につけてほしい。

……そうだな。もうちょっとスパルタにしてみようか。

翌日金曜日。

今日は初めてとなる臨時講師の日である。

選択授業にて【勇者】ゼフィルスが6コマ使って職業(ジョブ)の育成の何たるかを教えるのだ。

「職業(ジョブ)とは就いただけで終わらず。就いてからが本番である」

――by〈ダン活〉をこよなく愛するプレイヤーより。


その格言通り、職業(ジョブ)は育成が本番である。

1年生が職業(ジョブ)に就いて半月、まだ多くの学生がLv10にすら届いていないらしいからな。今なら
まだ〈育成論〉を敷けば良い感じに育つ範囲内だろう。

あのウサ耳のミサトもLv20に届いていないって言っていたからな。

〈戦闘課1年1組〉でもLv20に届いていない学生はそこそこいるんだ。まだ間に合う。

ちょっと急ぎで教えていこう。

この間、騒ぎは起こすな的な釘を学園長からさされたばかりなのだが、少しくらいなら良い筈だ。

まあ育てるにはどっち道Lv上げをしなければいけないわけで、それほどすぐ劇的に変わるというほどでもないので問題はないだろう。うん。

さて、どれくらいの応募があったかな?

学園に臨時講師の手続きをお願いして受理されたのが選択授業の期限ギリギリだったからな。

一応、俺の授業に移りたいという1年生は期限を延ばして受理してもらえる手はずになっているが、もうどの選択授業を受けるか決めてしまった学生は多いだろう。というか大半は決めてしまっていたはずだ。

もうちょっと早く思いつければよかったのだが、しょうがない。閃きとはいつもここぞというタイミングでしか起こらないのだ。（誰かが言っていた格言）

まあ、20人くらいは来てほしいところ。そうじゃなくちゃ育成方法を広めるという俺の目的が達成できないからな。頼むぞ～。

「ゼフィルス様、準備が整いました」

「ありがとうセレスタン。しかし、本当に講師の補佐なんかしていていいのか？　俺に構わず授業を受けてきても良かったんだぞ？」

「いいえ。おそらくですが他のどんな授業よりゼフィルス様の授業の方がためになると思いますから」

いや、そんなことはないと思うぞ？　俺が知っているのは〈ダン活〉の知識だけだ。

この世界特有の技術的なものには疎い自覚がある。

特に授業シーンはゲームではほぼカットされていたからな。俺だって知らない事だらけなんだぞ？

「それにです。僕はゼフィルス様の従者ですから。ゼフィルス様が講師を行うのでしたらその補佐をしたく思います」

……ありがたいなぁ。

「そっか。ありがとうセレスタン。じゃ、行くか」

「はい」

用意してもらった教材を〈空間収納鞄(アイテムバッグ)（容量：少量）〉に入れ、セレスタンと共に俺が担当する教室に向かった。

第8話
学園・情報発信端末・誰でもチャット掲示板15

479 ：名無しの賢兎1年生
とうとう今日ですね。

480 ：名無しの神官2年生
ん？　何がだ？

481 ：名無しの賢兎1年生
決まっています！
〈天下一大星〉と〈エデン〉のギルドバトルですよ！

482 ：名無しの調査3年生
バッチリ席は押さえておいたわ。

483 ：名無しの冒険者2年生
マジで!?
さすが調査先輩なんだけど!?

484 ：名無しの神官2年生
今日だったのか。
んじゃ、俺も少し見に行きますかね。

485 ：名無しの魔法使い2年生
それで、どちらが優勢なのかしら？

486：名無しの調査3年生
〈天下一大星〉と〈エデン〉が0：10ね。

487：名無しの神官2年生
ぶはっ！
おい、コーヒーが逆流したぞ！
あぶねぇじゃねぇか!!

488：名無しの賢兎1年生
まったく勝ち目なし!?
知ってましたけど！

489：名無しの調査3年生
もうね、どう頑張っても〈天下一大星〉に勝ち目がないのよ。
昨日一応彼らにインタビューに行ったんだけどね、誰がギルドマスターになるかで争っていてそれどころではなかったわ。

490：名無しの冒険者2年生
まだギルマス決めてなかったのかよ。
いや、確かにFランクだとギルマスなんてあってないようなもんだけどさ。

491：名無しの調査3年生
ギルドマスター及びサブマスターを決めるのは正式にはEランクから。
だから昨日することではないのよねぇ。
でもギルドバトルを申し込んだのは〈天下一大星〉だし、
何か〈エデン〉に勝利するための秘策はあるのか聞いてみたのよ。
そしたらね、

492：名無しの神官2年生
ごくり。

493 ：名無しの冒険者2年生

焦らすね。いったいなんて言われたんだ。

494 ：名無しの調査3年生

「勇者を倒せば勝てる」、だそうよ。

495 ：名無しの冒険者2年生

無理だぁ！

496 ：名無しの調査3年生

ちなみに〈天下一大星(てんかいちたいせい)〉の出場者Lv平均は22、
〈エデン〉の出場者Lv平均は48ね。

497 ：名無しの神官2年生

絶望的だぁ!!

498 ：名無しの魔法使い2年生

とんでもないLv差なのだわ。
たとえ万が一にも奇跡が起きて勇者君を倒せたとしても勝つことはできなさそうね。

499 ：名無しの調査3年生

どうも彼らは勇者君を倒せればそれでいいみたいね。
「打倒〈エデン〉」ではなく「打倒勇者」って言っていたもの。

500 ：名無しの神官2年生

まずそれが無理なんだよなぁ。

501 ：名無しの賢兎1年生

やる直前にとんでもないものを見てしまいました。

502 ：名無しの調査3年生
賢兎さんも大変だろうけど、頑張りなさい。

503 ：名無しの賢兎1年生
あ、ありがとうございます。

504 ：名無しの神官2年生
何の話だ？

505 ：名無しの調査3年生
まだ秘密よ。

811 ：名無しの賢兎1年生
たははは～。負けました。
もう何もできなかったです。

812 ：名無しの調査3年生
初めてのギルドバトルだったんだもの。
仕方ないわ。お疲れ様。

813 ：名無しの賢兎1年生
ありがとうございます調査先輩！

814 ：名無しの神官2年生
びっくりだわ。まさかあっち側のメンバーだったとは。
そういえば以前上級生の勧誘がどうのって言ってたっけか。

815 ：名無しの調査3年生
よく覚えているじゃない。
でも個人の特定はNGよ。

816 ：名無しの神官2年生

おう。気をつけるぜ。

しかし、ギルドバトルは面白かったな。

意外にも観戦者がちょこちょこ入ってきてたし。

817 ：名無しの支援3年生

注目のギルドのギルドバトルだからな。

多くのギルドが関心を寄せていた。

818 ：名無しの魔法使い2年生

支援先輩。

あなたから見て今日の〈エデン〉の動きはどうだったかしら？

819 ：名無しの支援3年生

初動しか見られなかったからなんとも言えんが、
少なくとも初動の動きは素晴らしかったな。

820 ：名無しの神官2年生

退場終了だったからな。2回とも。決着も早かったなぁ。

確か両方とも10分かかってなかったよな。

821 ：名無しの支援3年生

うむ。

つまりはそれだけ〈エデン〉が優れていたということだろう。

いくら戦力差があろうともこのタイムで決着というのは正直聞いたことが無い。

勝つための筋をしっかり把握し、またメンバーとの連携もしっかりしていた。まだ1年生なのに非常に練度が高いと感じる。

高位職が集まるギルドだからなせる業なのか、それとも勇者氏のカリスマか。

いずれにしろ〈エデン〉の実力は間違いなく強力。脅威度は非常に高いと見ていいだろう。

822 ：名無しの神官2年生

脅威度A判定以上かよ。
やべぇな。
こりゃマジでLvさえあればSランクギルドまで上り詰められるぞ。

823 ：名無しの斧士2年生

後半の動きがまったく分からないのは痛いな。
対策が立てられん。

824 ：名無しの冒険者2年生

まったく〈天下一大星〉は情けない！　もっと頑張れよ！

825 ：名無しの賢兎1年生

はい。すみません！

826 ：名無しの冒険者2年生

あ、いや、すまん。君に言ったわけじゃなくてだな。

827 ：名無しの調査3年生

冒険者。あとで話があるわ。
覚悟しておきなさい。

828 ：名無しの冒険者2年生

ええ!?
ごめんなさい許して！　そして助けて!?

829 ：名無しの神官2年生

しかし誰も助けに来なかった。

830 ：名無しの魔法使い2年生

口は災いの元なのだわ。

831　：名無しの斧士2年生
　調査先輩を怒らせるとは、哀れな。

355　：名無しの盾士1年生
　とうとう来たわ！　今日という日が！

356　：名無しの商人1年生
　待ちわびたわ。

357　：名無しの歌姫1年生
　すごく待ったよぉ。
　1週間がすごく長く感じたよ。

358　：名無しの女兵1年生
　分かる。それすごく分かるわ。
　私も何度時計の不具合を確認したか……。
　時計の針が進むのがすごく遅く感じたのよ。

359　：名無しの盾士1年生
　みんなそれほどまでに楽しみにしていたということだね。
　でもその日もついに来た。今日からは全力で勇者君の授業を
　受けるのよ！

360　：名無しの狸盾1年生
　勉強が耳に残るか心配です。

361　：名無しの歌姫1年生
　実は私もなのよ。

362　：名無しの女兵1年生
　何言ってるの！　勇者君の容姿、ボイス。

全て余すことなく受け止めるの。
逃がしていいの!?

363 ：名無しの歌姫1年生
そんなのダメね！
私が間違っていました！
宣誓（せんせい）！
私は勇者君の容姿もボイスも授業も声も全て受け止めることを誓います！

364 ：名無しの盾士1年生
声って二回言ってる！

365 ：名無しの商人1年生
多分重要なことなのよ。

366 ：名無しの狸盾1年生
それなら分かるです！

367 ：名無しの剣士2年生
いったいこの集まりはなんなんすか!?
何かとんでもない波動を感じるっす!?

368 ：名無しの盾士1年生
ふふふ、今日はねビッグイベントがあるの。

369 ：名無しの冒険者2年生
そんな行事は無かったと思うが……。

370 ：名無しの盾士1年生
違うの！　あるの！
冒険者はすっこんでて！

371 ：名無しの冒険者2年生

最近俺の扱いがますます酷くなってね!?

372 ：名無しの調査3年生

確かに、下手をすれば大事になりかねないビッグイベントがあるわ。

373 ：名無しの神官2年生

調査先輩!?

大事になりかねないビッグイベントとはいったい？

ひょっとして上級ダンジョン攻略開始のセレモニーとか？

374 ：名無しの調査3年生

全然違うわ。

今日は週末金曜日。

つまり選択授業があるわね。

375 ：名無しの神官2年生

ふむふむ。

376 ：名無しの調査3年生

実はとある一室で勇者君が臨時講師として授業をすることになったのよ。

科目は〈育成論〉。

〈エデン〉の強さの秘密、その一角の情報かもしれないの。

377 ：名無しの神官2年生

ホワッ!?

ちょっと待て！　その時点でとんでもない情報なんだけど!?

え!?　今日から!?

378 ：名無しの冒険者2年生

俺、何も聞いてない……。

379 ：名無しの調査3年生

実は受講できる学生に制限が設けられてるのよ。
対象は1年生のみ。定員50名。コマ数6。
しかも急遽(きゅうきょ)決まったことでね。
先週の金曜日、その夕方から受け入れを始めたみたい。
1年生の選択授業の締め切りがちょうど先週の夕方でね。
すでにどこかの授業を受けることが決まった子ばっかりだったのよ。
だから勇者君の授業はあまり人が集まらないと思われていた。

380 ：名無しの盾士1年生

私たち勇者ファンを舐めないでほしいわね！

381 ：名無しの商人1年生

もう即行(そっこう)で登録したわ。

382 ：名無しの歌姫1年生

勇者君ファンネットワークのおかげだよ。
それがなかったら、逃してたかも。

383 ：名無しの女兵1年生

説明するわ。
勇者君ファンネットワークとは、勇者君ファンたちによる
勇者君の情報を共有する素敵なグループチャットのことよ。
我々は日夜、勇者君の情報を常に交換しているの。
少しでも勇者君の情報がファンに届けば一瞬でファン全員に
届けられるわ。

384 ：名無しの剣士2年生

そんな恐ろしいシステムがあったんっすか!?

385 ：名無しの盾士1年生

そのおかげで1年生女子、勇者ファン。総勢45名。

無事、勇者君の授業に登録することができたわ。

386 ：名無しの剣士2年生
は、半端ねぇっす。

387 ：名無しの錬金2年生
なんで私は1年生じゃないの!?

388 ：名無しの商人1年生
諦めも肝心よ、錬金先輩。

389 ：名無しの錬金2年生
私は諦めないわ。
どうにかして授業にもぐりこんでやるわよ！

390 ：名無しの盾士1年生
もし私たちの授業の妨害でもしようものなら、
たとえ錬金先輩とて許さないわよ。

391 ：名無しの商人1年生
勇者君ファンネットワークからの追放も辞さない。

392 ：名無しの歌姫1年生
すぐに追い出してあげるわよ。

393 ：名無しの女兵1年生
私もボスへ連絡するわ。

394 ：名無しの錬金2年生
ちょ、それは卑怯よ！
誰か、誰か私の味方はいないの!?

395 ：名無しの剣士2年生

恐ろしいやり取りっす。

396 ：名無しの調査3年生

安心して錬金さん。

397 ：名無しの錬金2年生

調査先輩！　あなたが神だわ！

398 ：名無しの調査3年生

ちゃんと結果は調査して教えてあげるから。
我慢しましょ？　ね？

399 ：名無しの錬金2年生

違うのぉぉぉ！

400 ：名無しの盾士1年生

とりあえず錬金先輩のことは調査先輩に任せましょ。
そんなことより目の前の授業のことよ。

401 ：名無しの商人1年生

決めていくわ。

402 ：名無しの剣士2年生

えっとっす。
勇者さんにはくれぐれも迷惑にならないようにするっすよー。

403 ：名無しの神官2年生

それで結局、勇者は何を教えてくれる気なんだ？
そもそも授業ができるのだろうか？

第9話　ゼフィルス先生の〈ダン活式育成論〉講座！

「今日から臨時講師に就いたゼフィルスだ。この選択授業では〈育成論〉について教えていこうと思う。授業の途中に質問タイムを設けるから分からないことがあったらドンドン聞いてくれ。では、よろしく頼む」

教室の壇上で俺がそう言うと至る所からザワザワとした囁きと少々の黄色い声が聞こえてきた。

「きゃあ！　本物よ！」

「勇者君が臨時講師するって噂は本当だったのね！」

「き、来て良かったですぅ」

「私も。これだけで週末まで頑張れるわ」

「見て、補佐の人もすごくかっこいい！」

「知ってるわ〈微笑みのセレスタン〉でしょ」

「本当あの2人が一緒にいると絵になるよね～」

「これからこの2人に手取り足取り教えてもらえるのね。捗るわぁ」

「2人っきりになれる機会もあるかな～」

「それよりも自己アピールして〈エデン〉に引き抜いてもらうことの方が重要だよ！」

「ちゃんと勉強して心証を良くしておかないとね！」

多分、受け入れられている、よな？


俺とセレスタンがやって来たのは〈戦闘課〉の校舎の一室だった。結構大きく、収容人数50名くらいの大きな教室だ。

今日からこの教室で〈育成論〉の選択授業を行なう。

基本的に〈ダン活〉はダンジョンを攻略することをメインにおいているため、俺は〈ダンジョン攻略専攻〉のどこかの校舎で授業を行うことに決めていた。

セレスタンにいくつかの候補の教室を見繕ってもらい、同じ校舎ということでこの〈戦闘課〉の校舎を学園に希望した形だ。

教室に入ってみると、驚いたことに満席だった。

50席あって全てが埋まっている。あと、なぜか女子の比率が高い。男子は……1人2人、5人しかいないな。少な！

しかし20人来ればいいなと思っていたところにまさかの満席だったのは嬉しい。

気を取り直して早速自己紹介から行った。

選択授業は一期しか学ぶ機会がないため学生側の自己紹介はカットだ。これだけの人数がいると自己紹介だけで1コマつぶれてしまいそうだしな。1人1分で、50分消費は痛いぞ。

あと、補佐のセレスタンも紹介しておく。

セレスタンのほうを見ると出席簿と書かれたノートに何やらサッサッと書いている。

あれ？　それって名前を呼んで手を上げてもらってから書くやつじゃない？

何セレスタン、彼女らの顔と名前全部一致しているの？　嘘だろ？

「初日は欠席者ゼロですね」

違ったらしい。全員出席に◯を書いていただけだった。

さすがのセレスタンもマンモス校の学生全員の顔と名前が一致しているわけではないようだ。逆になんかホッとした。

というか出席簿なんてあったんだな。その辺の準備は全部セレスタンに持っていかれたので今まで知らなかった。

後で俺も見せてもらおう。気になる子はチェックしておかなければならない。

もちろん変な意味ではないよ。ほんとだよ？

ちなみに俺の知り合いは、3人ほど見覚えのある女子がいるがそれ以外は知らない顔だった。

3人は同じクラスの女子だ、数回話をした覚えがある。一応クラスメイトには宣伝していたのでその効果だと思われる。俺の講義を聞きに来てくれて嬉しいね。

早速授業を開始した。

「まず、世の中にはこんな言葉がある。「職業(ジョブ)とは就いただけで終わらず。就いてからが本番である」と。職業(ジョブ)は、たとえ同じ職業(ジョブ)に就いていたとしても、Ｌｖが同じであったとしても育成によって強さに雲泥の差が表れる。Ｌｖには成長限界があり、一度育成をミスすると取り返しは付かない。

一生そのミスを背負っていくことになる。たとえ高位職に就いていたとしても、育成次第では中位職に負けることもある。皆には正しい育成のやり方、〈育成論〉についての考え方を是非この授業を通して知ってほしい」

俺の講義が始まると全員が静かになった。

先ほどの浮ついた空気が鳴りを潜め、皆真剣な表情で俺の言葉を聞いている。

いいね。〈育成論〉とは〈ダン活〉を進めていく上で基本的な考え方のことだ。

この世界の育成のやり方は、憧れの成功者を目標にしてステータスを振るやり方であり、それ自体は間違ってはいないのだが、もっと、もう一歩上のやり方が存在する。

この講義を真剣に聞き、〈育成論〉をしっかりと身につけた者はＬｖ限界時に相当差が出るはずだ。

俺の講義を聞きに来てくれた皆には、是非身につけてもらいたい。

「この〈育成論〉の授業とは、要は考え方を教えていくことになる。職業（ジョブ）一つ一つの能力にあった育成が存在し、ひとりひとりにあった育成が存在する。憧れのあの人や成功者と同じステータスにしておけば良いなんて、考えを放棄したやり方では決してたどり着けない高みを教えていこう」

〈ダン活式育成論〉とは考え方だ。育成をどういう方針で進める、のではなく。

すでに最終形態が決まっていて、そこに向かってただ突き進むことを指す。

つまり、「自分が考えた最強のキャラクター」、これを考えることが〈ダン活式育成論〉の真骨頂だ。

これをリアル風に置き換えて説明していく。

「〈育成論〉は何になりたいとか目指したいではなく、何を倒したいかを目標にしている。皆、誰か勝ってみたい相手はいるか？」

誰々のようになりたいでは、甘い。

その誰かを超えたい。超えるためにどういうステータスが要求され、どういう完成体なら倒せるのかを考える、それが〈ダン活式育成論〉の考え方である。

◇

そしてあっという間に1時間目が終わって休憩時間。

「なんか、勇者君すごかったね～」

「うん。真剣な顔にキュンときちゃったよ～」

「それも分かるけど勉強しなよ！　結構すごいこと言ってたんだよ？」

「それは分かるんだけどスケールが予想以上に大きかったというか。目指す目標が高すぎるって言うか」

「多分〈エデン〉もこのやり方を採用しているのよ。1年生〈ギルド〉で未だ戦闘不能経験無しなんてどういう実力しているのかずっと気になっていたのだけど、こういうことだったのね」

「そりゃ他のギルドじゃ勝ち目ないわね。昨日のギルドバトルでも同じ1組のギルドに圧勝したって聞いたよ」

「で、でも、どうして勇者君は〈エデン〉の独占にしないで教えてくれるのでしょう？」

「聞いた話だと対抗馬というかライバルが欲しいからだという噂よ。ほら〈エデン〉に追いつけるギルドが今はいないでしょ？」

「それで貴重な情報を公開しちゃう勇者君がマジパナイ」

「分かる。しかも私たちと同じ歳で講師までしちゃう勇者君にすごくときめくの」

「結局そこに回帰するのよね」

「ミーハーな子も多いけどさ、この授業って多分かなり貴重なんだよね。おそらく国家クラス並みに」

「え？」

「それは大げさじゃない？」

「大げさなんかじゃないよ。だってここに参加している50人、絶対他より頭一つ飛び出るよ」

「確かに。ゼフィルス先生が言っていたようにＬｖには成長限界があるわ。つまりＬｖ的には目上の方に追いつくことは可能なのよ。そしてその時の私たちは周りから飛びぬけて強いはずなの」

「マジか。宮廷魔道師とか騎士団長なんかになるのも思いのままってことじゃん！」

「そうなるわ実力主義だもの。それに、もしかしたら上級ダンジョンすらクリアできるかもしれないの」

「上級ダンジョン!?」

「え？　それ歴史に残っちゃうクラスのやつじゃない？」

「歴史に残っちゃうクラスのやつだね。だから国家クラス並みだって言ったのよ」

「勇者君が国家の重鎮を次々生み出そうとしている件」

「むしろ現在進行形で生まれまくっているかもしれない件」

「というか国家クラス並みの情報をほいほい授業で公開していいの⁉　それってもっとこうさ、しかるべき場所に提出するものじゃない⁉」

「それじゃライバルは作れないじゃないの」

「なんていう勇者！」

「痺れちゃうし憧れちゃう！」

「はいはい。さて、問題はこの情報普通に扱っちゃっていいのかという部分」

「そうね。良いのだと思うわ。勇者君の夢を皆で叶えてあげましょ」

「あ、2コマ目が始まるわね。じゃあみんな各自恨みっこ無しで頑張りましょ」

「シーユー」

◇

1コマ目が無事終わった。

初めての授業にしてはそこそこ良かったんじゃないかなぁ。

少なくとも、〈ダン活式育成論〉の基本的な考え方は分かってもらえたんじゃないかと思う。

ただ、1コマ目が終わったとたん女子たちがすごい勢いで一箇所に集まったときは何事かと思った。

数少ない男子たちがポカンとした顔をしていたぞ？

そしてなにやら集まってすごく盛り上がっている様子だった。

何、この45人の女子は全員友達なの？　友達の輪デカくない？　普通いくつかのグループに分かれるもんじゃないのか？

「共通の話題があるとき、女子の垣根は取り外されると聞きます」

「むしろ垣根のかの字も無かったぞ」

セレスタンが俺の心境を読んで言う。あまり読まないでほしいところだ。

とりあえず次の授業の準備をするか。

俺の〈育成論〉は6コマフルタイムで入っているので今日1日はこのメンバーで変わらず授業を行う予定だ。

早速セレスタンから出席簿を貸してもらい一応目を通しておく。

そういえば単位はどうやって与えようか。テストを作る予定は無いから出席率だけでいいか。

そんなことを出席簿を眺めながら考えているとあっという間に休み時間が終わる。

2コマ目だ。

「授業を再開するぞ。まずはこれを見てほしい」

ここからは例として、俺や他の〈ダン活〉プレイヤーが考えた最強の完成体のステータスを見せながら教えていく。

様々な完成体の例を見せて自分流の最強完成体を研究してもらうのが狙いだ。

教科書も無いので紙媒体で作ってコピーしたものを全員に配る。

ちなみに『コピー』や『複写』はスキルで存在する。アイテムもあるけど今回はスキルの方で頼んだ。

また、さすがに全ての例を持ってくるのは不可能なので、今回は無難に【ソードマン】や【黒魔導師】【白魔導師】【シールダー】【シーフ】など、一般的な中位職の〈育成論〉を書いておいた。

これらをベースにして物理アタッカーの育成や魔法アタッカーの育成の仕方など。

なぜその数値にステータスを振るのかを解説するなどして授業を進めていった。

次のコマではその逆に、ではこんなステータスの【ソードマン】や【黒魔導師】がいた場合どうやって倒すか、などを題材にする。

そんなことをしながら進めていくと時間はあっという間に過ぎていき、気がつけば6コマ目が終わる時間となっていた。

「もうこんな時間か。では今日はここまでとしようか。みんな各自、自分の職業(ジョブ)について向き合ってほしい。どんな自分に育て上げるのか、どんな最強の自分になれるのか、それは君たち次第だ。その成果や相談事は、軽いアドバイス程度なら答えるぞ。だが、基本的には自分で考え研究していってほしい。ではまた来週な。解散」

「「「「お疲れ様でした～」」」」

こうして初めての臨時講師としての仕事が終わった。

一日講師をした感想。〈ダン活〉の知識を語るのってすごく楽しい！

帰り道。

いやあ、臨時講師って思っていた以上に楽しかったわ。

学生が皆良い子で真剣に授業を受けてくれたからな、教師冥利に尽きるって〈教師1日目〉。

授業が終わった後、結構な女の子から質問を受けた。皆本当に真面目だ。

おかげで軽くアドバイスするって言っていたのに結構たくさんアドバイスしてしまった気がする。

でもこれは仕方ない。女子からチヤホヤされるのすごく気持ちよかったです。

また、今回この〈育成論〉を受講してくれた学生はＬｖが低い子ばかりだった。

一番Ｌｖが高かった子も同じクラスの３人がＬｖ18だったのでまだまだこれから期待大だ。

なんとかＬｖが低いうちに〈育成論〉を教えてあげられて良かったよ。

皆やる気十分で、明日と明後日はダンジョンアタックに挑むという意欲に燃えていたからな。来週、彼女たちがどう成長しているのか凄く楽しみだ。

今回で〈育成論〉の考え方はだいたい伝えたので、来週からは質問の受付をメインにするかな。

絶対皆何かしらの質問を抱え込んでいるはずだしな。

いやあ、攻略サイトで〈ダン活〉プレイヤーたちと熱く語り合った時の事を思い出すなぁ。

楽しくなってきた！

授業も終わったので今回の反省点や改善点、来週以降の授業のスケジュールや今回寄せられた質問などをセレスタンと纏めて今日の仕事は終了する。

「さて、お疲れ様セレスタン。それで明日からの件についてなんだが」

「はい、ご用意ができております」

「さすがセレスタンだなぁ」

セレスタンが微笑みながら、バッグからいくつもの〈笛〉を取り出す。

俺が〈笛〉の回復を任せていたやつだ。

今度の土日は例の〈学園長クエスト〉を進める予定だった。特に〈ビリビリクマリス〉の素材は喫緊で、日曜日が期限である。

本当は平日もダンジョンに行きたかったのだが、色々と予定もあったし、中級ダンジョンは深いため放課後に行って日帰りでは時間がなさ過ぎる。

できなくはないがそこまで無理をするほどではない。ほかにやることもあったしな。

俺の予定では土日の2回のダンジョンアタックで十分間に合う予想だ。

それで今回は依頼がレアボス素材である。

つまり〈笛〉がいる。

ただ、この前〈エンペラーゴブリン〉戦で、そりゃあもう大量に〈笛〉の回数を消費して回復代がえらいことになってしまい、要は〈笛〉が回復しきっていなかったのである。

〈エンペラーゴブリン〉の時はソロだったので俺の個人ミールで回復するのが筋ではあったが、〈エンペラーゴブリン〉の素材が捌けないことには俺の手持ちが足りないという経緯があった。無念。

というわけでセレスタンに相談し、回復をお願いしていた形だ。

セレスタンはその〈エンペラーゴブリン〉の査定額から引く形で〈笛〉を回復してきてくれた。助かるぜ。

さらに学園長に約束してあった前報酬として〈笛〉も貰ってきていた。二つは貸与品だが。

これで計八つ、〈笛〉の使用回数が全て満タンになっていることを確認する。素晴らしい。レアボスを呼び出す〈笛〉が手の中に八つも！　とても素晴らしい光景だ。

これはなんだろう……、〈ダブルビューティフォー〉とでも名付けようか？

改めて見る。何度見ても〈笛〉が八つ。素晴らしい。

「ゼフィルス様、お納めください」

「お、おう。こほん。助かるよ」

見惚れていたのを誤魔化すように〈笛〉を自分のバッグにしまう。

さわさわとバッグを撫でてしまったのは不可抗力である。思わず、撫でたくなるよね。

ちなみにだが、あの時の〈エンペラーゴブリン〉の査定額は１８００万ミールだった。

〈笛〉代６００万ミールを引いて手持ちに残ったのは１２００万ミールだったが、すごい金額だ。

「こちらが〈笛〉の代金を引いた素材のミールです。お受け取りください」

「助かるよ」

セレスタンが〈学生手帳〉を翳すようにしてきたので俺も自分の〈学生手帳〉を合わせる。「ピロリンッ♪」と音が鳴って入金が完了した。

しかし、１８００万ミールか……。

20体倒したので1体につき90万ミールの計算だ。最初に〈エンペラーゴブリン〉を倒した時は倍の値段が付いたのに、これがデフレということだろう。ちょっと素材を流しすぎたかな？　またマリー先輩に怒られそうだ。

そんなことを考えながら、今日はこれで解散した。


翌日、今日は土曜日だ。

朝からテンション上げ上げでギルド部屋へ向かう。

「おはようみんな！　今日も良い朝だな！」

これから中級ダンジョンに向かうと思うとワクワクして、沸き上がるテンションのままに爽やか風に挨拶をしながら部屋に入った。

「ゼフィルスおはよう！　なんだか今日は爽やかね！」

ラナにはこの爽やか風を分かってもらえたようだ。

「おは」

「おはようゼフィルス」

「おはようございます、ゼフィルス殿」

カルア、リカ、エステルが順に挨拶してくれるのを手を振って返す。

今日の俺は爽やか風なのだ。

ギルド部屋に来ていたのはこの4人だけだったようだ。他のメンバーはまだ来ていない様子だな。

「失礼いたしますわ。皆さんおはようございます。――あ、ゼフィルスさん。少々お話させていただいてもよろしいでしょうか？」

と思っていたら後ろからリーナが入ってきた。

挨拶をしながら入室すると、すぐに俺を見つけてパアっと花が咲いたような笑顔になって近寄ってきた。

相変わらず上品というか、お嬢様といった丁寧な話しかけ方だ。

もっと気軽に声を掛けて良いのにな。

ま、それが彼女の性分なのだろう。

「構わないさ」

「ありがとうございます。実はですね――」

リーナが近くで話し出すと何故か強い視線を感じるようになった。

「ねえリカ、カルア。なんだかゼフィルスがデレデレしてないかしら？」

「う、うむ。していない、ことも無いかもしれんな」

「微妙？」

「そうかしら？　なんだかムカつく顔をしている気がするのよ」

「あのラナ様、どうかお気を静めて……。そんな言葉を王女が使ってはいけません」

見られてる。なんだか全員の視線がこっちに向いている気がする。

何故だろうか？　今日の俺は爽やかなゼフィルスだというのに。

俺はなんだか嫌な汗をかきながらメンバーが集まるまでの間、妙な視線にさらされ続けたのだった。

第10話　クエスト攻略始動。（ただのダンジョンアタック）

「今日は件の〈学園長クエスト〉のクリアを目指そうと思う」

メンバー全員が集まった朝のブリーフィングで俺はそう切り出した。

〈学園長クエスト〉はギルドに依頼されているので、ギルドの皆で協力してクリアを目指したい。

「良いと思うわよ。それに両方とも期限が喫緊なのだし、急いでやるべきね」

シエラが俺の言葉に頷き、賛成する。

「わたくしもよろしいかと思いますわ。特に〈ビリビリクマリス〉の素材の期限は明日です。ゼフィルスさんの話では中級下位ダンジョンを攻略した実績もあるとのことですが、レアボスは初めてとのこと。〈笛〉の回数次第でも失敗はあり得ます。急ぎ向かうのがよろしいかと思いますわ」

リーナも同じく賛成する。こちらは懸念事項も添えて。

一応リーナには色々と〈エデン〉が独占している〈公式裏技戦術ボス周回〉やエステルのキャリーについて教えてある。

リーナは【姫軍師】なのでできるだけ情報を与えるようにしているのだ、が。それはそれとして心配は心配らしい。

「また、〈最上級からくり馬車〉の納品も期限が長いように見えて喫緊です。今日が5月18日土曜日ですから残り13日、作製に5日間掛かるとのことですので残り8日ですわね。幸い5月末は金曜日ですから5月26日日曜日までに依頼をこなせばギリギリ間に合いますわ」

〈からくり馬車〉の方は最上級品をご所望なのでレアボスの〈陰陽次太郎〉の素材が必要になってくる。

〈ビリビリクマリス〉の方もレアボスなので〈笛〉の運用についてしっかりスケジュールを組まないとやっちまったになりかねない。

実際、リーナが言っていたように5月の最後は金曜日だ。つまり土日はあと2回ずつしかない。ダンジョンアタックのチャンスは4回。今回の土日に〈笛〉を全部〈ビリビリクマリス〉の素材に使い、次の土日で〈陰陽次太郎〉の素材を集めるやり方が良いだろう。

スケジュール的にはギリギリに見えるな。リーナが喫緊と言ったのも分かる。

まあ、〈からくり馬車〉の方は、間に合わなさそうなら最終手段として、放課後エステルのキャリーで即行日帰りで取ってくるのも有りなので俺はそこまで心配はしていない。

しかし、それは最後の手段だな。基本は土日で集める予定だ。

あ、そういえば〈からくり馬車〉を作製してくれるはずのガント先輩に予定を聞くのを忘れてたな。〈サンダージャベリン号〉を見る限り相当手間を掛けてくれたはずなので、もしかしたら時間の都合が合わないとかあるかも知れない。先にそっちを調べておかないと。

「セレスタン、ガント先輩のところに行って予定を聞いておいてくれないか？　あと、また〈最上級からくり馬車〉の作製を依頼してほしい。あ、まだ時間があるから今じゃなくていいぞ」

「かしこまりました。ではダンジョンから帰った後、お伺いいたしますね」

「よろしくな」

これでとりあえずはいいだろう。学園からも話が通っているはずだしな。

「さて、それも踏まえて方針を決めるぞ。今日も3パーティに分けるつもりだ。一つは例の〈からくり馬車〉の素材の回収チーム、〈竹割太郎〉を大量に狩ってきてくれ。メンバーは、シエラをリーダーに、ハンナ、ルル、シェリア、パメラだ。ハンナはヒーラー装備で頼む」

「うん。分かったよ！」

〈からくり馬車〉はレアボス〈陰陽次太郎〉の素材だけで出来ているわけでは無い。というよりむしろ通常ボスの〈竹割太郎〉の素材が多く使われている。こちらは〈笛〉を使わなくても良いので回収パーティを組んだ形だ。

一応かなりの素材がいるからな。今の〈サンダージャベリン号〉も2日間掛けて狩りまくった素材を使っているので、今日明日で大量に稼いできてほしい。

また、パーティメンバーは【盾姫】でタンクのシエラを軸に、回復役は〈マナライトの杖〉に〈支援回復の書・魔能玉〉を埋め込んだ装備のハンナに務めてもらう。

実は〈サボテンカウボーイ〉を狩った時にドロップした〈支援回復の書〉はしっかり〈魔能玉〉に転化しておいたのだ。

能力は、

〈支援回復の書・魔能玉〉

『ヒーリングLv7』『メガヒーリングLv3』

『プロテクバリアLv9』


である。

なんと元は『ヒーリングLv5』だったものが〈ダブル能玉化現象〉を引き起こし『ヒーリングLv7』と『メガヒーリングLv3』が生えていた。ヤバい。これはすげぇ。語彙力が死ぬ。

これが出来た時は思わずハンナと一緒にお高いお肉を買いに行ってしまった。お皿からはみ出るくらいお供えしてしまったよ。ありがとうございます〈幸猫様〉！

また『プロテクLv8』だったものは『プロテクバリアLv9』に〈転化〉していた。

効果は防御力アップに加え、一定数の物理ダメージを1度だけ無効にするという強力なバフだ。

ちなみに一定数のダメージというのはそれほど高くは無い。少し貧弱なバリアを張るというイメージだ。

ボスの攻撃なんかにさらされれば1回2回殴られただけで砕けるようなものだが、あるのと無いのとじゃまったく違う。

これでハンナは多少生き残れる確率が上がるというものだ。素晴らしい。

今のところ〈魔能玉〉で一番の当たりだなこれは。

〈エデン〉は現在ヒーラー不足なために、今回はハンナを臨時でヒーラーにして送り出す形だ。

純ヒーラーが今のところラナしかいないから仕方ない。早く新しいヒーラーが欲しい。

ミサト、本気で引き抜いちゃおうかな？　サターンたちが泣きそうだが、別に構わないか。

それはともかくとして、タンクとヒーラーが決まれば後はアタッカーだ。

【ロリータヒーロー】で万が一の時はサブタンクも出来るデバフアタッカーのルルに、【精霊術師】でダメージディーラーのシェリア、そして【女忍者】で索敵も出来るパメラを加えたメンバーだ。

タンクがシエラなのは、万が一レアボスをツモってしまった場合、全体攻撃に対する防御が今のところシエラの『インダクションカバー』だけだからだ。他のタンクではハンナがやられてしまうのでこのような構成だな。

ちなみにボス部屋の門ドカンッ役はシェリアが担当する。シェリアのＩＮＴで『エレメントブーストＬｖ５』をして『エレメントジャベリンＬｖ５』を叩き込めばボスがリポップする威力がたたき出せるからな。

今回は俺がパーティ構成を全部決めてしまったが皆に異論は無いようだ。よかった。

「次に〈ビリビリクマリス〉を狩りに行くチームだが、俺、ラナ、リカ、カルア、エステルが担当する」

レアボス〈ビリビリクマリス〉が出現するのは中級下位(チュカ)の一つ〈六森(ろくもり)の雷木(いかずちもく)ダンジョン〉だ。

今のところ中級下位(チュカ)に行けるメンバーが少ないため消去法で決定した。

タンクはリカが基本的に受け持ち、俺もサブタンクとして加わる。

ヒーラーはラナが担当。

アタッカーはエステル。

斥候と索敵はカルアだな。

これも異論は無いようだ。

「そして最後にリーナ、セレスタン、シズのパーティーだ。リーナがまだＬｖが低いのでレベル上げを頼みたい」

「承りました」

「ありがとうございます。よろしくお願いしますセレスタンさん、シズさん」

「はい。こちらこそよろしくお願いします」

俺の頼みにセレスタンたちが了承し、リーナが２人にお礼を言う。

シズはどうかなと思ったが、シズも頷き、心よく引き受けてくれた。

リーナはこの前〈初心者ダンジョン〉で時間を食いすぎてＬｖ10で止まっている。

なのでセレスタンとシズには初級下位ダンジョンの同行を頼んでおいた形だ。

リーナには早めに俺の右腕になってもらいたいからな。追い抜かれるかもしれないが。

こほん。

その後いくつかの打ち合わせを行い、解散する。

さて、楽しい楽しいダンジョンアタックの時間だ！

そしてやって来たのは中級下位の一つ〈六森の雷木ダンジョン〉だ。

辺り一帯が鬱蒼とした深い森になっており、何故か森が電気を帯びている。

「何これ⁉　木々がビリビリしてるわよ⁉」

「別名〈ビリビリの森〉なんて呼ばれてるからなぁココ」

ダンジョンに入ったところでラナが驚きの声を上げる。いいリアクションだ。

まあ初めて見たら驚くよな。俺もゲーム画面では見たことあったけど、実際に見てみると迫力が段違いだ。ある種の感動すら覚える。

「あ、ちなみにあまり木に触んない方が良いぞ、ＨＰにスリップダメージが入るから」

「何？　ということはこの木々が罠の類いなのか？」

「爆破、する？」

リカの言うとおり一応罠扱いだ。ダメージ床と扱いは同じだな。

中級ダンジョンからはこういうダメージ罠も新たに登場する。

まあ触らなければどうということはない。

俺の助言にリカが少し警戒したように森を見渡し、カルアが自分の装備している〈爆速スターブーツ〉を見ながら物騒なことを言う。

〈爆速スターブーツ〉には『罠爆破』スキルが搭載されているからな。

「爆破はしなくていいぞ、切りが無いからな。それにこのダンジョンの樹木は採集すると雷属性を帯びた木材が手に入るから〈採集課〉や〈罠外課〉からすれば貴重な収入源のダンジョンなんだ。入口でそんな金のなる木を破壊していたら上級生から睨まれるぞ」

「ふむ、なるほど」

「ん、爆破しない」

よく見渡せばいろんなところで〈採集課〉や〈罠外課〉の上級生が木々を伐採している。

俺に言われてそれに気がついたリカとカルア、どうやら木々を見る目が変わったようだ。

このダメージを与えてくる木は厄介な罠であると同時に収入源の塊でもある。

ハンナなら目をミールに変えていたかもしれない。

「俺も、少しだけ伐採していくかな。ちょっと待っててもらえるか？」

「？　ゼフィルス何するの？」

ラナの疑問の声に手を上げてごまかすとバッグから〈優しい採集シリーズ〉の一つ〈優しいオノ〉を取り出した。

これは先週、俺がリーナと面談していた日にルルたちのパーティが〈バトルウルフ〉の〈金箱〉からドロップしてきたアイテムの片方だ。今日はそれを貸してもらっている。

効果は〈『伐採Ｌｖ３』『品質上昇Ｌｖ４』『量倍』〉であり、本来なら初級上位（ショッコー）までしか使えないのだが、そこに登場するのが〈三段スキル強化玉〉である。

〈三段スキル強化玉〉は装備またはアイテムに付与されている〈スキルＬｖ〉を上昇させる効果がある貴重なアイテムだ。

〈サボテンカウボーイ〉撃破の〈ビューティフォー〉現象の時に手に入れたこの〈三段スキル強化玉〉二つを、俺は〈優しい採集シリーズ〉に使う事にした。

一つは〈優しいスコップ〉、マリー先輩から買い取ったこれを強化し、そして先週ドロップしたこの〈優しいオノ〉も強化した。これで二つとも『採取Ｌｖ６』と『伐採Ｌｖ６』に上がり中級上位まで使える一品となっている。

一応〈優しいピッケル〉も持ってはいるが、今回は保留にしている。今のところ鉱石関係は売却しか使い道が無いためだ。

その点、ここのダンジョンの雷を帯びた木々は〈六雷樹〉という錬金にも使える素材なので、これを伐採するために〈優しいオノ〉を強化した形だ。

「せーい」

スコーン、という軽い音と共に〈優しいオノ〉に伐採された木がエフェクトに消え、足下にいくつかの〈六雷樹の木材〉を残した。

「おおう。焦る瞬間手にビリっと来るなぁ」

静電気風呂に手を突っ込んだ時の感触に似ていた。ちょっと面白い。

ちなみにＨＰもしっかり削られている。

「ちょっとゼフィルス、何それ楽しそうじゃない！　私にもやらせてちょうだい！」

「いいぞ。だがちょっと待ってな、後３回くらいやらせてくれ」

「私の次に存分にやれば良いわ！」

「いやそこはちょっと待とうぜ⁉」

さすが元わがまま王女クオリティ。ラナらしいぜ。

だが、こんなわがままを言うのはエステル曰く俺にだけらしいので、甘えられていると思えば悪い気はしない。

仕方ないので〈優しいオノ〉をラナに渡してあげた。

「ありがとねゼフィルス！」

「おう〜。ああ、ラナ持ち方が逆だ、こうやって持ってな。それだとスイングの時上手く振れないから」

「う、簡単そうに見えたのに、意外と難しいわね」

オノを持つラナの手が怪しかったのですぐに矯正する。思い起こせばラナが何か武器っぽい物を持っていた記憶が無いな。意外にも持ち方初心者ってやつだった。

なんだか重心もフラフラして危険だったので後ろからオノを持って支える。

少し抱きつくような形になってしまった。ラナの香りが鼻腔を擽る。少し甘い匂いがした。

「うう、なんだかドキドキするわ」

「しっかり集中してくれ、オノを振るうって結構危ないんだからな」

そう諭しながらラナを見ると、振り返ったラナと目があった。

「う、うん、わかったわ――――!?」

ほとんど抱きつくような位置に居たため凄く近い。もしかすれば、唇が届いてしまいそうな距離。

時が止まったように制止し、目を大きく見開くラナの大海原を思わせる深い青の瞳に吸い込まれそうだった。そして、

「――あ、あ、あ、あわ！　ち、近いわ！」

「おわっと⁉」

ラナの顔が急速に真っ赤に染まっていったかと思うと、爆発した。

「ラナ様⁉」

慌てた様子のエステルがやってきた。腕の中のラナを渡す。

〈優しいオノ〉はしっかり回収したので危険は無い。

「きゅぅ」

「ラナ様、お気を確かに⁉」

顔から湯気を出して目を回すラナをエステルが介抱する。

「ん、ゼフィルスは向こう向いてて」

「そうだな。ラナ殿下は少し体調が思わしくないご様子だ。ゼフィルスは向こうでちょっと伐採してきてくれ」

「え、ああ。はい」

俺もラナの介抱に参加しようとしたらカルアとリカからインターセプトを食らった。

しかもあっち行っててのおまけ付きで。

おおう。ちょっとショック。

まあ、ラナがああなったのは俺のせいみたいなので、ラナが復活するまでの間、大人しく伐採に勤しんだのだった。

第11話　クエスト中のガールズトーク。心配事は尽きない。

「ふう。凄い威力だったわ。あれは危険よ」

「ラナ様。無事立ち直りましたようで何よりでございます」

ゼフィルスが少し離れた向こう側で、すでに50本目の伐採に取りかかろうとしている頃、ようやくラナが我に返ってそう言った。

エステルがハンカチを片手にせっせと火照ったラナの汗を拭っている。

「ん、ラナ羨ましい。私もやっていい？」

「ダメよカルア。あれは危険なの。命が惜しければやめた方がいいわ」

「そこまでの事なのだろうか？」

カルアが参加を表明するもラナが一瞬で却下する。

何故か命の危険を訴えるラナの言葉にリカが苦笑していた。

「でも惜しかったわ。あんな機会、なかなかないっていうのに、でももう少し慣れが必要ね。いきなりあの顔が傍に迫るなんて心臓が耐えられないわ」

「確かにあのシチュエーションは良かった。ゼフィルスも男前だったな」

「ん。ゼフィルス優しい」

ラナの要望を優先させてくれ、さらにラナがオノをまともに扱えないと知ればすぐに助けに入って、できる限りラナの希望を叶えさせようとするゼフィルスの行動にリカとカルアの評価は高かった。

ラナだけは嬉し恥ずかし体験を逃してしまったことを悔いている様子だが。

「中々できることではありません。それだけゼフィルス殿はラナ様を信頼なさっているということかと」

「そ、そうね。私、ゼフィルスから1番に信頼されているわよね？」

何やら1番を強調するように言うラナ、その言葉には何かその場所を脅かす存在を思わせた。

それを察知して微笑ましいという顔になるエステルとリカ。

最近、ラナがやきもきしていることを知っているからだ。

先日、〈エデン〉に新しい加入者が加わった。

名前をヘカテリーナ。ゼフィルスがほしがっていた指揮官である。

また女の子！　とそれだけでもラナは少々ゼフィルスに文句を言ってやりたい気分だったが、問題なのはヘカテリーナからゼフィルスに向かう視線と態度だ。

明らかにゼフィルス狙いの子なのである。

もう、〈エデン〉の女性陣は即で察した。むしろゼフィルスが連れてきた瞬間に察していた。

聞いてみれば、ヘカテリーナは職業の取得に失敗し、今後の人生が真っ暗闇だったのだという。

貴族は貴族専用の職業というものが存在することはこの世界でも知られており、そして貴族専用職業は基本的に一般的な職業よりも強い。

そのため、貴族は貴族専用職業（ジョブ）にしか就かない傾向にあった。

家によっては貴族専用職業（ジョブ）に就く以外認めない所もあるほどだ。ヘカテリーナはそんな家の子だった。

そして不幸にも発現した職業（ジョブ）と性格がまったくあわなかったヘカテリーナはお先真っ暗の人生が確定していた。

転職すれば別だろうが、いつ発現するかも分からない、希望する職業（ジョブ）を待っていたらあっと言う間に年を重ねてしまうだろう。

しかも、転職というのはこれまでの人生をリセットする行為だ。歳は16歳に戻れないので、同世代との差はとんでもない事になるだろう。へたをすれば人生が詰む。

そんなところに現れたのがゼフィルスで、まあ、予想通りなんの抵抗も無く、暗闇も、絶望も簡単に取り払い、今後の人生を明るく照らしてくれたのだ。しかもたったの1日で。

そんな相手に好意を寄せないわけもなく、ヘカテリーナはもうゼフィルスにぐいぐい迫っていた。

しかも、ゼフィルスが拒否も否定もせず受け入れているように見えるのでラナたち〈エデン〉の一部の女子メンバーは焦っていた。全部ゼフィルスのせいである。

まあ、本当に受け入れているわけではないというのは女性陣にも分かっている。

あれはヘカテリーナを自分の右腕に育成するべく教え込んでいるだけであると。

ただ感情はいかんともしがたく、自分だけを見てほしいと思ってしまうのが乙女心だった。

だが、ゼフィルスは皆に優しいのでそれが気になる女子は不安に思うのだ。

そんなやきもきしているラナに向かってエステルがとんでもない事を提案する。

「いっそのことゼフィルス殿と婚約してしまってはいかがですか？」

「んなぁ⁉　え、エステル、なんて事言うのよ⁉　そ、それはまだ早いのではないかしら⁉　だってまだ出会って1ヶ月しかたってないのよ、多分ゼフィルスだって結婚なんて考えてないはずだわ！」

エステルの真顔の提案に焦るラナ。

ラナの言っていることは、至極真っ当だった。

そしてゼフィルスも、エンディングを考え始めているとはいえまだ学園が始まったこの時期にどこへ進むかなんて具体的なことは考えていない。婚約を迫られたとしておそらく断ってしまうだろう。ラナは慧眼だった。

「でしたら婚約するしかない状態に追い込むのはいかがでしょう」

「いえ、できればあの恋愛小説みたいにラブロマンスな感じが良いのだけど……」

ラナの不安そうな表情に、護衛のエステルの何かが触れたようだ。物騒な発言が飛び出した。

次第にラナの声量が下がっていく。

ラナがほしいのは甘酸っぱい恋愛小説のようなラブロマンスなのだ。

そんな、恋もお付き合いも飛ばしていきなり婚約だなんて、話が飛びすぎている。

「ラナ、ファイト」

「そうだな。不安に思うのなら攻めなければならない」

しかし、カルアとリカが応援に加わった。

さすがにエステルの言うような物騒な話ではないが、ゼフィルスが欲しいのなら相応の行動が求められる。

ライバルが増えてきた今、もしかしたらもあり得るのだ。

顔が近かっただけで目を回してプシューしている場合ではない。

「そうね、今のは私らしくなかったわ！　もう少し仲が深められるように頑張ってみるわね！」

〈エデン〉の皆に励まされてラナは立ち上がる。

それに気がついたゼフィルスが手を振りながら戻ってきた。

ラナは心の動揺をその辺に放り投げ、いつもよりも少しだけ近い位置を目指し、一歩踏み出していく。

第12話　リベンジに燃えるラナ。顔がとても真っ赤です。

ラナが目を回したので俺は樵になった。

何を言っているかよく分からないって？

実は俺も自分が何を言っているのかよく分からない。

だが事実なので俺は〈六雷樹〉を伐採するマシーンとなってたくさん樵った。

この〈ビリビリの森〉に生える木は樵る度にスリップダメージを食らうので、ちょくちょく『オーラヒール』で回復する。

〈採集課〉の学生、例えば【コリマー】などならこのスリップダメージを負わないスキルを身につけていたりするのだが、残念ながら【勇者】にそんな便利な機能は無い。

そうして他の上級生が近くで伐採する中、俺も一緒になって伐採に励んだ。

なんかそこらじゅうから木を切るスコーンという音が聞こえてきていて少し楽しい。

ゲーム〈ダン活〉時代にはなかったBGMだ。

『楽しいことは、夢中になって止まらない』。

そんな格言があるように、伐採に夢中になってしまって気がつけば俺の手元には300個近い〈六雷樹〉の材木があった。

さすがに樵りすぎた。絶対こんなに使わない。

まあ、たまにはこういうこともあるよね。（たまにはではなかったような……）

女性陣の方に振り向くとちょうどラナが立ち上がったところだった。

良かった。どうやら復活したらしい。

俺は樵を卒業し、手を振りながらみんなの下に戻ったのだった。

「とりあえずゼフィルス、もう私が目を回すことはないわ！」

「おお？　ああ。分かった？」

ラナが何が言いたいのか分からなくってハテナになった。

まあ、ラナはいつもこんな調子なので気にすることでもないだろう。

「って、何進もうとしてるの。伐採がまだ途中じゃない、さっきの続きをしてよゼフィルス」

とりあえず時間も結構使ってしまったのでダンジョンの先に進もうとしたらラナにがっちり肩をつかまれた。

そこで先ほどの言葉を理解する。

どうやらラナはもう一度伐採の手ほどきをご所望なようだ。

すでに300個近い〈六雷樹〉の木材があるのでもう必要ないですとは言い出せない雰囲気。

結局ラナに伐採の手ほどきをすることになった。

「ねえ、オノ出して？　さっきみたく教えてよ」

「お、おう。気をつけろよ？」

なんか急にしおらしくなったラナに少し面食らいつつも、再び〈優しいオノ〉を取り出してラナに渡す。

「ん、ありがと」

オノを受け取ったラナが背を向けて〈六雷樹〉の前に移動する。

「ほらゼフィルス。さっきみたいにう、うう後ろから手を回してもいいわ。こ、今度は目を回したりしないから……」

「えっと。わかった……？　失礼します？」

「なんで疑問形なのよ」

状況が良く飲み込めてないが、ラナがさっきと同じようにやれというのだから、先ほどと同じように背中側から抱きつくようにしてオノを持つ手に添えるようにして持った。

「――――うう、近い、近い、近いわ……でも耐えなくちゃ……」

なんだかラナがボソボソと下を向いてしゃべっているが、耳に入ってこない。俺も緊張しているのか？

先ほどの光景が脳裏をよぎる。

吸い込まれそうな青い瞳。もう少し接近すれば触れてしまいそうな距離。

いかんな。思い出すとなんだかいかん気がする。

何がいかんって、今の俺たちの状況を横から3人がバッチリ見守っているのがいかん。

「ラナ様、頑張ってくださいー」

「ゼフィルス、もっとくっつく。へっぴり腰」

「少し時間をかけてもいいな。その方がラナ殿下も耐性が付くかもしれない」

しかも応援までしている。バッチリ聞こえている。

何だこれ？　どんな状況？　あとカルア、俺はへっぴり腰なんかじゃない、この姿勢で背筋を伸ばすと色々と危ないのだ。

「い、行くわよゼフィルス。早く教えて」

さすがにラナも恥ずかしいのか顔を赤くして急かしてきた。とても真っ赤だった。耳まで赤い。

その視線はずっと目の前の木を見ていてこちらに振り向いてはいないが横から見るとバッチリそれが見える。

俺も顔が赤くなっていないか心配なところだ。

一度首を振り、邪念を飛ばして俺はレクチャーに集中する。

「あ、ああ。こうしてな、オノの刃の部分を水平にして当てるイメージだ。ある程度良い当たりをしたらスキルが発動して素材になる。こんな感じのスイングだ」

ラナの手を優しく持って右に少し振りかぶり、水平にして木にオノを軽く当てる。

スコンという音と同時にビリっと来てＨＰが僅かに減った。

「ひゃ！　な、なんかビリっと来たわ！」

「それが〈ビリビリの森〉の面白い所だな。何でこの木は電気を帯びて平気なんだろうな？」

「知らないわよ。い、いいから集中しないと。こ、こうかしら？」

「そうそう」

いきなり強く振りかぶってもうまくはいかないので、まずはスイングの軌道をなぞるように軽く振る。

もう一度軽く当てると、また僅かにＨＰが減った。木の方は軽く当てただけなので素材にならずその場に健在だ。

「わかったわ。次で出来そうな気がするの」

「そうか？　じゃあ、少し離れてるな」

「なんでよ。まだ出来ないかもしれないんだからちゃんと支えててよゼフィルス」

「え？　ああ。うん？　そうか？」

隣で3人が思いっきり見学中なため1人でやった方がいいかなと思って離れようとしたらラナに呼び留められた。

なんだろう、今日のラナはやけに素直だ。デレまくりだ。

普段はツン要素がちょっと大きめなラナなのに、今日はデレ要素が前面に押し出されたツンデレだ。少しドギマギする。

これが2人っきりであれば危なかったかもしれない。何が危なかったかはわからないが。

俺は横目でこちらを応援しまくっている3人を見る、すると心が落ち着いた。あれを見ると我に返るよ。

「「「がんばれ〜」」」

「じゃ、行くぞ？」

「うん。せーの！」

「せ！」

掛け声と同時にラナを支えつつスイングを正しい軌道にフォローする。

振られたオノは綺麗に幹に吸い込まれ、スコーンという気の抜けた気持ちの良い音を出した。

瞬間エフェクトに包まれた木が消滅し、その足元には〈六雷樹〉がドロップしていた。

「わ！　本当に素材になったわ！」

「よし、成功だ！」

「ラナ様、お見事でございます！」

「ん、おめでとうラナ」

「素晴らしかったラナ殿下、ゼフィルスもとても良かったよ」

エステルの「お見事」は分かる。そこからカルアの「おめでとう」で疑問を持ち。リカの「ゼフィルスとても良かった」では何が良かったのかよく分からなくなった。

オノをバッグに戻し、素材を持ったラナとハイタッチすると、先ほどの妙な雰囲気は霧散していた。いったいなんだったのか良く分からないが、女性陣的には今のは深い意味があったのだろう、予想以上にラナを褒め称えていた。

ラナもなぜか「むふぅー」とした顔だ。

俺は1人首をかしげたのだった。

第13話　20層守護型〈プラマイデンキツネ〉戦。あれは可愛くない。

〈六森(ろくもり)の雷木(いかずちもく)ダンジョン〉の1層で思わぬ時間を食ってしまったが、女性陣が楽しそうだったので良しとしよう。

「さて、時間も無いからとっとと行こう。〈馬車〉を使うぞ。エステル」

「はい！〈サンダージャベリン号〉を召喚します！」

なかなか珍しいテンションのエステルが「召喚！」と言いながら〈空間収納鞄（アイテムバッグ）〉から〈サンダージャベリン号〉を取り出した。

それ召喚じゃねぇというツッコミは野暮というものだろう。

なぜか先ほどのラナの伐採を手伝ってからエステルのテンションが高い。

普段なら絶対しないのに、珍しい光景だ。きっと落ち着いた後に思い出してベッドでコロコロ転がるに違いない。

「今回の目標は最下層の〈ビリビリクマリス〉の素材各種だが、さすがに1層ずつ攻略していたら間に合わない。そこで〈サンダージャベリン号〉を使い、一気に最下層まで降りる。あ、ただし20層の守護型フィールドボスは倒すぞ。明日は転移陣を利用したいからな。邪魔するようなら徘徊型も蹴散らす」

「了解だ。私に異論はない」

「ん、おけ」

「今日はボス戦のみなのね！　少し残念だけど」

「ま、普通のモンスターと戦うならまたの機会だな。隠し扉を開けに再探索するかもしれないし」

今日の方針を改めて伝えるとリカ、カルア、ラナの順番で了解を得た。

ラナの言うとおり、ザコモンスターとの戦闘は全カットではあるが、時間があるときにでもまた再探索する気だ。その時はラナも誘おうと思う。

今回は〈ビリビリクマリス〉の素材の卸値がむちゃくちゃ高い。リーナが張り切りすぎたからな。最終的にミールではなくQPでの引き渡しになったが、逆にQPは貯めづらいため非常にウェルカムであった。

正直QPは今後いろんなところで使う予定のためできるだけ多く欲しい。稼げるときに稼がないといかんのだ!

リーナには改めて後で礼を言っておかないとな。

まあ、さすがに卸しすぎれば次の機会などに響くので加減はするつもりだ。

良い感じに加減するためにもそれなりの量が必要となる。「取ってきた物全部買い取って」よりも「これだけあるんですが、どれだけ買い取れます?」の方が良心的だからだ。

余ったらこっちで使えばいいからな。(学園長が頭抱えそうだけど多分大丈夫)

さて、早速〈サンダージャベリン号〉に乗り込み、出発した。

いつも通り、運転席にはエステル、助手席には俺が座って道を示す。ラナたちは馬車内だ。

「中級のモンスターはやはり強いですね。一撃で屠れないことがあります」

「あんまりそういうことが続くとトレイン状態になるからな。そしたら『オーバードライブ』で撤くんだぞ」

「はい。気をつけております。あとゼフィルス殿、そろそろ」

「そうだな。『オーラヒール』!」

「ありがとうございます」

「おう。あ、次の道を左だ」

道を示しつつダメージを受けたエステルを回復する。

ここのモンスターたちはほとんどが雷系モンスターで構成されているが、その内の1種、〈ビリビリス〉というリス型モンスターはＨＰが低く、倒されると電撃を撒き散らすのだ。所謂、退場時発動スキルだな。

また罠もある。電撃トラップやら飛来系やらだ。これらは〈サンダージャベリン号〉が速いので発動する頃には走り去っていてダメージを食らわない事も多いが、それでもいくつかは食らってしまう。

これらによってエステルは少なくないダメージを負っていた。〈馬車〉のダメージは装備者のＨＰが削られるからな。ということで俺が横で回復しているのだ。

〈馬車〉は強いが、こういう弱点もあるのでＨＰには要注意な。

無視して走らせると装備者が戦闘不能になるうえ、ＨＰのバリアの効力外に置かれてしまう。ゲーム時にはただ復帰させればよかっただけだが、リアルではへたをすれば〈馬車〉が壊れるかもしれない。馬車内だってどうなるか分からない。ちゃんと気をつけておこう。

まあ、そんなヘマはしないが。

そんなフォローもしつつ〈馬車〉を走らせながら、10層に到着した。

「ゼフィルス殿、ここのボスはスルーしてしまっていいのですよね？」

「ああ。転移陣は20層が開放できていれば良い。ここはまたの機会に来よう。突っ走ってくれ」

「わかりました！」

エステルに指示を出し、11層への階層門へ最短距離を走らせる。

門が見えてきたと同時に、それの付近にいた10層を守護するボスモンスター、テン型ボスの〈テイデンテン〉が現れ、側面から襲い掛からんとした。

「エステル！　オバドラ発動！」

「『オーバードライブ』！」

〈乗り物〉系スキルの『オーバードライブ』は超スピードダッシュで突っ走るスキル。

基本的に攻撃よりもこうしてモンスターのトレインを撒くことによく使われるスキルだ。

これによりスピードがグンっと上がり、〈テイデンテン〉を引き離す。

「ニュオォォォォ！」

「また今度遊んでやるからな～、じゃあなぁ～」

引き離されていく〈テイデンテン〉に手を振って、俺たちは11層に入った。

階層が変われば守護型ボスは付いては来られない。

「上手く撒けましたね」

「ああ。次は20層だな。ここの守護型は倒す必要があるから情報共有しておこうか」

車内にも聞こえるように窓を開け、ボスの特徴と作戦を打ち合わせする。

「20層のフィールドボスは〈プラマイデンキツネ〉。通称：〈デンキツネ〉だ。電撃を繰り出してくるキツネだが大きさは2メートルほどもある。尻尾が6本生えていてその先端から電撃を放ってくるんだ。後ろを取っても尻尾の電撃でやられることもあるから立ち位置には注意する必要がある」

「むむ、遠距離攻撃か……」

俺の話を聞いてリカが微妙な顔をする。

リカは遠距離攻撃が苦手だからな。いや不得手か？

防御勝ちによるパリィやカウンターが取れないので遠距離攻撃はあまり得意ではないのだ。

「リカは少し離れたところで弾いてヘイトを稼いでくれ。モンスターの電撃は目に見える速度だから対応できるはずだ」

銃の時もそうだったが、〈ダン活〉はゲームなので電撃も目に見える速度でしか飛ばない。

俺の『シャインライトニング』だって見てから回避することも可能な速度なのだ。まあ可能なだけであって難しいものは難しいのだけどな。

しかし、撃つタイミングはさすがにわからないため、少し離れて相殺を狙ってほしいとリカに言う。リカの防御スキルは相殺以上でヘイトを大きく稼ぐことができるからだ。

逆に近いと電撃を無防備に食らう可能性が高まる。

「また、リカが遠距離にいるとボスは遠距離攻撃ばかりしてくるようになるだろう。近接メンバーの攻撃がやりやすくなるから上手く引きつけてほしい」

「承(たまわ)った」

「ゼフィルス、私は？　後ろ回っちゃダメならどこから攻撃、狙えば良い？」

「カルアは側面からヒットアンドアウェイだな。電撃に気をつけながら攻撃の境を狙ってくれ」

「ん、らじゃ」

「エステルもカルアと同じく反対側からを意識して頼む」

「了解いたしました」

近接アタッカー組はヒットアンドアウェイ戦法だ。

基本〈デンキツネ〉へは側面からの攻撃がメインになってくるが、俺のように盾持ちなら正面からでもある程度受けられる。なので俺は正面寄りを担当する。

「ゼフィルス私は！」

「ラナは今回『聖守の障壁』で援護を頼む。誰かビリっとされそうなら守ってやってほしい。後はいつも通りだ」

「まっかせてよ！」

自信満々に胸を反らすラナが頼もしい。

先ほどより肌が艶々しているようにも見える。生気に満ちている気がするのは気のせいだろうか？

さて、話をしているうちに20層に到達である。1層を出発してからここまでほぼ1時間で到着だ。

さすが、〈サンダージャベリン号〉は速い。

伊達に雷の槍と名前が付いてない。雷の森を槍のように突き進むのだ！

まあ、名付け親のルルはそんな事考えていなかったと思うが。

20層の出口門が見えてきた辺りで馬車を止め、俺たちは準備万端でフィールドボスの下へ向かうのだった。

「あれが……〈プラマイデンキツネ〉か」

「ん。キツネ？」

「あれは可愛くないわ」

「ラナ様の言うとおりですね。あれはキツネっぽい何かです。成敗してやります」

馬車を降り、守護型フィールドボスが見える位置まで近づくと、リカ、カルア、ラナ、エステルの順に微妙な感想を述べた。

特にラナとエステルのボスに対する評価が辛辣だ。

確かに女の子受けしなさそうな見た目だからな〈プラマイデンキツネ〉って。

俺は少し哀れみを含んだ視線でボスを見た。

細身のフォルム、2メートル近い体格、野ギツネのような愛くるしい顔つきとは異なるどう見ても飢えた肉食獣の顔面。そこから垂れた舌は涎をまき散らし、細い目は何を考えているか分からない、そのアンバランスさが不気味さを演出していた。

キツネ型、となっているが逆三角形の顔面と6本の尻尾のおかげでギリギリキツネ……かな？という程度の見た目だ。どちらかというと妖怪狐寄りかもしれない。

つまり、女性陣がこれはキツネじゃないと言えばキツネでは無いのだ。（え、じゃああれはいったい？）

「ゼフィルス行くぞ。こうしていても得られるものは無さそうだ。予定通り先に出てヘイトを稼ぐ」

「分かった。頼むぞリカ」

「承(たまわ)った！」

まず、タンクのリカが1番乗りを決める。

フィールドボスのタゲは最初完全にランダムで決まるので、先に1人がボスのパーソナルスペースに侵入するのはタゲを固定するうえで有効な手段だ。

「ゴゴンッ！」

守護型ボスが突然の侵入者に尻尾と毛並みを逆立てた。

完全にリカにタゲを向けたな。

「何あれ、鳴声も可愛くないわ」

「同感です。キツネを名乗るのならもっと愛らしい声に出直してくるべきですね」

横にいるラナとエステルからの評価がさらに落ちた。

〈デンキツネ〉、哀れな。

「我が名はリカ、転移陣開放のためここで倒させてもらおう！　『名乗り』！」

リカが少し離れた位置でヘイトを稼いだ、良い位置取りだ。

あそこなら電撃を放たれても避けるか弾くか出来るだろう。

「ゴゴゴ、ギャン！」

〈デンキツネ〉がゆっくり前進しながら尻尾の先を前に向ける。

直線範囲攻撃の『電線』だ。

６つの尾から６つの電気が直線上に放たれる攻撃。

「甘い！　『弾き返し』！」

６つの電撃がリカに直撃する寸前、リカの左手がブレたかと思った時には『電線』が弾かれていた。あの一瞬で６つの電撃を全て弾いたらしい。やべぇ技だ。これだから武士系っていうのは格好いいんだ。

「ゴゴゴギュウ！」

攻撃が弾かれてボスのヘイトが上がったな。

そろそろ俺たちの出番だ。

「ラナ頼む！」

「任せて！　『獅子の加護』！　『聖魔の加護』！　『耐魔の加護』！」

「カルアは右から攻撃を叩き込んでくれ」

「ん、行く。『突風』！」

ラナが攻撃力、魔法力、魔防力を上げるバフを送るとカルアがダッシュで側面に回り込んだ。

さすが【スターキャット】、むちゃくちゃ速い。

追い風系スキル『突風』であっと言う間に〈デンキツネ〉に近づくと、カルアの短剣二刀流が煌めいた。

「『デルタストリーム』！」

「ゴギャン⁉」

突然の奇襲に前に集中していた〈デンキツネ〉が悲鳴を上げた。

素晴らしいな。俺も左寄りの正面から若干回り込み、接近して攻撃する。

「『勇者の剣』！」

「ゴギャ⁉」

右側のカルアと正面のリカに気を取られていたため綺麗に『勇者の剣』が入ったな。

『勇者の剣』は防御力低下スキルなので、こりゃ良い感じにデバフも入ったはずだ。

おっと、〈デンキツネ〉の尻尾が膨れ上がりゆらりと揺れた。範囲攻撃だ！

「カルア、離脱！」

「『回避ダッシュ』！」

「俺は間に合わないのでね、『ガードラッシュ』！」

俺たちがスキルで対策した次の瞬間、〈デンキツネ〉から無差別に電撃が放たれた。

周囲範囲攻撃の『雷纏』だ。

範囲が広く、俺はダッシュしただけじゃおそらく逃げ切れないので防御スキルを使い〈天空の盾〉を構えて耐えにでる。

「ゴゴギャァ！」

「うお、軽くビリビリっと来るぅ⁉　新しい感覚だ！」

電撃フィールドってこんな感じなのだろうか、ＨＰに守られながらもほんの少しフィードバックは起こるため、俺は電撃という未知との遭遇に困惑していた。いや、実は楽しんでおりました。なんか電気を浴びるのってちょっと楽しい！

某ポケットなモンスターの主人公がパートナーの電気を浴びて喜んでいた理由が少し分かった気がした。

「ゼフィルス回復するわ！　『回復の祈り』！　『光の刃』！」

「私も行きます。は！　『ロングスラスト』！」

「ん、『フォースソニック』！　『二刀山猫斬り』！」

「──『ハヤブサストライク』！」

「ゴギュ!?」

『雷纏(いかずちまとい)』が終わった瞬間、ラナ、エステル、カルアが素早く攻撃を繰り出し〈デンキツネ〉が苦痛の声を上げた。

俺も『ガードラッシュ』の三連撃を無事叩き込めたのでさらにハヤブサの２連撃を追加する。

「ゴギャウギャ！」

「範囲攻撃『六扇』だ！　正面にいるな！」

「はい！」

「ん！」

ボスが尻尾を地面に叩き込むと六つの電撃が地面を伝ってリカを狙った。

まるで線路のレールのようにしてリカに向かう電撃に、リカは二刀を構えると素早く振るう。

「地面からの攻撃とて効かん！　『下段払い』！」

素早く振られる二刀の斬撃。それだけで電撃が相殺され〈デンキツネ〉のヘイトがさらに上がった。

遠距離にいるリカに攻撃するため遠距離攻撃を多用するようになるだろう。

そうすると、必然的に纏わり付いている俺たちの安全性が増す。

リカのヘイトもだいぶ稼げてきているようだし、そろそろ大技を連発しても良い頃だろう。


戦闘が安定しだし、少しずつだが確実にボスのＨＰを削って行った。

そして、チャンスが巡る。

「『属性剣・火』！　『ソニックソード』！」

「『デルタストリーム』！」

「『光の柱』！」

「『閃光一閃突き』！」

「ゴギュア!!」

「ん、ここ。『急所一刺し』！」

「ゴキュッ!?」

リカを狙って次々攻撃を仕掛けて行く〈デンキツネ〉にフォーメーションを取って攻撃を加えていくと、とうとう良いのが入ってノックバックした。その瞬間を見逃さずカルアが『急所一刺し』を叩き込む。

『急所一刺し』はノックバック中やスキル硬直中などにヒットするとクリティカルが発生しやすく

なる効果がある。

　そして見事クリティカルヒットを決め〈プラマイデンキツネ〉がダウンした。

　大チャンスである。

「ナイスカルア！　総攻撃だ！　『勇気（ブレイブハート）』！　『勇者の剣（ブレイブスラッシュ）』！　『ライトニングスラッシュ』！」

「ん！　『スターバースト・レインエッジ』！　『32スターストーム』！　『スターブーストトルネード』！」

「『聖光の耀剣』！　『聖光の宝樹』！　『光の刃』！」

「『ロングスラスト』！　『プレシャススラスト』！　『トリプルシュート』！　『レギオンチャージ』！　『ロングスラスト』！」

「私も加わるぞ！　『戦意高揚』！　『飛鳥落とし』！　『焔斬り』！　『凍砕斬』！」

「ゴギュアアアアアッ⁉」

　初のダウン、このチャンスは逃せないとばかりに全力の総攻撃がお見舞いされた。

　こりゃ相当なダメージが入ったな。ＨＰゲージががっくんがっくん減っていく光景は見ていて気持ちが良い。

　遠距離タンクで攻撃を引きつけていてくれたリカも攻撃に加わり、ここで倒さんとばかりに猛攻を仕掛ける。

　しかし、ＨＰがレッドゲージに突入し、もう少しというところでダウンが終わってしまう。

「ゴゴゴアアアアアッ‼」

「怒り状態だ！　全員一旦離れろ！」

中級のボスはHPがレッドゲージになると3分間、攻撃力と素早さが1・5倍になる。

強力な攻撃にハメられると戦闘不能に追い込まれる場合もあるので、まずは距離を置いて相手の挙動を確認するのが大切だ。目が相手のスピードに追いついてから攻撃すれば良い、ここであと少しで倒せるからと焦ってはいけない。リカにも再び距離を取ってもらう。

「ゴア！」

「！　大範囲攻撃！　ラナ『障壁』！　エステルは防御姿勢で耐えろ！」

「わかったわ！　『聖守の障壁』！」

ほぼ全体攻撃に近い大範囲攻撃。これは全員逃げられない。耐えるしかない。

俺の指示ですぐにラナが自分の正面に結界を張る。『聖守の障壁』は魔法攻撃に対する防御魔法だ。クールタイムは長いが、その分非常に強力である。

「『爆速』！　滑り込みセーフ」

そこにカルアが滑り込んだ。さすが【スターキャット】、足が速い。

しかし、エステルはさすがに間に合わないので受ける構えだ。

俺とリカは大範囲攻撃が放たれると同時に防御スキルを発動する。

「リカ、タイミングを合わせろ！」

「うむ！」

「ゴゴゴアアア!!」

「今！　『ディフェンス』！」

「『残影』！」

〈デンキツネ〉の尻尾が大きく膨らんだかと思うと、俺の『シャインライトニング』のような電撃の波が放たれた。違うのはこれが全方向攻撃というところだな。

津波が襲ってくるようにして電撃が迫る。なかなかの迫力だ。

俺の『シャインライトニング』の受ける側に立つ者はみんなこんな感覚を味わったんだろうか？

というどうでも良い感想が脳裏を掠める。

俺は『ディフェンス』で耐える。リカは回避スキルでやり過ごす構えだ。

電撃の波が走り抜けていって攻撃が終わり、急いで状況を確認しようと周りを見渡す。

リカは回避出来たようでダメージは無し。

ラナとカルアも障壁に守られ無事だ。

そして、直撃を防御姿勢でやり過ごそうとしたエステルは――――、その場に倒れていた。

ＨＰバーには麻痺のアイコンが光っている。

「麻痺！　ラナ、浄化！」

「『浄化の――』」

「ゴギャア!!」

しかし、ラナが浄化するよりも先にボスのタゲが状態異常でダウンしているエステルに移った。

『完全魅了盾』を持つシエラはここにはいない。

「『――祈り』！」

ラナの『浄化の祈り』がエステルを包みすぐに麻痺は解除されたが、ボスはすでに攻撃の構えに移っている、起き上がってすぐ移動しても回避出来るかは分からない。

〈プラマイデンキツネ〉の尾が急速に縮んだかと思うと、雷撃を後方に放ちながらエステルに突進した。あれは高威力の突撃系スキル『サンダーロケットストライク』か！　尻尾から放たれる電撃が、まるでロケットの噴射に見える非常に強力な攻撃だ。〈プラマイデンキツネ〉の必殺技でもある。ここで使ってくるか!?

先ほどまで攻撃に参加していたエステルとボスの距離は遠くない。ボスの速度は、今１・５倍だ。

エステルはすぐに避けようとしたが間に合わない。

しかし、そこに滑り込んできた者が居た。

「私を差し置くとは良い度胸だ。覚悟してもらおう！」

「リカ殿！」

それはリカだった。

俺よりエステルに近い位置に居たため間に合ったのだろう。

二刀を構え、鋭い視線をボスへ送るリカ。

あれは、狙ってるぞ――!!

「はぁぁぁ！　〈ユニークスキル〉『双・燕桜（そう・つばめざくら）』！」

ズダンッ！　巨大な質量同士がぶつかったような音が響き、桜の花びらエフェクトが舞った。

「ゴ、ァァァアアアアアアア!!⁉」

〈プラマイデンキツネ〉から絶叫がこだまする。

【姫侍】三段階目ツリーで獲得出来る反撃(カウンター)系〈ユニークスキル〉。

――『双(そう)・燕桜(つばめざくら)』。

カウンター技であるため出しどころが実に難しいが、その威力は絶大。

相手の攻撃を完全に無効化し、特大ダメージ、大ノックバックを与え、さらに相手の攻撃の威力n%分を自分の〈ユニークスキル〉にプラスするというとんでもない効果を持つ。

つまり、ボスは今自分の攻撃が跳ね返され、さらにリカの特大ダメージの反撃を食らったのだ。

とんでもないダメージだっただろう。

大ノックバックにより〈デンキツネ〉は前足が完全に真上を向いた状態で仰け反り、固まっている。

怒りモードで1・5倍だった自分の突進をもろに受けたためＨＰがみるみる減っていき、そしてそのままゼロになった。

「ゴ、……ゴギャ……ン……⁇」

訳が分からないというような声を最後に〈プラマイデンキツネ〉は膨大なエフェクトと共に消えていったのだった。

第14話　ゼフィルス敗北。カルアとリカが尊い。

ボス戦が終わると俺はすぐにエステルの状態を聞きに行った。

「エステル、大丈夫だったか？」

「はい。リカ殿のおかげで助かりました。ダメージはすぐにラナ様に回復していただきましたし大丈夫です。しかし、不覚を取りました」

「無事で何よりだ。防御姿勢だったのに麻痺るとかちょっと運が悪かったな、たまにこういうこともある。防御力もある程度育てている理由だな。たとえあれが直撃してもやられはしなかっただろうが」

「はい。ラナ様とリカ殿にはお礼を申し上げてきます」

すぐにフォローをしてくれた2人にエステルが礼を言いに向かうので付いて行く。

とりあえずエステルが無事で良かったよ。

〈ダン活〉では属性によって状態異常がたまに誘発する場合がある。

火属性なら〈火傷〉、氷属性なら〈氷結〉、雷属性なら〈麻痺〉という具合だ。

さらに言えば、光属性なら〈盲目〉、闇属性なら〈恐怖〉、聖属性なら〈混乱〉を低確率で貰う場合がある。

ただかなり低確率なので、今回のエステルの〈麻痺〉は運が悪かった。

だが、それもあの神フォローで帳消しだ。

「ラナ様、リカ殿、ありがとうございました」

「気にしなくていいわよエステル、当然のことをしたまでだわ！」

「うむ。フォローが間に合って何よりだった」

「リカのフォローはマジ神がかってたぞ。あそこでユニーク決めて仕留めるとか超かっこよかったぜ！」

「そ、そうか？　ゼフィルスにそう言われると照れるな」

「ちょっとゼフィルス、私も褒めてよ！　ゼフィルスはもっと王女を褒めるべきだわ！」

「おう。ラナも浄化ありがとうな。助かったぜ」

「！　そ、そう素直に褒められちゃうとなんだか照れるわね……」

リカに対抗してきたラナを褒めたらデレたぜ。おおう、今日のラナのデレ具合が半端じゃない。

ちょっと髪を指先で弄くる姿が可愛いです。

「ん、みんな〈銀箱〉出てる。二つ」

「お、マジで!?　よっしゃ二つ〈銀箱〉だ！」

カルアに教えてもらいギュインという擬音がしそうなほど勢いよく振り向くと、〈デンキツネ〉のエフェクトが消えた地点に銀色に輝く〈銀箱〉が二つ鎮座していた。

瞬間、勢いよくダッシュ！

「あ！　待ちなさいよゼフィルス！　先に選ぶのは私のはずでしょ！」

ラナが何か言っているがそんな約束した覚えがない。

宝箱二つは〈幸猫様〉の恩恵。

つまりあの〈銀箱〉には〈幸猫様〉の『幸運』が働いているのだ。

絶対良い物が入っているに違いないのでダッシュで取りに行く。

ふはは！

ラナも負けじと追いかけてくるがもう遅い。

俺にＡＧＩで勝てるはずがないのだ！

「〈銀箱〉取ったどーー！」

「そうはさせない」

「な、何ぃ!?」

一瞬で見極め、〈銀箱〉の一つに狙いを定めて確保する（？）直前、〈銀箱〉の前に割り込んできた者がいた。

〈エデン〉でトップのＡＧＩを誇るカルアだ。

俺が〈銀箱〉に手が届く直前、インターセプトする形でペチっと手を叩かれる。

「むふぅ。ゼフィルスも選んだのなら間違いない。これは大物の予感がする」

宝箱の前でフンスするカルア。

カルアも『直感』持ちだったな!?

俺と同じくこの宝箱が気になった様子だ。マジかよ、俺が先を越されただと!?

「くっ、ならばもう一つを――」

「残念だったわねゼフィルス！　これは私が頂いたわ！」

「な、バカな……」

見れば追いかけていたラナがもう一つの〈銀箱〉にたどり着いていた。

確保される二つの〈銀箱〉。俺の手には無い二つの〈銀箱〉。

誰がどう見ても形勢は明らかだった。

がっくりと膝を突く。

「オーマイゴッド！」

思わず口から出た。

マジかよ。こんなことが……。

俺の〈銀箱〉は手からすり抜け、儚く散ったのだった。

一方。

「エステル、あの3人は何をやっているのだ？」

「いつもの遊びですよ。ラナ様が楽しそうで嬉しいです」

「そ、そうか。……あれは私も参加したほうが良いのだろうか？」

「そうですね。いつかはリカ殿も参加されるかもしれませんね」

「そう、なのか？　う、うーむ。郷に入れば郷に従えとは言うが、私にはあのテンションを出すのに自信が無いな……」

「そのうち慣れますよ。シエラ様だってクールに介入していらっしゃいましたから」

「あのシエラがか⁉　そうか、人は見かけによらないな……」

何かエステルが吹き込み、リカがこちらを向いて目をパチパチさせて驚いている様子だが、今の俺にそれを気にする余裕は無いのだった。

というわけで、宝箱の解錠です。

「さ、開けるわよ！　カルアも〈幸猫様〉に祈るのよ！」

「ん！　〈幸猫様〉、良い物お願いします」

「良い物ください！　〈幸猫様〉よろしくお願いします！」

カルアとラナが〈幸猫様〉に祈りを捧げるのに合わせて俺も心の中で祈った。

今回は譲ろう。しかし、次は譲るとは限らないぞ！　それはさておき宝箱の中身はなんだろう？

そして祈りを済ませたラナがまずパカリと〈銀箱〉を開いた。

「これは、〈強化球〉ね！」

「何ぃ⁉」

ラナが宝箱から取り出したのは〈二段スキル強化球〉が三つ。

アイテムや装備の〈スキルＬｖ〉を二つ上げてくれる非常に重要なアイテムだった。

それが三つ、合計Ｌｖ６上げられる。素晴らしい。

これだけでも大当たりといえるレベルだ。

俺の中で、早速候補となるアイテムや装備を思い浮かべる。何のＬｖを上げようかなぁ。

「ん、次、開ける」

続いてはカルアの番だ。

俺とカルアの『直感』持ち2人が良い物と判断した宝箱なのだ。期待が膨らむ。

「ん。長い……短剣？」

「お！　これは短剣じゃなくて小太刀だな！　しかも雷属性の付いた小太刀、〈六雷刀・獣封〉だ！」

「刀！」

俺の説明を聞いて、カルアが珍しく跳び上がるほど喜んだ。

〈六雷刀・獣封：攻撃力52、防御力：18、雷属性〉
〈『ビーストキラーLv6』〉。

詳細は、やはり〈銀箱〉産装備と言うことで〈金箱〉装備には劣る。

しかし、属性の付いた刀と言うのは非常に珍しい。

〈ダン活〉では刀を装備できる職業が少なかった関係で、〈刀〉の種類自体が比較的少なかった。

属性を使えるというだけで非常にレアな武器なのだ。当たりの部類だな。

一応リカは三段階目ツリーで属性攻撃の出来るスキルを使えるようにはなっているが、三段階目ツリーのスキルは高コストだ。ザコモンスター相手に連発はしたくない。

それに、カルアは〈デブブ〉の時自分だけ属性武器を貸与されたことを未だに気にしているようだった。もし属性武器の刀が出た場合はリカに貸してあげてほしいと言っていたのを覚えている。

　これは、カルアにとって一番欲しいものだったのかもしれないな。

「ん、リカ、これ使ってほしい」

「良いのか？」

「ああ。それはリカが使ってくれ。反りが入っているからパメラは使わないだろうしな」

「そうか。ではありがたく受け取らせてもらおう。カルア、ありがとう」

「ん」

　カルアが渡してきた刀を左手に装備するリカ、確か左手の受けに使う方の刀、〈アメ〉は主装備（右手メイン）の〈ムラサキ〉とは違い間に合わせだって以前聞いたことがあった。

〈姫職〉装備の〈剛刀ムラサキ〉を右手に〈六雷刀（ろくらいとう）・獣封（けものふうじ）〉を左手に持つリカはかなり凛々しく、格好良かった。

「どうだろうか？」

「ん、リカ、すごくいい。似合ってる」

「ああ。格好良いぞリカ」

「ふふ、ありがとう。より一層精進いたそう」

　新しい武器にリカも喜んでいる様子だ。

　これは、俺が〈銀箱〉を開けないでよかったのかもしれないな。

　ギュッとリカにハグされるカルアを見ながらそう思った。

20層の転移陣が無事起動したのを見届け、俺たちはまた〈サンダージャベリン号〉に乗って21層目に突入した。

「なんだか長いようであっという間だな。まだ10時前だぞ？　〈乗り物〉装備だったか……、すごいものなのだな……」

リカが〈サンダージャベリン号〉の窓から顔を出し、20層の門の方を見てため息を吐くように言う。

そういえばリカは〈サンダージャベリン号〉に乗るのは今日が初めてだったっけ。

カルアは〈金箱〉確定クエストの時に乗ったことあったから、すっかりリカも乗ったことがあるもんだと思い込んでいたな。

「全ての〈乗り物〉が〈サンダージャベリン号〉のように優秀なわけじゃないぞ？　何しろこいつは〈金箱〉産のレシピから作られた最上級品だからな。性能もピカイチだ」

初めての〈乗り物〉がこれで妙な勘違いをしても困るので一応そのように伝えておいた。

リカが感心するように頷く。

「まったく君という人は。こんな装備聞いたこともなかったぞ。ゼフィルスは今この〈乗り物〉がどんな扱いを受けているか知っているのか？」

「ん？　何の話だ？」

窓越しのリカがやはり知らなかったのかと言うように苦笑した気配がした。

「姉様方が〈千剣フラカル〉に所属しているということは以前話したと思うが、三番目の姉、リンカ姉様から聞いた話では現在この〈乗り物〉装備を巡って上位ギルドのほうでとある争いが起きているらしい」

「争いとは穏やかじゃないな。ギルドバトルか？」

「うむ。最近またギルドバトルが活発になってきているというのは聞いていると思う」

「ああ、4月に負けてランク落ちした、元Cランク以上ギルドの下剋上だな。5月の名物みたいに言われているみたいだが」

「ふふ、そうらしい。ただ、今回はそれとは別のようでな。どうも一つのレシピを巡って上位ギルドで〈決闘戦〉が行われたとの事だ」

「〈決闘戦〉かぁ」

――〈決闘戦〉。

ギルドランクが変動する〈ランク戦〉とは別で、主にギルド同士の対立時などに決着を付けるために行なわれるギルドバトルだ。

〈ランク戦〉のようにギルドランクが変動しない代わりに、両ギルドが報酬を出し合い、勝ったほうがそれを貰い受けることが出来るのが〈決闘戦〉の特徴であり、醍醐味でもある。

それを揶揄って別名〈賭け戦〉や〈果し合い〉なんて言われていたりもするな。

お互い大切なものを賭けて戦うため練習ギルドバトルとは本気度が違う。

下手をすれば〈ランク戦〉よりも熱を上げて戦うのが〈決闘戦〉だ。

いくつか〈ランク戦〉とは違うルールがあり、この〈決闘戦〉で出し合った報酬が持っていかれたとしても、それを賭けて再ギルドバトルは出来ない校則となっている。他のギルドがそれを報酬に挑むのは有りだが、1ヶ月間は禁止されていたりするな。〈学生手帳〉にそう書いてあった。

また、〈ランク戦〉は下のギルドが一つ上のランクのギルドにしか挑戦できないのに対し、〈決闘戦〉は同ランクのギルドにもギルドバトルを挑める、また上下一つまでのランクのギルドにも挑むことが出来る仕様だ。ただ二つ以上ギルドランクが離れている状態での〈決闘戦〉は禁止されているなどのルールもある。弱いものに挑むのはダメということだな。

「つまり、その〈決闘戦〉で〈馬車〉、いや〈乗り物〉系のレシピが賭けられている、ということか？」

「まだ正確な情報ではないらしいのだがな。Aランクギルドの一つ〈獣王ガルタイガ〉がそれを所持しているらしく、同じくAランクギルドの〈テンプルセイバー〉がそれを求めて〈決闘戦〉を挑んだらしい。リンカ姉様が先を越されたと愚痴っていたよ」

ふむ。〈獣王ガルタイガ〉、その名前は久しぶりに聞いたなぁ。

確かカルアが本来所属するはずだったギルドが〈獣王ガルタイガ〉だ。

ただ、カルアは天然のうっかりミスで〈エデン〉にアタックを仕掛け採用されたため、ちょっとしたいざこざに発展しそうになった。

それをセレスタンが素晴らしい采配でやり取りし、500万ミールで手打ちにしたのは記憶に新しい。

相手は傭兵ギルド。しかもAランクだ。今敵に回すのは得策ではなかったからな。

また、リカの姉の話が出てきたな。確か〈千剣フラカル〉のサブマスター、キリちゃん先輩はリカの2番目の姉で、フィリス先生が長女だったはずだ。そしてあまり聞いたことが無かった3番目の姉はリンカ先輩というらしい。キリちゃん先輩と同じく〈千剣フラカル〉に所属しているようだ。貴重な「侯爵」のカテゴリーだ。リンカ先輩、覚えておこう。俺は心のメモ帳にメモしておいた。

「〈獣王ガルタイガ〉はレシピの品を生産しなかったのか？」

「あそこは全て「猫人」で構成されたギルドだからな。〈乗り物〉に対する適性がなかったため長らく放置していたようだ」

「なるほど」

適性無かったから作らずに放置はあるあるだ。俺も適性なんて無いけどなんとなく取っておいている装備がかなりある。

あれらもそろそろどうするか決めないとな。

と、話がそれたな、えっとつまりだ。

「上位ギルドが〈乗り物〉装備を欲しがっているのか」

「そういうことだな。レシピを狙っているほとんどのギルドはBランク以上らしい、〈決闘戦〉の対象にEランクの〈エデン〉は入らないが、注意はしておいたほうが良いだろう」

「なるほどな。情報ありがとなリカ」

つまりはレシピが狙われそうだから気をつけろという忠告だった。

ありがたく受け取ろう。

ふむ、〈決闘戦〉かぁ。早く俺もやりたいなぁ。

そして返り討ちにしてがっぽがっぽ報酬を稼ぐのだ。なんちゃって、ふはははは！

俺がそう心の中でほくそ笑んでいると、唐突にそれは起こった。

ドカンッ！　という衝突音を立てて〈サンダージャベリン号〉が止まったのだ。まるで壁にぶつかったように。

「――――グッ⁉」

「きゃあ！」

「にゃう⁉」

馬車内から悲鳴が聞こえた。

慣性はＨＰがほぼ相殺してくれるが、ほんの少しフィードバックが起こるのだ。

ほんの少しでも、今まで数十キロのスピードで走っていた馬車が唐突に壁にぶつかったかのように止まったのだ、その衝撃はかなりのものだっただろう。

中にいたラナたちが心配だ、いや、それより原因の究明が先だ！

「エステル、大丈夫か！　状況は」

「わかりません。モンスターを轢こうとしたら急に」

「モンスター……？　――――あ」

後ろのリカとの会話に気を取られて見逃していた可能性。

ここはすでに25層。下層だ。

〈乗り物〉装備の騎乗攻撃はザコモンスターにとって非常に脅威。

たとえ抵抗しようとしても普通は撥ねられて終わる。

──しかし普通では無い一部、騎乗攻撃（ドライブスキル）が効かないモンスターが存在する。それが、

「全員戦闘準備！　──徘徊型ボスだ！」

通常モンスターのように見えてそうではない、小さく蹲る様にして馬車に接触していたモンスターがゆっくり起き上がった。

こいつはアルマジロ型の徘徊ボスモンスター。

──〈ビビルクマジロー〉だ。

第15話　〈ビビルクマジロー〉戦。やられたゼフィルスの敵討ち⁉

「全員馬車から降りて戦闘準備！　『アピール』！　ラナはバフを頼む！」

そのボスを確認した瞬間、俺は〈サンダージャベリン号〉から飛び降りて即挑発スキル『アピール』を使っていた。〈馬車〉に乗った状態ではスキルは使えないのだ。

リカ、カルア、ラナがまだ馬車から出てこないのを確認、エステルも馬車に乗りながらの戦闘は出来ない。

今動けるのは俺しかいないと見極め、すぐにヘイトを稼ぎ、タゲをエステルから俺に移した形だ。

「ビビル！　ビビル！　ビビルゥウウ‼‼」

「『ガードラッシュ』！」

徘徊型Ｆボス〈ビビルクマジロー〉がすぐに振り向きざまに攻撃してくるのを防御スキルで受ける。

右、左、右、とフック系のスキル『ビビル・シビレル・クマパンチ』を繰り出してきたが〈天空の盾〉で難なく防御を決める。

ちなみにクマパンチとなっているが、アルマジロパンチじゃないのというツッコミはなしだ。

何しろこいつの見た目は、アルマジロの鱗甲板(りんこうはん)を背負ったクマにしか見えないからだ。

というかクマだろこいつ。背中以外全部クマだよ。アルマジロ要素がちょびっとしかないよ。どこがアルマジロなんだよ、名前も〈ビビルクマジロー〉ってどういうことなんだ！

「ビビッテルゥウゥウゥ!!」

「ビビってねぇから！　『ソニックソード』！」

素早い移動からの斬撃スキル。

俺はこれを使い、繰り出される『ビビル・ストレートパンチ』を華麗に回避して背中側に回り込んで斬り付けた。

「ビビル!?」

「おっしゃ！　ドンドン行くぜ！　『勇者の剣(ブレイブスラッシュ)』！」

「ビビルゥウゥ!?　ビビルゥウゥ!?」

立て続けに攻撃されて慌てて振り向く〈ビビルクマジロー〉。

よし、まずは引きつける事に成功だ。俺もだいぶプレイヤースキルが上がったな！

徘徊型ボスは突然の遭遇戦になることも多い、そのためこうして少しの間体勢を立て直す時間を稼ぐことが重要だ。奇襲を受けて、はい全滅なんてゲーム〈ダン活〉時代、山ほど経験したからな。

今は全力で皆が準備完了する時間を稼ぐ！

皆がピンチの時に活躍する存在こそ【勇者】！【勇者】のオールマイティを今、生かす時！

「待たせたわねゼフィルス！　真打登場よ！『守護の加護』！『回復の祈り』！『獅子の加護』！」

「すまないゼフィルス、待たせた、すぐ代わろう。『影武者』！　我が名はリカ！　今から私が相手だ！『名乗り』！」

「ビビルゥウゥ！」

しかしラナとリカが出てきて一瞬で【勇者】の出番が終わった。

あれ？　おかしいな。俺、今すげぇ気合を入れたところだったのにリカにタゲ取られちゃったぞ？

いや、いいんだけどな。それが目的だったんだしな。悔しくなんてないもんな！

「こんにゃろー!!『属性剣・火』！『ハヤブサストライク』！『シャインライトニング』！『ライトニングバースト』！」

「ぜ、ゼフィルス!?　そんなに攻撃してはタゲが移ってしまうぞ!?」

俺の全力攻撃にリカが戸惑った声を上げる。

八つ当たりだ！　八つ当たりしてやるぞ！　倒れろ偽者のクマ！　いや偽者のアルマジロ？　くっ、本物がどっちかわからない！

「ビビィル！」

一瞬の迷いにタイミング悪く〈クマジロー〉がこちらを向いた。

――あ、タゲ移った。

「ビビルゥ!!」

「ぐはぁっ!?」

そう思った瞬間には〈クマジロー〉の拳にぶん殴られていた。

「「ゼフィルスー!?」」

まるで痛いじゃないかこの野郎と言わんばかりに振り上げられた拳、おそらくスキル『ビビライ・アッパーカット』によって吹き飛ばされ、宙を舞う俺。

ラナとリカの驚愕の声が重なって聞こえてきた。

「アウチ！」

そして頭から着地。思いっきりダウンした。

リアル〈ダン活〉に来て初めてのダウンだ。

ぐっ、ユニークスキル後の硬直のように体が動かない。これがダウンか！

「よ、よくもゼフィルスを！　許さないんだから！　『聖光の耀剣』！　『聖光の宝樹』！　『光の刃』！　『光の柱』！」

「おのれ、覚悟してもらおう！　『飛鳥落とし』！　『焔斬り』！　『凍砕斬』！」

「ビビ!?」

「ん！　ゼフィルス、どうしたの？」

「カルア、ゼフィルスがやられたわ！」

やられてねぇよ⁉　ダウンしただけだよ⁉

遅れてやって来たカルアにラナがとんでもないことを言う。

「カルア、こちらに来てくれ！　押し通す！」

「ん。絶対倒す。『フォースソニック』！　『鱗剝ぎ』！」

リカの真剣な声にカルアが二刀の短剣を出し、素早い移動からの4連斬りからの防御力低下スキルで躍りかかった。

「エステル！　『姫騎士覚醒』を許可するわ！　ゼフィルスの敵を討つのよ！」

「え、えっと、はい！　『姫騎士覚醒』！」

待ってくれ！　俺の分も残しておいてくれ！　ダウンしている間にボス戦が終わっちゃうよ！

しかしダウン中の俺は声を上げることも出来ない。

エステルも、俺がやられてないことに気が付いているくせに『姫騎士覚醒』しやがった！

それすぐに終わっちゃうやつ！

「ユニークスキル『双・燕桜』！」

「ビビュッ⁉」

「ん、『急所一刺し』！」

「ビビッリュ⁉」

「ナイスよリカ、カルア！　クリティカルダウンしたわ！　エステルやっちゃって！」

「行きます！『ロングスラスト』！『閃光一閃突き』！『トリプルシュート』！『プレシャススラスト』！『ロングスラスト』――――!!」

「私らも負けてられないな。『横文字二線』！『十字斬り』！『光一閃』！『闇払い』！」

「ん、全力で狩る。『32スターストーム』！『デルタストリーム』！『スターブーストトルネード』！『スターバースト・レインエッジ』！」

「ビ！　ビ！　ビビ！　ビビルゥゥ………」

「ぁ……」

俺がダウンから復帰して立ち上がったときには、哀れ〈クマジロー〉のＨＰが勢いよく減っていき、そのままゼロになるところだった。

エフェクトに包まれる瞬間、〈クマジロー〉のつぶらな瞳と目が合った。

その目には、怯えと恐怖が滲んでいるようだった。

先ほど思いっきりぶん殴ってくれた相手だが、こうなってしまうと哀れにしか見えない。

俺はそっと視線を逸らし、〈クマジロー〉の冥福を祈ったのだった。

徘徊型フィールドボス〈ビビルクマジロー〉。

――よくわからないけど、勝利だ。

「もーゼフィルスったら！　やられてしまうなんて情けないわ！」

「どこでそんなセリフ覚えたんだラナ⁉　というかやられてないから、ダウンしただけだから！」

ボス戦終了後、俺が普通に起き上がっているのを見たラナの第一声がこれだった。

だが、全力で否定させてもらう。

たかが中級下位(チュカ)のボスごときに戦闘不能になるなんて俺の沽券(こけん)に関わる！

というかマジでそのセリフどこで覚えたし。

王女にそのセリフを言われる勇者って、某ゲームの有名なシーンを思い出したわ！

まさかとは思うが、今後もやられる度にラナから同じセリフを頂戴するのだろうか？

くっ、ちょっと言われてみたい俺がいる。ゲーマーの性(さが)だ。

「ゼフィルス、無事だった。よかった」

「ああ、カルアにも心配掛けたな。俺がやられるはず無いから今後はラナの言うことを鵜呑みにしないようにな？」

「ん」

「ちょっとゼフィルスそれどういう意味よ！」

カルアの純真な眼に心が洗われるようだ。

ラナが何かを求めているが、俺にそれを答えるだけの言葉は無い。

「まあまあラナ殿下も、ゼフィルスが無事でよかったではないか。まさかあそこまであっさりボスを倒してしまうとは思わなかったが……。確か私が聞いた話では徘徊型のボスは非常に強く、出会ってしまうと全滅する確率がかなり高いと言われたのだが……」

「間違ってはいないぞ。徘徊型は基本的に奇襲戦法を得意としている。最奥のボス部屋にそう簡単に行かせないため立ちはだかる試練、しかもいつ出現するのか、いつ奇襲を食らうのか不明な状態での遭遇戦になるから全滅のリスクが高いんだ」

今の戦闘は、なんというかパーティの役割（ポジション）を完全に無視した、全員がアタッカーになって一気に押し込んで勝利した特殊なものだった。

一歩間違えば全滅していてもおかしくはなかったが……女子が凄く強いです。さすが〈ダン活〉。

なんだったんだ今のボス戦は。俺の常識の範囲外にあるボス戦だったぞ？

〈ビビルクマジロー〉も女子達の攻撃にさらされて何も出来ずにダウンさせられて沈んだからな。訳が分からなかっただろう。逃げる暇も、怒りモードになる暇も無かったからな。

とはいえ徘徊型は楽勝と思われても困るので一応言い含めておかないとな。

「今回は、俺が最初に飛び出してタゲを取っていなければ戦闘準備も無しに遭遇戦に突入していたはずだ。タゲが上手く取れなければ体勢を立て直せずに全滅していたかもしれない。決して今のボスは弱くは無かったんだぞ？」

特にエステル。

あのまま全力でボスが馬車を襲えば最初にＨＰを全損させられていたのは間違いなくエステルだからな。

さらにＨＰの保護が無くなれば〈サンダージャベリン号〉は普通の馬車と変わらないかもしれない。もしかしたら破壊されて乗車していたメンバーも襲われ、立て直しも出来ずに全滅なんて事もありえた。

ゲーム〈ダン活〉時代は〈乗り物〉装備のキャラが戦闘不能になった場合、乗車していたメンバーは弾かれてその辺に放り出されてしまう仕様だった。

リアルでは検証していないのでまだどうなるか分からないが、危険なことに変わりはない。

「なるほど。ゼフィルスの最初の対応に私たちは救われていたのだな。感謝するぞ」

「良いって事よ。ピンチの時に駆けつけるのが【勇者】ってものだ」

まあ、【勇者】タイムは数秒で終わってしまったがな。

あれは悲しかった。

「ゼフィルス殿、素材の回収が終わりました」

と、そこへエステルがやってきた。

彼女はクールにも1人で素材回収をしていたらしい。

エステルは俺がダウンしていただけだって知っていたからな。

「ああ、ありがとう。悪い、手伝えなくって」

俺は最初の奇襲の目を逸らしただけで後は寝ていたからな。

エステルにだけ任せてしまって少し罪悪感。

しかし、そんな気持ちもすぐに吹っ飛ぶ。

「宝箱は〈銀〉でした。ゼフィルス殿、開けられますか?」

「もちろんだ！」

気がつけば即答していた。

宝箱の前には多くの事項が劣後される。それは全ての事柄より優先されるのだ！

〈木箱〉以外はな。

さっきの〈銀箱〉二つは惜しくもカルアとラナに取られてしまったが、今回は俺のターンだ！

ラナとカルアが何か言いたそうにこちらを見ているがサッと目を逸らす。あ、あげないよ？

そのままササッと素早く〈銀箱〉に向かった。

今回もきっと良い物が入っているに違いない。

徘徊型ボスは守護型に比べ難易度が高いので報酬は〈銀箱〉以上、入っている物もレアボスクラスだ。

さて何が出るかな？

「じゃ、御言葉に甘えて開けさせてもらうな。〈幸猫様〉良い物ください！　お願い致します！」

柏手打って祈りを捧げてから、パカリと宝箱を開け放つ。

「…………ふう」

そしてそっと宝箱を閉じた。

「さっさと開けなさいよ！」

「おおっ!?」

いつの間にか後ろにラナが居た。

俺が見なかったことに出来ないだろうかと思った宝箱を再度パカッと開く。

「何これ？　甲羅？」

「…………服装備の〈ジロー鱗甲板（りんこうはん）〉だな」

俺は遠い目をしながらラナの質問に答えた。

そこにあったのは〈ビビルクマジロー〉が背負っていた（？）アルマジロの鱗甲板（りんこうはん）だった。装備すれば君もアルマジロの仲間入りだ！

これをどうしろと？

うん、売り決定！

「やっと最下層だな」

徘徊型ボスも無事狩り終わり、俺たちは悠々と最下層の救済場所（セーフティエリア）に足を踏み入れていた。

時間的にも、寄り道はしたがかなり優秀なタイムだ。エステルも運転上手くなったなぁ。

俺は満足げに頷くが、中には戸惑っている者もいる。リカだ。

「あっという間だったような、長かったような。時間だけ見ると11時とかなり早いのは分かるのだが、もう最下層なのか……。午前中に走破するとは本当に凄まじい物なのだな、〈乗り物〉装備とは」

中級からはダンジョンがとても広く、１日掛けても最下層に行くことも出来ないのが普通なのだ。

それをいきなり初めてのダンジョンに入ダンして、１日で、いや午前中だけで最下層まで到達した〈乗り物〉装備に戦慄を隠しきれないようだ。

ふふふ、その反応を待っていた！

こんなにリアクションをしてくれると用意した側としてもうれしいね。

どんどん驚いてくれ。ふはは！

「とうとうボス戦ね！　ゼフィルス、やるわよ！　〈笛〉を準備して！」

「待て待て、その前にボスについての作戦会議と注意事項なんかの説明が先だ」

ウキウキとしたラナが門へ突撃しようとするのをブロックして防ぎつつ、馬車内にて全員集合して作戦を通知する。

「〈馬車〉は便利ですね。車内で昼食を頂くことが出来ますから」

「今まではエステルがテーブルとか用意してくれていたものね。外で食べるのも新鮮で良かったわ」

「では外にご用意致しましょうか？」

「またの機会でいいわ！　馬車(ここ)での食事も好きだもの」

「そこ、まったりしすぎじゃね⁉」

エステルとラナ、ちょっと待とうか。

まあ救済場所(セーフティエリア)に来たら休憩、休憩するのならお昼ご飯というのは分かるが、ラナ今さっきまでボスに行く気満々じゃなかった？　心変わりが早いんだぜ。

ちなみにこの〈サンダージャベリン号〉はスキル『車内拡張Lv3』によって車内を広々と使う事が出来る。『テント』の機能もあるので寝泊まりが可能なほどだ。

つまり、生活空間が確保されている。

キャンピングカーみたいなものと思えばいい、のかな？　本物のキャンピングカーに乗ったこと無いけど。

さすがにシャワーは無いが、水くらいは出せる。エステルが何かのカートリッジを買ってきて取り付けたら出るようになった。ゲーム時代には見たことがなかったぞあんなもの。

多分だがゲーム時代は生活関係は全部カットされていたのだろう。

『テント』スキルのＬｖが上がればそのうちシャワーやなんかも充実するのだろうか？

後で調べておかなければ。

それはともかくとして、今まで救済場所（セーフティエリア）に来たらエステルと俺でレジャーシートやテーブルなんかを設置していたが、〈サンダージャベリン号〉のおかげでそれもカット出来るようになった。室内にテーブルや椅子などが設置されている居住空間があるからな。

時間の節約にもなるのが素晴らしい！

しかし、今はとりあえずボスの説明を優先したいところ。

「ここの通常ボスは〈電撃に悩むリス〉、通称〈ナヤミリス〉だ。常に身体が放電しているリスだな。結構大型でさっきの〈プラマイデンキツネ〉と同じくらいある。こいつはすばしっこいし周囲範囲攻撃をしまくるので不用意に近づけば痛い目を見るが、遠距離攻撃や全体攻撃はあまりしてこないので、魔法等による遠距離攻撃が有効だな」

まず通常ボスについて語る。

正直言ってこいつはあまり強くない。〈キングダイナソー〉の方が明らかに強いだろう。

ただ、動き回るためタンクが機能しづらいのでやりにくい敵だ。だが、慣れてしまえばどうと言うことは無い。

「次に俺たちが目的としているレアボス〈ビリビリクマリス〉だが、先ほどの〈ビビルクマジロー〉よりリス寄りな見た目で大きさは3メートルほどになる大きな、……リスだ」

「リスなの？」

「ああ、リスだ」

ラナが確認してきたので今度こそしっかりと言う。

まあ、なんとなく察しは付いているだろうが、初級下位(ショッカー)に居た〈クマアリクイ〉と同じような感じだ。

その動きはリスというより、クマっぽい。

開発陣にはおそらくクマ好きが潜んでいるに違いない。クマ〜ン。

「こほん。〈ビリビリクマリス〉の行動は電撃を帯びた格闘戦だ。さらに『充電』という、非常に強力な自己バフを使ってきて攻撃力と素早さを上昇させてくる。これに対して対策は用意したが、成功されてしまうと素早い動きを避けることが難しくなるんだ。ラナが襲われたら戦闘不能になる可能性もある、ラナとリカはヘイト管理に十分注意してくれ」

「ゼフィルス、ブーメラン？」

「ぐふっ⁉」

カルアの思わぬ一言が俺の胸を抉った。漫画で描かれていたらセリフの槍が刺さった図になっていることだろう。

はい、さっきタンクのヘイトを超えて打っ飛ばされたのは俺です。カルアの純真な言葉が心に痛いです。

吐血する仕草をしてなんとか気持ちを持ち直す。ここで膝を突くわけにはいかない！

「えー、こほん。次に一番警戒すべきユニークスキルの説明だ！」

「持ち直したわ」

「さすがゼフィルス殿です」

「カルア、茶々をいれてはいけない」

「ん」

褒められてもちょっと良い気分にしかならない。

ボス説明は退屈だったのか、カルアが珍しく茶々を入れてきたのをリカが窘める。

後でたくさん遊ぶから、今は話を聞いてくれ。

「こほんこほん。えー、〈ビリビリクマリス〉のユニークスキルは『クマリス流・我破大雷(われはおおかみなり)』だ。自身に特大の雷を纏って突進してくる、非常に強力なスキルだな。これは回避推奨だ。〈ビリビリクマリス〉が自分の方を向いたら、側面に回り込むように回避行動を取れ」

ユニークスキル『我破大雷』、意訳すると『我は狼也(われはおおかみなり)』だ。

おい、クマとリスはどこ行ったんだよ。とツッコミを入れたくなる名称。

さらに纏った特大の雷をよく見ると、微妙に狼の形をしている念の入れようだ。

開発陣が何を考えてこれを作ったのか分からないが、大体のボスは遊び心で出来ているのでこういうことはよくある。

某ポケットなマスコットが使う電気タイプの突進に似ている技だな。

横から見ると中々カッコイイが、威力はマジで強いので直撃するのはごめんだ。

だが回避は比較的しやすいため、当たらなければどうということは無いだろう。

続いて立ち回りについて細々とした作戦を伝えて会議は終了する。

「やっと終わった」

「カルアはちゃんと聞いていたのだろうか……」

「やめて？　ちゃんと聞いていたということにしておいて？」

カルアの一言にリカが不安を呼ぶ言葉を放った。

きっと大丈夫、ということにしておいてほしい。

「さ、ボス戦よ！　ボスを倒した後のご飯は、きっと美味しいわ！」

「頑張りましょうラナ様。今日のお弁当はハンナさんが腕によりを掛けて作った自信作だそうですよ」

「もうこれは勝ったわね！」

ラナはエステルの報告にすでに勝った気でいる。まあ、間違いではないだろう。

俺はゆっくりと〈笛〉を取り出して吹き始める。

門を潜ったところに現れたのは、レアボス〈ビリビリクマリス〉だった。勝ったな。

第16話　〈ビリビリクマリス〉戦開始、決め手は設置罠の嵌め技。

「レアボスをツモったぞー!!」

恒例のツモったぞーからのボス戦に突入する俺たち。

〈笛〉は贅沢に8本あるので32回のレアボスをツモる機会がある、とはいえその確率は70%とあまり高くは無い。

最初からレアボスをツモれて幸先が良いぜ。これも〈幸猫様〉のおかげだろうか。あとでお高いお肉を買っていこう!

「リカ、ヘイトを頼む!」

「承った!　我が名はリカ、その首を頂戴する者なり!　『名乗り』!　『影武者』!」

俺の指示にすぐにリカが前に出てヘイトを稼ぐ。

ちなみにリカのスキル、別に本当に名乗らなくても『名乗り』は使えるのだが、名乗るのがリカなりの作法なのだそうだ。確かに名乗る方が武士っぽいんだぜ。

「ウォーン!」

「ねえゼフィルス、この〈クマリス〉、狼みたいな声を出したわ!」

「そうな」

もうね、そうなとしか言えない。

「あれはリスなのですか？　にしては太りすぎですね。もう少し痩せた方が可愛いと思います」

「ウォン⁉」

タゲがリカの方に向いているにもかかわらず、エステルの一言に「マジで？」みたいに振り向く〈ビリビリクマリス〉。

ヘイトの概念を超える何かがそこにあったのかもしれない。

ただ、その隙を逃すリカではない。

「よそ見とは余裕だな！　受けよ――『飛鳥落とし』！」

リカが攻勢に出たのだ。タンク役だからといって攻撃してはいけないわけではない。むしろ攻撃することでさらにヘイトを稼ぐ狙いだろう。アタッカー&タンクというポジションのリカならではの戦法だ。リカが走りながら鯉口を切り、抜刀しながら上段へ弧を描くようにして一閃する、これが首から胴体を斬って〈ビリビリクマリス〉のＨＰを削る。

「グオン！」

「隙有り一丁。『フォースソニック』！　『32スタースストーム』！」

よく分からないかけ声と共にカルアも加わり、まずこちらの有利に進む。

「ウォーン！　オン！　オン！　ウォーン！」

「ふ、『受け払い』！　『切り払い』！　『切り返し』！」

「ん、『回避ダッシュ』！」

〈ビリビリクマリス〉がスキル『ビリビリクマパンチ』を繰り出してきたがリカは冷静にタンクに切り替えた。２本目の小太刀を抜いてスキルで相殺していくリカ。なんて見事な切り替えだ。攻撃する時と防御する時の切り替えがリカは本当に上手いな。

ちなみにカルアは巻き込まれるのを嫌ったのだろう、すぐに離脱していた。

カルアのヒットアンドアウェイも見事なものだ。

「ガアァァ！」

渾身の三連撃を見事に全て相殺されヘイトをさらに稼ぐリカ。

そこからボスの怒濤のスキル攻撃が始まる。

俺たちも隙を見て〈ビリビリクマリス〉に躍りかかった。

「援護するわ！　『守護の加護』！　『獅子の加護』！」

「ボスがリカに集中している間に側面と背後から攻撃しろ！　『ソニックソード』！」

「了解しました！　『騎槍突撃』！」

「『二刀山猫斬り』！　『デルタストリーム』！」

「グウォウォン！」

「『勇者の剣（ブレイブスラッシュ）』！」

「グオン！」

〈ビリビリクマリス〉が『雷の爪撃』や『フィニッシュヘッド』などでリカを集中攻撃している隙に、近接アタッカー組が側面と後方から攻撃を加える。

しかし、〈ビリビリクマリス〉はレアボス、その強さは中級中位（チュウチュウ）のボスクラスに片足を突っ込んでいるレベルだ。

さすがにＨＰもかなり多く、ダメージはさほど伸びない。

「ぐっ、『切り払い』！」

「回復するわ！　『回復の願い』！」

「助かる！　はっ！　『切り返し』！」

リカの被弾にすぐにラナが回復を掛けた。

いくらリカとはいえ全て相殺するのはかなり難しい、普通の防御スキルとして処理してダメージを食らう事も少なからずあるため、ラナは攻撃に参加せず、バフと回復に注力していた。

「硬いですね。『閃光一閃突き』！　『トリプルシュート』！」

ダメージが伸びないと見るや、エステルは三段階目ツリーのスキルにすぐに切り替えた。

そう。〈ビリビリクマリス〉の推奨Ｌｖは59。

普通なら〈スキルＬｖ〉を上げた三段階目ツリーで戦うのがセオリーになる相手だ。

先ほどの作戦では敢えて触れなかったが、エステルたちもスキルの相性や使い方について自分たちで考えていけるようになってきているな。成長を感じる。

「ん、手数を増やす。『32スタースト―ム』！　『スターブーストトルネード』！」

カルアのスキルは基本的に連続攻撃が多い。

一撃一撃の威力は低くても、数十撃入れれば相当なダメージになる。

カルアも三段階目ツリーを多用していくようだ。

「『属性剣・火』！　『ライトニングスラッシュ』！　『ハヤブサストライク』！」

「ガァァ⁉」

やっとまともなダメージが入ってボスが怯んだ。

俺のデバフも効いているみたいで結構削れたからな。

一瞬怯み、ボスの行動が遅れたことにより、リカに精神的な猶予を与え、防御スキルの大成功を促した。

「グオン！」

「それはさっき見た。刮目せよ！　『双・燕桜』！」

ユニークスキル『双・燕桜』炸裂。

〈ビリビリクマリス〉の大技、『フィニッシュヘッド』に合わせて放たれたそれは、一瞬で桜の花びらエフェクトをまき散らしながら、ズドンッと腹に響く音と共にボスを大きくノックバックさせた。

「グワァァァ‼‼」

「ここ。『スターバースト・レインエッジ』！」

カルアの最も威力の出る連続攻撃がノックバック中の〈ビリビリクマリス〉に決まり、ボスは大きくダウンした。

「総攻撃！」

「は！　『戦意高揚』！　『飛鳥落とし』！　『焔斬り』！　『凍砕斬』！　『雷閃斬り』！　『光一

閃』！　『闇払い』！」

「私の出番よ！　『聖魔の加護』！　『聖光の耀剣』！　『聖光の宝樹』！　『光の刃』！　『光の柱』！」

「『騎槍突撃』！　『レギオンチャージ』！　『プレシャススラスト』！　『ロングスラスト』！」

リカとラナ、そしてエステルも攻撃役に加わり全力の総攻撃をお見舞いする。

こりゃあ相当なダメージが入ったな。

「グワァァァァ!!」

ダウンから復帰した〈ビリビリクマリス〉の目は怒りに燃えていた。

タゲは、さすがにリカから移っていないようだな。さすがだぜ。

「グワン!!」

「！　『充電』スキルだ！　すぐに止めろ！　攻撃を叩き込んだ――『ソニックソード』！」

空に向かって吠える〈ビリビリクマリス〉の身体が発光し、辺り一面から光の玉のような物が吸い込まれていく。

これが〈ビリビリクマリス〉の自己バフ『充電』スキルだ。

『充電』し続けると攻撃力と素早さが増していき、攻撃に雷属性が乗るようになる。

身体が常に雷を帯びたようにビリビリしていて、こちらが攻撃する時も低確率でスリップダメージが入るようになるのだ。あの〈ビリビリの森〉と同じ現象だな。

これだけでも強いのに〈ビリビリクマリス〉のさらに厄介なところは、この『充電』を重ね掛けしてくる点だ。合計4回まで『充電』が重ねがけ可能で、重ねるほど強くなる。

だが、『充電』中は無防備になり、一定以上の攻撃を受けるとスキルがキャンセルされるというデメリットがある。

ピンチは逆にチャンスでもある。充電中にキャンセルアタックを繰り返す事で完封勝利をすることも可能だ。〈ダン活〉攻略サイトでも、低レベル弱々装備縛りでの完封動画が結構流れていたっけ。たまにミスって攻撃されて負けた動画とかもあって面白かったなぁ。

と、思い出に浸りたいがそうもいかない。

『充電』で無防備になるのは数秒だ。この数秒で一定のダメージを出さないといけない。

時間との勝負だ。

「『獅子の加護』！」

「『ロングスラスト』！『レギオンスラスト』！」

「『鱗剥ぎ』！『急所一刺し』！『スルースラッシュ』！『投刃』！」

「『横文字二線』！『十字斬り』！『刀撃』！『ツバメ返し』！」

「『シャインライトニング』！」

全員が余力を出し切っての総攻撃をお見舞いするが、先ほどのダウンの時にみんな三段階目ツリーを使い尽くしてクールタイムなのが痛い。

みんな攻撃が一段階目、または二段階目ツリーのスキルばかりだった。

ダメージが蓄積しない。

「グオオオ!!」

「く、ダメか」

そしてついに『充電』発動を許してしまう。1回目の成功だ。

〈ビリビリクマリス〉がその名を体現したように身体中をビリビリと発光させ、覚醒する。

今回はタイミングが悪かった。

ダウンで総攻撃を掛け終わったタイミングだった。それに皆のＬｖもさほど高くないというのも起因している。

何しろ俺のＬｖは56、ラナとエステルも同様だ。カルアはＬｖ49、リカはＬｖ48である。

推奨Ｌｖ59の〈ビリビリクマリス〉を相手にするには少々火力不足が否めない。

「仕方ない。全員、十分に警戒しろ！　俺は今から対策の準備をする！　それまで持ちこたえてくれ！」

「わかったわ！」

「了解しました」

「ん！」

ラナ、エステル、カルアの順に返事が返ってくる。

リカは正面で静かに刀を構えていた。

ここからはボスの圧力が増す。タンクが非常に重要になる場面だ。

「リカ、頼むぞ」

「承（たまわ）った」

頼もしい返しだ。Ｌｖはこの中で最も低いが、今は一番頼りになる。

「ウォーン！　オン！　オン！　ウォーン！」

「はあ！　『受け払い』！　『切り払い』！」

ボスの素早い『スキル』の応酬にリカは即座に対応した。

「ラナ！　加護を！」

「『守護の加護』！　『耐魔の加護』！　『回復の祈り』！」

ラナが即座にバフを掛け、リカを援護する。

本当ならここで素早さの上がる『迅速の加護』も使いたいところなのだが、自身のスピードが上がるとパリィのタイミングがズレると言い、リカが遠慮した形だ。

「エステルとカルアもリカを援護してくれ！」

「はい！　『ロングスラスト』！」

「ん！」

エステルが勇ましく飛び込んでいき、カルアもクールタイムを待ちながら援護していく。

俺はその間に準備だ。アイテムバッグの中からいくつかのアイテムを取り出しておく。

「もし充電が成功してしまった時のためにハンナに作ってもらっていたが、早速使う事になるとは」

俺が持ってきたのは〈ジュラパ〉で回収しておいた採取素材と、とある罠を使い、ルルたちが〈優しいオノ〉と一緒にゲットしてきたもう一つの〈金箱〉産アイテム〈トラップ作製ツール〉で作製したトラップアイテムだ。

作製はハンナ。『錬金』はレシピさえあれば罠まで作製可能なのが素晴らしい。

ちなみにこのアイテムはレアボス〈サボテンカウボーイ〉から出た〈銀箱〉産レシピで作製したものだ。

──その名も〈毒沼罠〉。

これを設置すると一定期間、そこが継続ダメージを与える毒沼に変わってしまうトラップアイテムだ。

ここにボスが乗ると、若干脚が沈み動きを阻害する効果もある。ただ、拘束するような強力な罠じゃ無い。

しかし、ここのボスに限っては別の使い道がある。

「良し。準備出来たぞ！　リカ、こっちに移動できるか!?　ボスをおびき寄せてくれ！」

「──くっ！　『二刀払い』！」

「ワァァァアン！」

「く、すまない、手一杯だ！」

リカの秘技『二刀払い』を受けてなお、覚醒した〈ビリビリクマリス〉の猛攻は留まるところを知らない。

罠に当てるには罠までボスを誘導してくる必要があったが、リカは今手一杯だった。

１回目の『充電』でこの性能である。さすがはレアボス、侮れない。

しかし、そこに頼れるパートナーが現れる。

「ん。私が運ぶ」

「カルア⁉」

「任せて。――ユニークスキル『ナンバーワン・ソニックスター』！」

「わぷっ⁉」

「ウォーン⁉」

カルアの【スターキャット】のユニークスキルは超スピード離脱スキルだ。

一見地味なこのスキルだが、その速さは神速。

どんなボスでも追いつけない超スピードでもってその場を緊急離脱出来る。

もしタゲが自分に向いていたとしても、広範囲攻撃の圏内にいたとしても、余裕で範囲外まで逃げることが可能な優秀なスキルだ。

ボスにはタゲを向ける範囲があり、そこを離れるとタゲは切れてしまう仕様だった。つまり離脱してしまえば狙われることも無くなるのだ。

さらにこのユニークスキルが有用なのはＬｖ５の時、仲間を１人キャリーすることが可能な点である。

もし後衛にタゲが移ってしまった時などの保険として、これほど有用なものはそうは無い。

それをカルアはリカに使った。

一瞬のユニークスキル発動のエフェクトが光ったかと思うと、すでにカルアはリカを抱えて俺の隣に居た。ほとんど瞬間移動の域である。

その証拠に、今まで真正面に居たリカが消えたため〈ビリビリクマリス〉が戸惑っていた。

「ん。大成功」

「う、これは相変わらず目が回るな……」

カルアに抱えられたリカが少しふらっとしながらも自分の足で立ちそう言った。

どうやら以前にも食らったことがある様子だ。

「ウォーン！」

「気がついたか」

元々ボスが居た位置と俺の居る場所はそんなに距離が離れているわけでは無い。

だからタゲが切れることも無く、リカを見つけ〈ビリビリクマリス〉が吠える。

そしてそのタイミングで現れるエフェクト。

「ん、赤いエフェクト……」

「このタイミングでユニークスキルか！」

「ゼフィルス、どうする回避行動を取るか⁉」

「いや、このままで良い。防御スキルで迎え撃つぞ、カルアは少し離れててくれ」

「ん」

〈ビリビリクマリス〉のユニークスキル『我破大雷』は突進系のスキル。

本来なら回避行動を取るのが最善で、俺もボス戦前にそう指示していた。

しかし、それは時と場合による。俺たちと〈ビリビリクマリス〉の間には今罠があるのだ。

これを利用しない手は無い。

俺とリカは罠を挟んで反対側に立つと防御スキルの準備をする。

「エステル、ラナ、追撃を頼むぞ！　ボスを罠にはめる！」

「！　了解！」

「任せてよ！　『守護の加護』！　『聖魔の加護』！　『耐魔の加護』！」

ラナのバフが俺たちに掛かると同時に、ボスのユニークスキルが発動した。

「ウォォォォォンッ!!（我は狼也!!）」

「思い出せ、お前は狼なんかじゃ無い！　『ディフェンス』！」

「ウオオン!?」

ゲーム〈ダン活〉時代の定番のツッコミを入れながら俺は防御スキルを発動した。

何故か〈ビリビリクマリス〉が驚愕の顔をしながら突っ込んで来たのが印象的だった。

「ここで押さえ込む！　秘技『弾き返し』！」

ドッカンと衝撃。

俺とリカの２人の防御スキルと〈ビリビリクマリス〉のユニークスキルが衝突した。

――――結果、相打ち。しかしこちら側は大きなダメージを食らった。

「ぐおっ！」

「くっ――――！」

「グウォォォン!?」

俺とリカは大きくノックバックして硬直。ＨＰを見ると、約２００弱もダメージを受けていた。

防御スキルで受けてこれかよ、なんちゅうダメージだ。

しかしボスはその場でノックバック無しの硬直。

防御勝ちこそ出来なかったものの、ダブル防御スキルによってユニークスキルを止めることになんとか成功したようだ。

そして足を止めた場所にあるのは、俺が仕掛けた〈毒沼罠〉。

瞬間、ボスの背中の電撃が暴走する。

「グォォォォォンッ!!」

そう、感電だ。

〈ダン活〉には弱点属性という項目が有り、それぞれの属性に弱点というものが設定されている。

特に水系統は〈火属性〉と〈雷属性〉に非常に強力な特効を持ち、〈水罠〉に分類される罠でこの属性のボスを嵌めると、いつもより罠の効果が高くなる仕様だった。

それはリアルになっても同じ。

現在〈ビリビリクマリス〉は『充電』スキルで自分に雷属性を纏った状態だ。この状態で〈水罠〉に嵌めると、こうして「身動き15秒~20秒不可」の弱点追加効果が加わる。

本来の〈毒沼罠〉の効果であるスリップダメージも加わって大きなダメージを与えられるのだ。

嵌めれば嵌めるだけ効果は少なくなっていってしまうが、一度感電させると『充電』の効果が解けるため、俺はこれを大量に持って来ていた。

「今、だ、エステル、カルア!」

「『姫騎士覚醒』！　――『ロングスラスト』！　『閃光一閃突き』！　『トリプルシュート』！　『ロングスラスト』！　『プレシャススラスト』！　『レギオンチャージ』！　『ロングスラスト』――――」

「『鱗剝ぎ』！　『32スターストーム』！　『デルタストリーム』！　『スターブーストトルネード』！　『スターバースト・レインエッジ』！　『二刀山猫斬り』！　『フォースソニック』！」

「私だってやるわよ！　『聖光の耀剣』！　『聖光の宝樹』！　『光の刃』！　『光の柱』！」

「ノックバック終了だ！　『勇気（ブレイブハート）』！　『ソニックソード』！　『勇者の剣（ブレイブスラッシュ）』！　『ライトニングスラッシュ』！　『ハヤブサストライク』！」

「出遅れたか！　『飛鳥落とし』！　『焔斬り』！　『雷閃斬り』！　『凍砕斬』！　『光一閃』！　『闇払い』！」

「グオオウォォォォン!!」

渾身の総攻撃が入り、〈ビリビリクマリス〉のＨＰがガックンガックン削れる。

やっとの事で〈毒沼罠〉を破壊して脱出した〈ビリビリクマリス〉だったが、スリップダメージも加わり、ＨＰが残り30％まで削れていた。

その後は『充電』スキルが切れたためリカが完璧にタンクを受け持って戦闘が安定し、２回目以降の『充電』スキルは全てキャンセルに成功。

ＨＰがレッドゾーンに突入した時は多少危なかったが、なんとかリカが素早い動きに対応しきった。

「ん。これで最後。『スターバースト・レインエッジ』！」

「グオオウォ……ォ……！」

最後はカルアの雨のように斬り付ける連続攻撃により、〈ビリビリクマリス〉のＨＰがゼロになった。

強敵だったボスがエフェクトの海に沈み、その後には金色の宝箱が、――四つ、残されていたのだった。

第17話　〈パーフェクトビューティフォー現象〉キター！

「〈パーフェクトビューティフォー現象〉来たーーーー!!!!」

それを見た瞬間、俺の心の衝動が思わず飛び出てシャウトした。

「何よこれ！　〈金箱〉が四つもあるじゃない！　どういうことなのよ！」

ラナも両手を頬に当てて驚愕の叫びだ。

若干頬が染まっている。興奮している様子だ。

その気持ち、すごく良く分かる。

「四つ……、四つある？　銀じゃなくて金色？」

カルアは首をかしげながらそれを見ていた。

とても不思議そうな顔で首をコテッとしている姿がとても可愛い。

撫でたい。いや、むしろ撫でる！　あ、ラナに先を越された⁉

「これはいったいどういうことだゼフィルス？　中級ダンジョンのボスはみんなこんなに宝箱を落とすのか？」

「そんなわけないだろう。こいつは〈ビューティフォー現象〉のさらに上、その名も〈パーフェクトビューティフォー現象〉だ！　〈金箱〉ドンッ！　さらに倍だ！　お宝超ゲットォ！」

リカは〈金箱〉四つという超素晴らしい光景に戸惑いまくっていた。

しかし〈サボテンカウボーイ〉の時に〈銀箱〉四つを体験していたからだろう、俺の言うことに目を白黒させながら納得した様子だ。

「これがゼフィルス殿が言っていた最高の素晴らしい現象ですか。噂に違わない豪華さですね。ゼフィルス殿が切望していた理由も分かります」

エステルも〈金箱〉四つという豪華さに目を離せなくなっているようだな。

無理もない。何しろ〈パーフェクトビューティフォー現象〉だからな！

「まずは祈るのだ！　〈幸猫様〉〈幸猫様〉！　〈パーフェクトビューティフォー〉をくださりありがとうございます！　後でとても豪華なお肉を持って行きますので楽しみにしていてください！」

心をたくさん込めて、祈る！

後で豪華なお肉をお供えしよう！　具体的にはレアモンスター〈ゴールデントプル〉のお肉とか良いかもしれない。前の歓迎会の時に使わなかった最後のお肉を使うときが、今でしょ！　な気がする。きっと気のせいじゃない。

「カルア、私たちも祈りましょ！」

「ん！　祈る」

ラナとゴロゴロ撫でられていたカルアも一緒に祈った。

くっ、俺もゴロゴロ撫でてみたい。

「さて――」

「開けるわよカルア！」

「ん。楽しみ」

「待て待て！　俺を差し置いて何をしようというのかね！」

ラナがカルアを抱きかかえて〈金箱〉に突入しようとしたのを抑える。

テンション高いなラナ！　見ろ、背中から抱っこされたカルアの足がぷらんと浮いているぞ。

カルアも楽チンみたいな顔してるし。浮かれている様子がヒシヒシと伝わってくる。

このままのテンションで〈金箱〉に突入されればうっかりパカッと開けられかねない。

俺も混ぜてほしい。

こほん、本音が洩れた。ちょっと冷静になろうか。

「さて、今回の〈金箱〉だが、なんと四つある。素晴らしいことだ。しかし、1人開けられない者が出てしまう。これは由々しき事態だ」

リアルは時に残酷だ。何しろこの〈パーフェクトビューティフォー現象〉に参加できない人がいるのである。

ラナとカルアの緊張が高まったのを感じた。俺も緊張する。

しかし、そこへリカが妙案を投げ入れた。

「では、私はカルアと一緒に開けようか。これなら全員参加可能だろう。カルアも良いか？」

なんと共同作業の提案だった。リカの提案にぷらんとラナに抱きかかえられながらカルアがコクリと頷いた。

「ん。リカと一緒に開ける。ラナから聞いた。ゼフィルスと共同作業したって、少し羨ましかった」

「ちょ、カルア！　それゼフィルスには内緒だって！」

「そう？　うっ、ラナ苦し」

俺の知らないところであの時の行動が洩れていた予感。

ラナのギュッとする腕の力が増し、カルアが顔を青くする。

「ではカルア、一緒に開けようか。ラナ殿下、カルアを離してやってはくれないか」

「ん、ふう。助かった……リカ、サンクス」

キュっとされて危うく〈パーフェクトビューティフォー〉に参加できなくなるところだったカルアがリカに感謝を告げていた。

何これ？　ちょっと面白い。

「さあ開けるわよ！　みんな位置について！」

「ラナそれ俺のセリフじゃね!?」

ギルドマスターのセリフをテンション高めに奪ったラナが、俺のセリフを華麗にスルーして〈金箱〉の一つに陣取った。さすが、一番乗りである。テンションが高いと他の声は聞こえなくなってしまうのだ。俺にも経験がある。

俺も素早く後に続いた。

「ん、これがいい、かも」

そして『直感』持ちのカルアと手が被る。

……カルアが宝箱を開けたそうにしてこちらを見ています。どうしますか？

「…………他のにしておこう」

「すまないな」

今回はカルアとリカが一緒に開けてくれることになったので譲った。

リカが苦笑して礼を言うのに片手を上げて応え、他の宝箱の前に陣取る。

最後に余った宝箱はエステルが開けることになった。

全員が配置に就いたところでラナが言う。

「いいわね？　開けるわよ！　良い物ください〈幸猫様〉！」

もう俺のギルドマスターの肩書きはボロボロだ。完全にラナに役目を奪われてしまった。

ええい、俺も開けるぞ！

「ああ〈幸猫様〉〈幸猫様〉！　どうか良い物ください！　よろしくお願いします！」

ラナがパカリと開けるのに合わせ、俺たちも一斉に開く。

カルアとリカも、せーので一緒の宝箱を開いた。

「わ！　鍵だわ！」

「マジで⁉」

ラナの報告に度肝を抜かれてそっちを向くと、ラナの持つ手に握られていたのは銀色の鍵だった。

間違いない、そいつは――！

「これは、レシピでしょうか？」

「レアボス〈金箱〉産のレシピだと⁉」

ラナの方に驚愕していたらエステルからもとんでもない報告があって思わずそちらを向く。

さすが〈パーフェクトビューティフォー現象〉、素晴らしいが留まるところを知らない！

さらにカルアとリカの方からもとんでもない報告が上がる。

「ん、おもちゃ？」

「大きいな。これは……街のミニチュア、か？」

「――何だとぉ⁉」

俺とカルアの『直感』が「こいつはすごい宝箱だぜ」と囁いたそれに入っていたのは、とんでもない物だった。

俺は自分の宝箱の中身も確認せずにリカとカルアの宝箱の中を覗きこんだ。そこには、

「――〈竜の箱庭〉か！」

俺の思っていたとおりのものがあった。

――ヤバイ。こいつはとんでもない、とてもとんでもないお宝だ！

「そんなにすごいの？」

「すごいなんてもんじゃないな。ちょっと一言では言い表せられない。そのくらいとんでもないアイテムだ」

さっきっからとんでもないばっかり言っている気がする！　語彙は死んだ！

今回の〈パーフェクトビューティフォー現象〉は間違いなく大当たりの部類だ！

もうこれだけで今日は満足できるほどの当たり率である。

よっしゃ、じゃあ一つずつ説明していこうか！


ちなみに俺の〈金箱〉に入っていたのは、なんと〈上級転職チケット〉だった。

中級のレアボスだと確率が2％になるとはいえ、3枚目が来るか！

今回の〈パーフェクトビューティフォー現象〉はマジですさまじい当たり率だった。

これが日本にいた頃なら間違いなく攻略サイトの掲示板にアップしているレベル。

そして嫉妬と羨望のビンタをたくさん貰うのだ。

ビンタ50回は堅いな。

50回分のビンタレスがダーっと並ぶのだ、さぞ壮観だっただろう。

俺がそれを想像してニヤけていると、我慢の限界になったラナが前のめりになって言う。

「ちょっとゼフィルス！　何ニヤけてるのよしっかりしなさい！　ちゃんと説明してもらうわよ、これは何かしら？」

そう言って突き出されたのは、ラナが開けた〈金箱〉に入っていた銀の鍵だ。

もう察しがついているかと思うが、これは例の隠し扉を開ける万能キー。

――その名も、〈隠し扉の万能鍵（銀）〉だ。

通称：〈扉の銀鍵〉。

前にラナがツモった〈隠し扉の万能鍵（鉄）〉の上位互換の鍵だな。

この中級ダンジョンでは隠し扉が出てくるようになるが、その一部に、〈扉の鉄鍵〉では開けられない類の隠し扉が登場することがある。

その時使うのがこの〈扉の銀鍵〉だ。

とはいえ、使うのは中級上位（チュウジョウ）以降の話だ。

中級中位（チュウチュウ）までは全ての隠し扉を〈扉の鉄鍵〉で開けられる。

これが上級ダンジョンになってくると、全ての隠し扉は〈扉の鉄鍵〉では開けられなくなるので注意だ。

そして〈扉の銀鍵〉は超重要。Dランクギルドになっても〈扉の銀鍵〉を持っていなければ、オークションで入手することがゲーム攻略サイトで推奨されていたほどだ。

リアルだと壁はぶっ壊すことが出来るため手に入らなくても問題はなかったりするが、それは言わないお約束だ。

「そいつは隠し扉を開けるための万能鍵だ。上級ダンジョンで使うことになるぞ」

「上級で!?」

俺が要約して説明するとラナが素っ頓狂な声をあげた。

リカも後ろから興味深そうに鍵を覗き込む。

「――ゼフィルスは、これを使う機会があると思うか？」

その質問は上級ダンジョンの攻略を目指すのかと暗に言っていた。

「もちろんだ。俺たち〈エデン〉はSランクを目指すギルド。間違いなくこれを使う機会はあるだろう。むしろ使う！」

当然だと、当たり前だと頷く俺にリカは一瞬目を見開いた。

「ゼフィルスがそう言うと本当に出来てしまいそうだから怖いな」

「まったくね！　でも楽しみだわ！　お兄様だってほとんど攻略できていないと言っていた上級ダンジョンを私たちが攻略しちゃうのよ！　絶対気持ち良いわ！」

「だな！　こいつは俺たちにさっさと上級ダンジョンに行けと告げているに違いないぞ」

「ふふ、そうだな」

さっきと違いラナとリカは、銀色に輝く鍵を見つめる目が変わっていた。

いいね。良い目してるよ君たち。きっと上級の隠し扉に出会わせてあげるから楽しみにしていてくれ。

「次はカルアとリカの宝箱に入っていたこの街のミニチュアね！」

「〈竜の箱庭〉だな」

〈扉の銀鍵〉をラナが大切にしまい、続いてはいよいよ真打の出番だ。

ちなみに俺のとエステルの宝箱の中身は軽い説明で終了だ。特に俺の〈上級転職チケット〉は今更説明はいらんだろうからな。早速〈竜の箱庭〉をみんなで見る。

「ミニと言うには、大きな模型ですね」

「5メートルくらいはあるな。よく宝箱に入っていたものだ」

エステルとリカがその大きさに感心したように感想を漏らす。

彼女たちが言ったように、この〈竜の箱庭〉はデカイ。

今までゲットしてきたドロップアイテムの中でもダントツの大きさだろう。

六角形の基盤の大きさは、軽く5メートルを超えている。

本当に、何でこれが宝箱サイズに入っているのか不思議だな。

「ゼフィルス、これって何に使うの？」

「説明しよう。まずこいつの名称だが〈竜の箱庭〉という。【地図屋】や【マッピングマン】、【調査士】なんかの商売道具だが、アイテム自体の効果に『自動マッピング』『立体化』『随時反映』などを持っている、端的に言うなら立体化するデカイ地図といったところだ」

自動で紙にマッピングされるアイテムがあるのなら、自動でミニチュアが出来上がってもいいじゃない？　というコンセプトの元、作製されたアイテムだと開発陣は語っていた。

一瞬、へーっと、肩透かしを受けたような気の抜けた声がラナとカルアから漏れた。

「ふふふ、微妙な反応だな。だがこの〈竜の箱庭〉の真価は使ってみたらよく分かるぞ」

「大きすぎて使えないじゃない！」

もっともなツッコミ！　5メートルの模型とか持ち運びに大変苦労するだろう。普通ならな。

さすがラナだ。良い腕している。切れのあるツッコミだった。

だが心配ご無用。

「大丈夫だ。これは自動マッピングだからな。たとえ〈空間収納鞄（アイテムバッグ）〉に入れていたとしても、取り出した瞬間自動で歩いた経路が立体化されて表示されるんだ」

いちいち取り出す必要はあるが、立体的にマッピングされたミニチュアはかなり詳細な情報を教えてくれるぞ。

そして当然ながら〈馬車〉に置く設置型アイテムとしても使える。

「ま、百聞は一見にしかず。起動してみよう」

「わ！　街並みが崩れていくわ！」

「森になっちゃった」

「これは、このダンジョンですか？」

「その通りだ」

起動すると、それまであった白亜の街並みが一瞬で崩れて消え、続いて中央付近にだけ森が出来上がった。中心が長方形に開けている。

あれが俺たちが今いる場所、最下層のボス部屋とその周囲だな。

「ここから移動すると、次々道と森が出来上がっていくぞ。カルア、試しに29層へ行ってすぐ戻ってきてくれないか？」

「ん。分かった――『爆速』！」

カルアは頷くと、『爆速』を使って超スピードで29層へ消えていった。そこまで急がなくても良いが、その効果は大きかったようだ。

「すごいわ！　森がどんどん生えていくわね！」

「思っていたよりすぐに出来上がるのですね」

「カルアには悪いが、これはすごいな」

ラナ、エステル、リカの順に感想を言う。

カルアの足はすさまじく速いので、森がどんどん出来上がっていく。

階層が移ると、一段上に地面が生まれ、その上にまた森が出来上がった。29層に到達したようだな。

しかし、それ以上は生えず、言われたとおりカルアは29層に到着した時点で引き返しているのだろう。あ、ほら、ちょうど帰ってきた。

「ん。ただいま」

「カルア、見てみなさい！　カルアが今走っていったところがミニチュアになっているわよ！」

「ん。……ん、ほんとだ」

「見てもらったように、こうしてパーティメンバーの誰かが移動したところがオートで立体化してミニチュアが出来上がる仕組みだ。すんごいだろ？」

「確かにすごいが、これだけならレアボス〈金箱〉産のアイテムとしては弱い気がするな」

「ほう、リカ、鋭いな」

確かに、これだけならただ三次元にしただけのマッピングだ。

それはそれですごいが、ちょっと他のアイテムに見劣りすることも事実。

しかし、リカの感想は正しい。〈竜の箱庭〉の真価はこれではない。

俺が使用できるのはアイテムに最初から搭載されている『自動マッピング』と『立体化』、『随時反映』まで。ここまではまだアイテムの力として誰でも使用が可能だ。

だが、さっきも言ったとおり、これは【マッピングマン】などの専門の職業(ジョブ)が使用した時こそ、その真価を発揮するのだ。そしてそれは、この出来上がるだけの三次元の地図を、さらに何倍も昇華させてしまう。

「スキル『モンスターウォッチング』、『人間観察』、『観測の目』。これらを使用したとき、〈竜の箱庭〉は真の意味で箱庭になる」

この〈竜の箱庭〉は建物だけではない。生き物やモンスターも反映させることが可能なのだ。

――〈竜の箱庭〉。今後のギルドバトルに必須な、超重要激レアアイテムである。

そしてこれらのスキルは、【姫軍師】も使用可能だ。

第18話　いつもの周回、そして回復〈爆師〉ギルド！

〈ビリビリクマリス〉の周回を開始した。

〈パーフェクトビューティフォー現象〉のおかげで皆のテンションとやる気が高くって凄まじい。

しかし、一つ懸念事項があった。

俺が持っている〈笛〉は八つ、そのうち三つはまだラナたちに見せてはいなかった。

〈エンペラーゴブリン〉から追加でドロップした分だな。学園からの貸与品はもう連絡済であるのだが、こちらはまだだった。

とうとうお披露目する時が来てしまったか。

また、「〈笛〉、使いなさいよ」と促される未来がチラチラ見えたが、仕方ない。

俺はスッと懐からさらに3本の〈笛〉を出す。

「〈笛〉なんだが、実は追加で3本ある」

「なんですって⁉　もうゼフィルスなんでそんなたくさん持っているのよ！　私にも1本頂戴！」

「ダメ」

あまりの興奮にラナの言動が爆発したがなんとか〈笛〉を死守しきった。危なく取られるところだったぜ。

まあラナもテンションが上限を飛び越えているからこそのじゃれあいだ。きっと取ったところで後で返してくれただろう。返してくれるよな？

〈ビリビリクマリス〉の素材は、その後順調に集まっていった。

〈笛〉は計32回分使用可能だったが、そのうちレアボスがツモれたのは22回だった。

10回は普通のボス〈電撃に悩むリス〉。

正直レアボスを倒せる俺たちにとってあまり脅威にならなかった。

ちなみに〈金箱〉はあれから出ていない。

全部〈銀箱〉ではあったが、そのうち〈ビューティフォー現象〉が一回あった。素晴らしい。

途中お昼ご飯を挟み、ラナが顔を綻ばせながらハンナ特製お弁当を食べる姿に萌え、32回全ての〈笛〉を使い切った。

そして最後の〈ビリビリクマリス〉がエフェクトに消えたところで俺は帰還を宣言する。

「予定通り進んでるな。よし、一度帰るぞ」

「了解よ！　今日は終わりね！」

俺の宣言に全員が頷くのを確認して転移陣に乗り込んだ。

これから俺は一仕事ある。

「じゃ、俺は〈私と一緒に爆師しよう〉ギルドに行ってくるから」

「いってらっしゃい！」

〈中下ダン〉でラナたちと別れて俺は〈セグ改〉を取り出すと、それに乗って〈私と一緒に爆師しよう〉ギルドまで走らせた。

〈セグ改〉は1人乗り用のアイテムなので全員は乗せられないのが残念だ。エステルの馬車はさすがに大きすぎて学園で走らせるには怖い。

そのため俺1人で向かうことになった。

これから、俺たちは〈笛〉の回数を全回復させ明日に備える予定だ。

現在の時刻は18時、さすがに今日はもう終わりだな。明日が期限なので入念に準備をしておこう。

今後の計画を頭の中で再確認しているとすぐに〈私と一緒に爆師しよう〉ギルドに到着した。

「おやおやおやおやおや勇者君。君が予想した通りの時間だったね。いらっしゃいいらっしゃい」

中に入ると商品棚を整理していたお姉さん風の先輩が俺に近づき話しかけてくる。

「こんにちはレンカ先輩。早速だけど〈笛〉の回復頼めるか？」

「もちろんさ！　君は数少ないお得意様だからね。ちょっ早で仕上げるよ。事前に言っておいてくれたおかげで準備も出来ているしね」

この方、2年生のレンカ先輩といい、毎回〈笛〉の回復を担当してくれている方だ。

【爆師】の職業に就いていて、ここのギルド〈私と一緒に爆師しよう〉のサブマスターでもある。

マリー先輩とは結構仲が良いみたいだ。

商売をしているだけあって話し上手で、俺も数回会っただけで口調が砕けたものになった。今では軽口も言い合える仲である。

なんとなくラナたちを連れてくるとトラブルになりそうと『直感』が囁くので、〈笛〉についでは俺かセレスタンでこうして依頼している。

「君は商品でも見ていてくれ、そして気に入ったら買ってくれ。うちのギルドはいつもすかんぴんだからさ」

「毎回数百万ミール支払っているのにすかんぴんなわけ無いでしょうが」

レンカ先輩のジョークに笑いながらツッコミを入れ、俺は〈笛〉を預けてから言われたとおり商品棚を見て少しの間待った。

相変わらず爆弾系アイテムばっかり並んでいる。というかそのまま爆弾が商品棚にあるって凄いな。本物じゃないよな？　まさか爆発するなんてことはないと信じたいところ……。

チラリとレンカ先輩を見ると、魔法陣が描かれた板の中央に〈笛〉を置き、それを囲うようにしていくつかの素材を配置してスキルを発動、〈笛〉の回数を回復させているところだった。その表情は真剣だ。なんとなく聞くのが躊躇われる。

また、先輩が使っているアレが回数アイテムを回復させる〈魔具回復セット〉である。

〈魔具回復セット〉にアイテムを設置していくつかの素材を使い、【爆師】や【魔道具師】などがスキルを発動すればアイテムの回数を回復してくれる仕組みだ。

素材は回復させるアイテムによって異なり、〈笛〉の回復には結構高いボス素材が使われている。

〈笛〉1回復に50万ミールも掛かるというお高いお値段の理由だな。

「『魔具回数回復』！　ふう、これで全部終わったよ。超特急でやったんだから何かご褒美がほしいね」

「また明日も依頼しに来るから、1日1600万ミールの売り上げだぜ？　大もうけ出来るだろ？」

「それとは別に何かほしいところだね。聞けばマリーとはダンスを踊ったそうじゃないか？」

ダンス？　ああ、あのクルクル回ったあれか。いや、あれはテンションが振り切れている時しかできませんて。

残念ながら〈パーフェクトビューティフォー現象〉の熱は冷めている。

「ま、今度機会があったらな。じゃ〈笛〉は貰っていくぜ。支払いは学園長で」

「つれないなぁ。ほいよ、また明日にね。あと、回復はあまり遅くならないように、お店は21時までしか開けていられないからさ」

「助かる。じゃ、また明日に」

「毎度あり〜」

無駄話中もしっかりと手を動かすレンカ先輩から〈笛〉を受け取り、回数が全回復しているのを確認してバッグに放り込んだ。

さて、これで明日の準備は完了だな。


そして翌日、俺はレアボス最速周回をたたき出した。

第19話　学園長クエスト一部完了！　本気を出しすぎたか。

「学園長。〈ビリビリクマリス〉の素材、ここに納品致します」

「うむ。ご苦労だったのゼフィルス君。5日という非常に少ない期限で良くこれだけの素材を集めてきてくれたものじゃ」

「結構苦労しましたよ。持っている〈笛〉をフル活用しましたからね」

「ほっほ。まさか元々五つも〈笛〉を持っているとは思わなんだがな」

「さすが、学園長はお耳が早いですね」

俺は今、学園長室にお邪魔していた。件のクエスト素材を納品するためだ。

現在日曜日の夕方18時。

訪問するにはちょっと失礼に当たりそうな時刻ではあるが、納品期限が期限なので許されている。

この時間になったのは、今日も昨日と同じく〈ビリビリクマリス〉を周回したためだ。

20層に転移陣でショートカットし、エステルの馬車で最奥まで突撃。

途中、リポップしていた徘徊型ボス〈ビビルクマジロー〉と遭遇したが、昨日レアボスと22回戦ってLvが急速にアップした俺たちにより余裕で倒されている。〈クマジロー〉がラナたちを見てビビッていたように見えたのは果たして気のせいだったのだろうか？

それはともかく、最奥で〈笛〉を吹いて周回、使用回数が無くなって一時帰還、ちょっ早でレンカ先輩のところに駆け込み〈笛〉を回復してまたダンジョンに突撃（2回目）。

さらに周回して、本日計42体の〈ビリビリクマリス〉を狩ったのだった。

昨日と比べLvも大きく上がっているため戦闘時間も大幅に短縮し、17時半には狩りが終わった形だ。

少し、本気を出してしまったぜ。

正直、本日1回目が終わった時点で素材数は規定に届いていたのだが、せっかく〈笛〉が二つ貸し与えられていて回復代が学園持ちなのだ。そりゃあ2回目も突入してしまうというものだろう。

少しやり過ぎたかもしれないが後悔はしていない。

この2日間で狩った〈ビリビリクマリス〉の数は、なんと64体。素材数は640個だ。凄まじい数だな。

納品規定数は、
・〈ビリビリクマリスの大毛皮〉×20、〈ビリビリクマリスの雷斬爪〉×30、〈ビリビリクマリスの銀髭〉×10、〈ビリビリクマリスの大魔石〉×2、の納品。
計62個だったのだが、余裕で納品してしまえる。ちょっとどころじゃなく狩りすぎたかもしれない。

まあ、学園長も俺が元々〈笛〉を五つ持っていると知らなかったようだしな。

俺も少し本気を出しすぎたせいもあってこうなってしまった。

とりあえず学園長には超過分も追加で50個ほどを納品することになった。

QP(クエストポイント)は素材納品分も合わせて52万にもなったぞ！　後で〈交換所〉で物品を品定めしよう！

ふはは！

もう一つの方の〈からくり馬車〉の方も順調だ。

シエラたちも〈竹割太郎〉の素材をかなりゲット出来ていると報告が入っており、すでにガント先輩に依頼を出してあるとセレスタンから聞いた。

ガント先輩も、以前のようにはいかないが10日程度で納品すると約束してくれた。

今日は19日なので、月末の納品には十分間に合うだろう。

そう学園長に伝える。

「そうか。〈エデン〉に依頼したのは正解じゃった。助かったわい」

「いえいえ、こちらもQP（報酬）をたくさん頂いていますから、お互い様ですよ。今後も何かあればギルド〈エデン〉をお願い致します」

「うむ、あい分かった。その時はまた頼むとしよう」

「よろしくお願いします。ではこれで失礼しますね」

「おお、そうだゼフィルス君、もう一つ君に頼みがあったのじゃ、すまないが聞いてほしい」

学園長の申し出に上げかけた腰を再びソファーに戻す。

「実は、ゼフィルス君が行なっている授業についてじゃ」

おっと、来たか。

俺は一昨日から選択授業の臨時講師をしている。第一回目の授業が終わったばかりだが、もう学園長の耳には届いていたらしい。

だが、あれくらいであれば問題無い、はずだ。多分。

何しろ考え方を教える類いの授業だからな。

新しい発見というより、皆で一緒に研究しようといった授業であるため騒ぎになるなんて事は無いはずだ。

何か問題でもあったのですか、という風な顔して先を促す。

「うむ。あの授業について、是非自分も受けたいという学生、教員、企業が急増していての。ゼフィルス君さえ良ければ枠の増大を願いたい」

そっちか！

前回の訪問の時は釘を刺されたため、問題と判断されれば待ったが掛かるかもしれないと思っていたが、まさか拡大方面に進むとは。

いや、考えてみれば当然か。

この世界、リアル〈ダン活〉では、高位職は一握りの人間だけが至れる高みだった。

つまり高位職の絶対数が少なかったのだ。

数が少ないということはそれだけ研究が進んでいないことを意味する。

高位職は強い。それは周知の事実だ。

しかし、ではどうすればその職業の力を十全に活かせるか、その研究がまったく進んでいないのである。

俺が臨時講師になった理由だな。

やはりというか、憧れの高み、高位職に就けたは良いが、その後の育成方法について迷走している学生は多いということだろう。

教員や企業も、ということは学園も広める気があるという理解でいいな。

ふむ。悪くはない。

今後について、俺も少し考えていた。

このままDランクになった時、ギルドに誘うメンバーをどうしようと。

ゲーム〈ダン活〉時代は日数が進むごとに名声値が上昇していくため、ギルドはどんどん強いメンバーを迎え入れることができた。

しかしリアルでは、Lv0でプレイヤーに育成してもらえるまで待機している、なんてことは絶対に無い。

多少なりとも育成は進めているだろう。変な方向へ伸ばせば職業の性能が死ぬ。

俺もゲーム〈ダン活〉時代、何度も経験したなぁ。変な方向にSPを上げすぎて取り返しが付かなくなった事なんて数え切れないほどあった。

そんな学生であふれかえるかもしれないのだ。

ゲーム風に言えば、「無知なNPCが勝手にステータスを振っている」状態である。

恐ろしい。なんて恐ろしいんだ。

言葉にするだけでこれほど恐ろしいことはそうそう無いぞ！

最強を目指すため、できるだけ、できる限りそんなやらかしを取り除きたい俺からすれば、学園長の申し出は渡りに船だった。

ちゃんとしたステータスの持ち主が現れればそれだけ〈エデン〉は強くなる。（勧誘する気マンマン）

他のギルドも強くなってしまうが。

しかしそれはそれで楽しいだろう。

ならば、この依頼、受けようと思う。

「……良いでしょう。学園長、その依頼、承ります」

この決断により、世界は大きく動き出すことになる。
しかし、俺はまだ、そんな事を知るよしもないのだった。

第6巻　―完―

名前 NAME

ゼフィルス

人種 CATEGORY		職業 JOB	LV
主人公	男	勇者	62

HP 308/308→ 370/340(+30)

MP 538/538→ 703/603(+100)

獲得SUP:合計22P　制限:──

攻撃力 STR	200→225	(×1.6)
防御力 VIT	200→225	(×1.6)(+10)
魔力 INT	200→225	(×1.6)
魔力抵抗 RES	200→225	(×1.6)
素早さ AGI	200→225	(×1.6)(+15)
器用さ DEX	30	(×1.6)

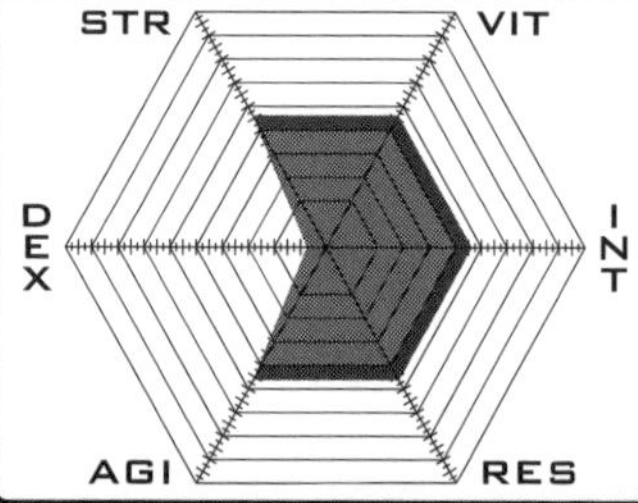

SUP ステータスアップポイント　0P →154P→ 0P

SP スキルポイント　0P → 7P→ 0P

スキル

身体強化 LV10　直感 LV5　超反応 LV5
ソニックソード LV5　ハヤブサストライク LV1　ライトニングスラッシュ LV1
属性剣 LV1　ディフェンス LV5　ガードラッシュ LV3
アピール LV5　ヘイトスラッシュ LV1　カリスマ LV1
ギルド 幸運　装備 状態異常耐性 LV3
装備 麻痺耐性 LV5　装備 斬撃耐性 LV4　装備 移動速度上昇 LV5

魔法

シャインライトニング LV5　ライトニングバースト LV1
リカバリー LV1　オーラヒール LV1　エリアヒーリング LV1

ユニークスキル

勇者の剣〈ブレイブスラッシュ〉 LV5　勇気〈ブレイブハート〉 LV10

装備

右手	天空の剣	左手	天空の盾
体①	天空の鎧	体②	痺抵抗のベルト(麻痺耐性)
頭	銀のピアス(AGI↑)	腕	ナックルガード(斬撃耐性)
足	ダッシュブーツ(移動速度上昇)		
アクセ①	真蒼の指輪(HP↑/VIT↑)	アクセ②	エナジーフォース(MP↑)

名前 NAME

ハンナ

人種 CATEGORY		職業 JOB	LV		
村人	女	錬金術師	59	HP	90/30(+60)
				MP	680/680→ 710/710

獲得SUP:合計14P　制限:DEX+5

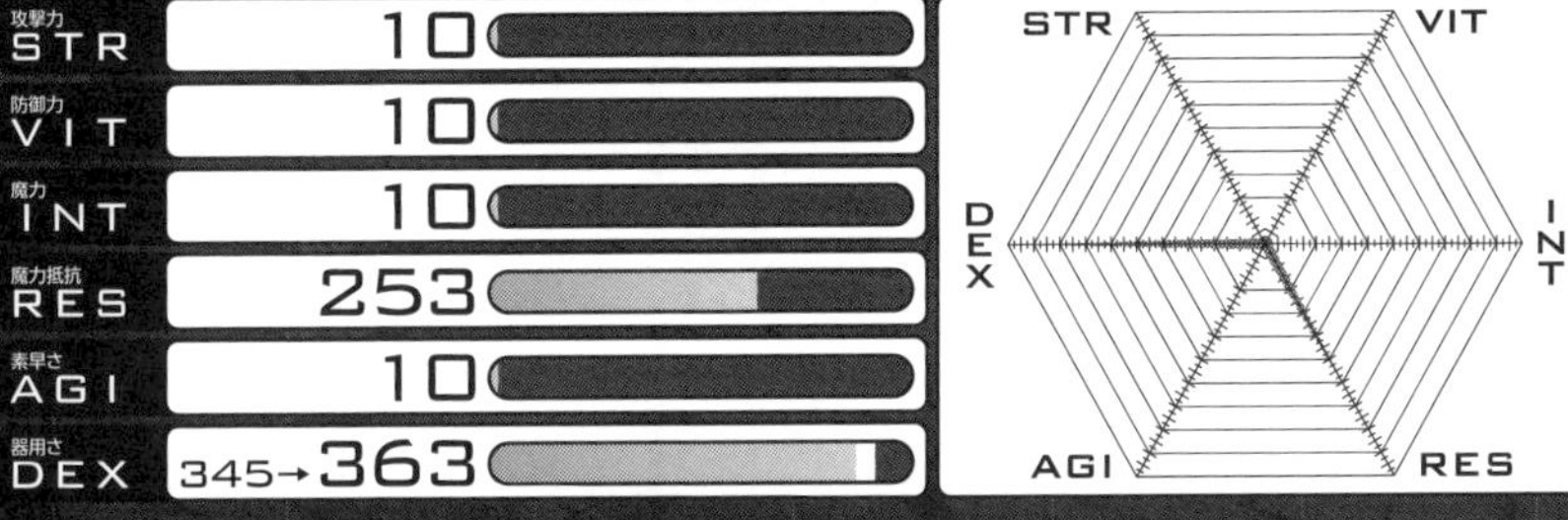

攻撃力	STR	10
防御力	VIT	10
魔力	INT	10
魔力抵抗	RES	253
素早さ	AGI	10
器用さ	DEX	345→363

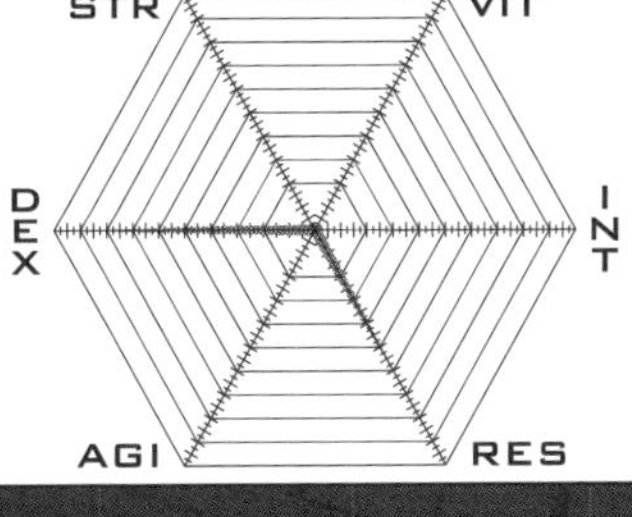

SUP ステータスアップポイント　0P → 28P→ 0P

SP スキルポイント　0P → 2P→ 0P

スキル

錬金 LV10　調合 LV10　素材返し LV10

迅速錬金 LV5　迅速調合 LV2　簡略生産 LV5　大量生産 LV10

薬品質上昇 LV1　薬回復量上昇付与 LV1　ギルド 幸運

装備 打撃耐性 LV2　装備 MP消費削減 LV3

装備 斬撃耐性 LV3　装備 移動速度上昇 LV5

装備 MP自動回復 LV1

魔法

装備 ヒーリング LV7　装備 メガヒーリング LV3

装備 プロテクバリア LV9

ユニークスキル

すべては奉納(ほうのう)で決まる錬金術 LV10

装備

両手 マナライトの杖 空きスロット 支援回復の書・魔能玉

体① アーリクイーン黒(打撃耐性)　体② 希少小狼のケープ(斬撃耐性)

頭 戦小狼の魔女折れ帽子(HP↑)　腕 バトルフグローブ(HP↑)　足 ダッシュブーツ(移動速度上昇)

アクセ① 節約上手の指輪(MP消費削減)　アクセ② 真魂のネックレス(MP自動回復)

名前 NAME

シエラ

人種 CATEGORY		職業 JOB	LV
伯爵/姫	女	盾姫	56

HP 598/598→680/600(+80)

MP 380/380

獲得SUP:合計20P　制限:VIT+5 or RES+5

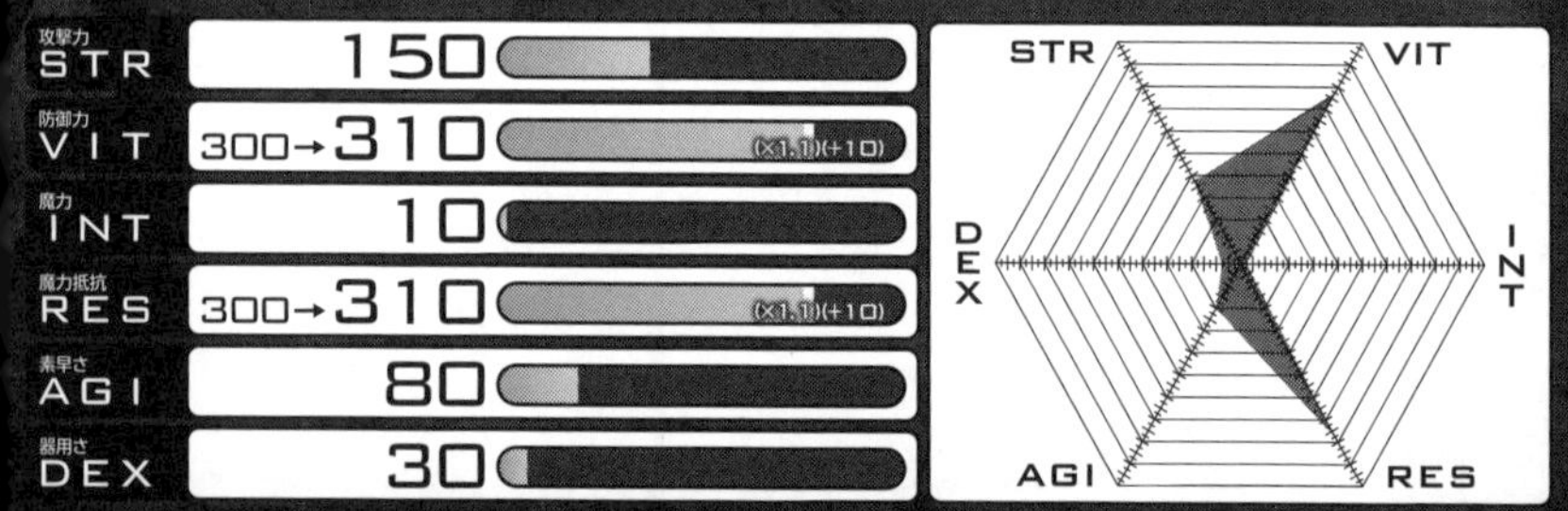

スキル

挑発 LV5　ガードスタンス LV1　オーラポイント LV1
シールドスマイト LV1　シールドバッシュ LV1　インパクトバッシュ LV1
カウンターバースト LV1　カバーシールド LV1　インダクションカバー LV5
鉄壁 LV5　城塞盾 LV3　マテリアルシールド LV2
ファイヤガード LV1　フリーズガード LV1　サンダーガード LV1
ライトガード LV1　カオスガード LV1　状態異常耐性 LV10　受盾技 LV5
流盾技 LV5　防御ブースト LV2　魔防ブースト LV2
ギルド 幸運　装備 通常攻撃威力上昇 LV5

魔法

ユニークスキル

完全魅了盾 LV5

装備

右手 鋼華メイス(通常攻撃威力上昇)　左手 盾姫カイトシールド
体①・体②・頭・腕・足 盾姫装備一式
アクセ① 命の指輪(HP↑)　アクセ② 守護のブローチ(VIT↑/RES↑)

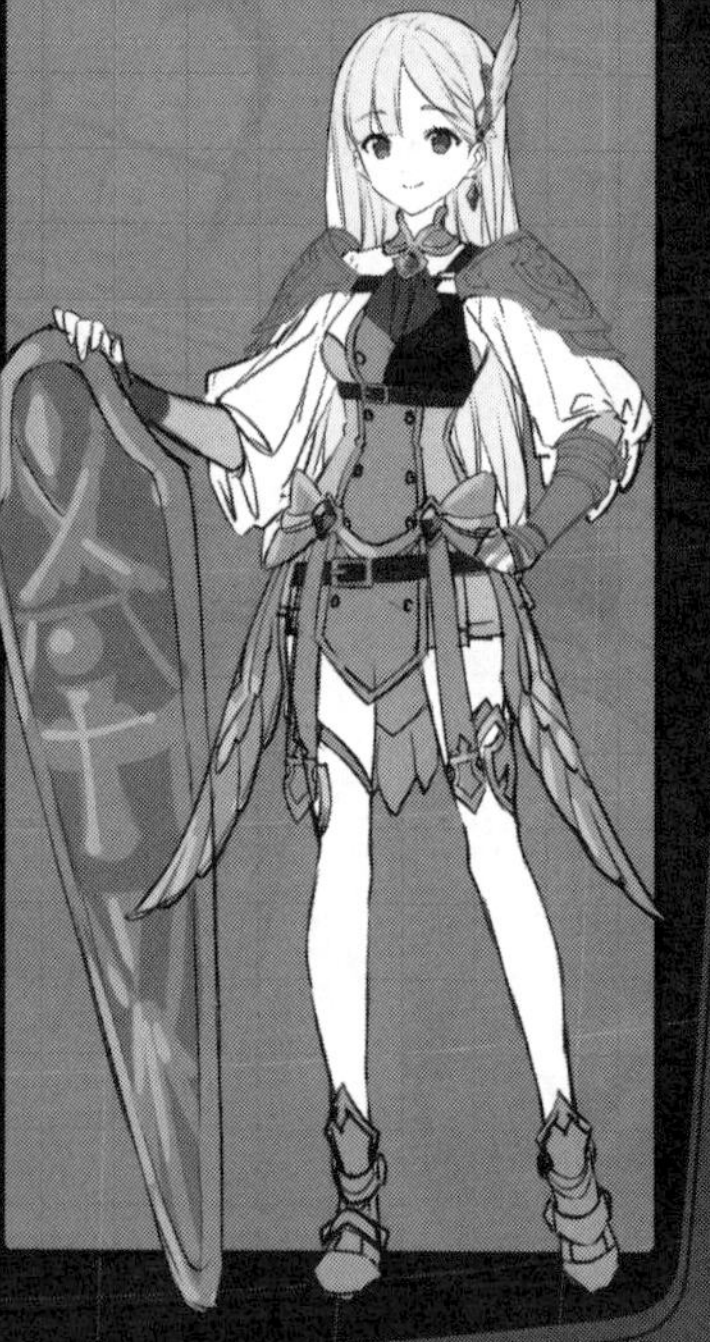

名前 NAME

ラナ

人種 CATEGORY		職業 JOB	LV
王族/姫	女	聖女	62

HP 292/292→ 326/326

MP 692/692→ 788/788

獲得SUP:合計21P　制限:INT+5 or RES+5

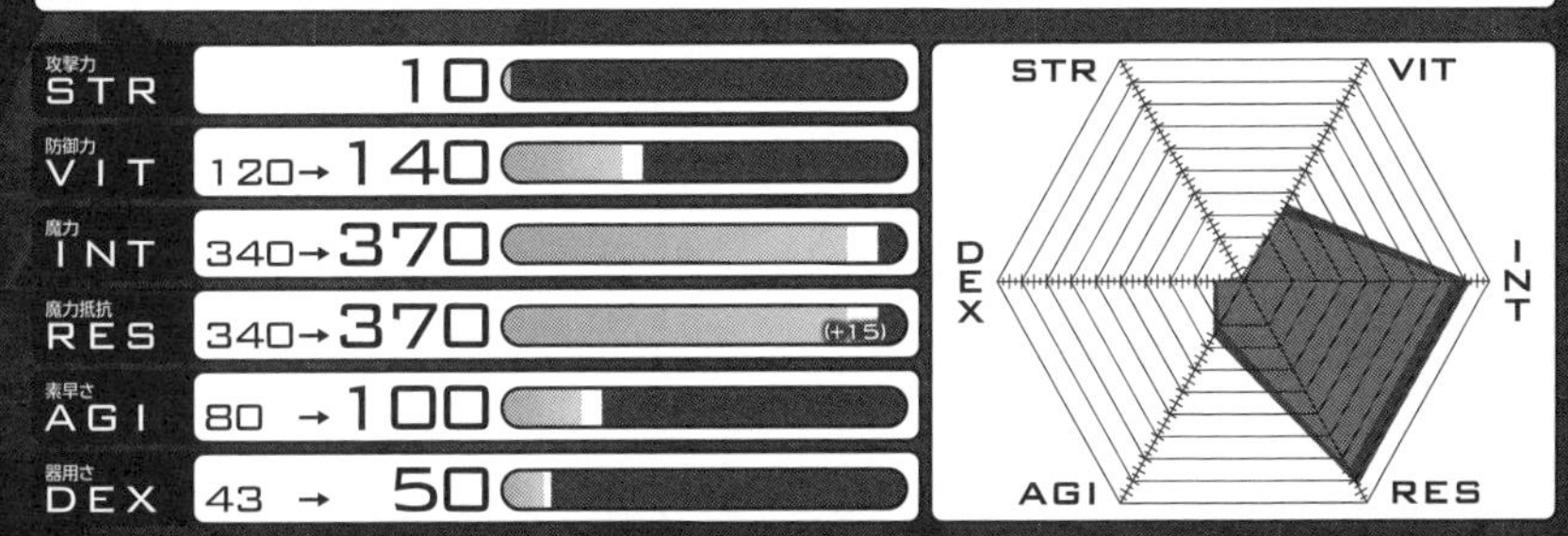

	値
攻撃力 STR	10
防御力 VIT	120→140
魔力 INT	340→370
魔力抵抗 RES	340→370 (+15)
素早さ AGI	80→100
器用さ DEX	43→50

SUP ステータスアップポイント 0P →147P→ 0P

SP スキルポイント 0P → 7P→ 1P

スキル

MP自動回復 LV5　MP消費削減 LV5
ギルド 幸運　装備 回復強化 LV5　装備 光属性威力上昇 LV4

魔法

回復の祈り LV1　回復の願い LV1　大回復の祝福 LV1
全体回復の祈り LV1　全体回復の願い LV1　生命の雨 LV1　天域の雨 LV1
復活の奇跡 LV5　勇者復活の奇跡 LV5　浄化の祈り LV1　浄化の祝福 LV1
獅子の加護 LV1　聖魔の加護 LV1　守護の加護 LV1
耐魔の加護 LV1　迅速の加護 LV1
魂の誓い LV5　光の刃 LV5　光の柱 LV1
聖光の耀剣 LV5　聖光の宝樹 LV1　聖守の障壁 LV5

ユニークスキル

守り続ける聖女の祈り LV10

装備

両手 慈愛のタリスマン(回復強化)
体①・体②・頭・腕・足 聖女装備一式
アクセ① 光の護符(光属性威力上昇)　アクセ② 光の指輪(RES↑)

名前 NAME

エステル

人種 CATEGORY		職業 JOB	LV		
騎士爵/姫	女	姫騎士	62	HP	386/386→ 450/450
				MP	410/410→ 440/440

獲得SUP:合計20P　制限:STR+5

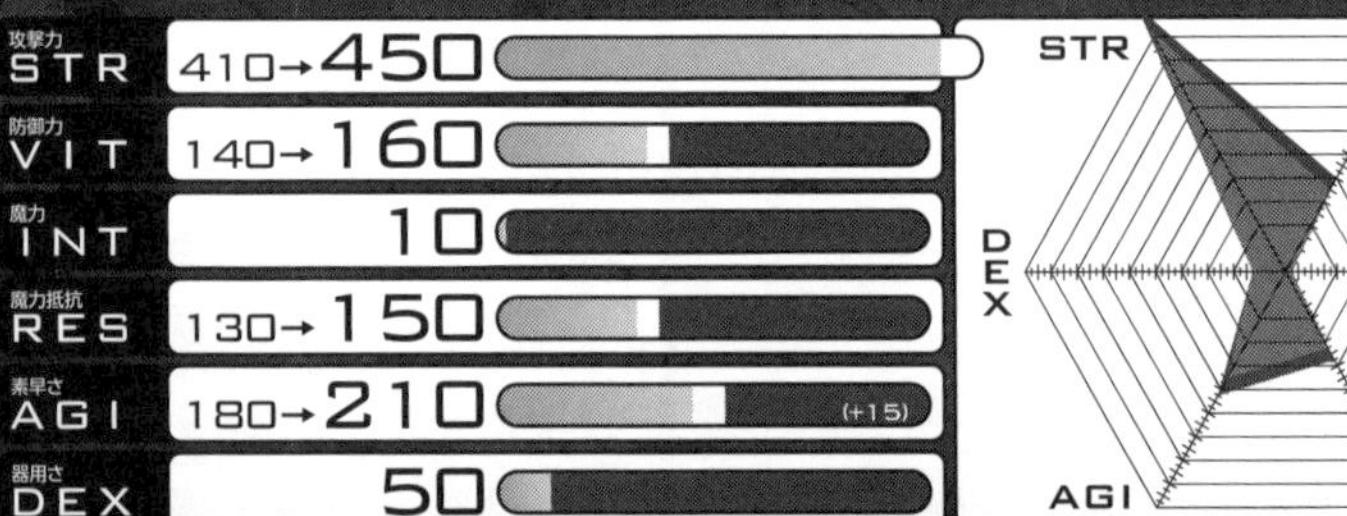

攻撃力 STR	410→450	
防御力 VIT	140→160	
魔力 INT	10	
魔力抵抗 RES	130→150	
素早さ AGI	180→210	(+15)
器用さ DEX	50	

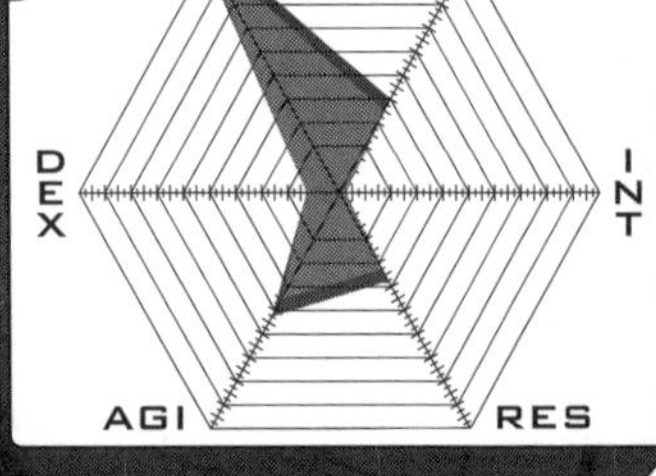

SUP ステータスアップポイント
0P →140P→ 0P

SP スキルポイント
0P → 7P→ 0P

スキル

騎乗 LV1　乗物操縦 LV10　ロングスラスト LV5　トリプルシュート LV5
プレシャススラスト LV5　閃光一閃突き LV5
レギオンスラスト LV1　レギオンチャージ LV1
騎槍突撃 LV5
両手槍の心得 LV5　乗物攻撃の心得 LV5
アクセルドライブ LV1　ドライブターン LV1　オーバードライブ LV7
ギルド 幸運　装備 テント LV1
装備 空間収納倉庫(アイテムボックス) LV3　装備 車内拡張 LV3

魔法

ユニークスキル

姫騎士覚醒 LV10

装備

両手 リーフジャベリン(AGI↑)
体①・体②・頭・腕・足 姫騎士装備一式
アクセ①・アクセ② からくり馬車(テント/空間収納倉庫/車内拡張)

名前 NAME

カルア

人種 CATEGORY		職業 JOB	LV		
猫人/獣人	女	スターキャット	57	HP	252/252→ 312/262(+50)
				MP	260/260→490/380(+110)

獲得SUP:合計19P　制限:AGI+7

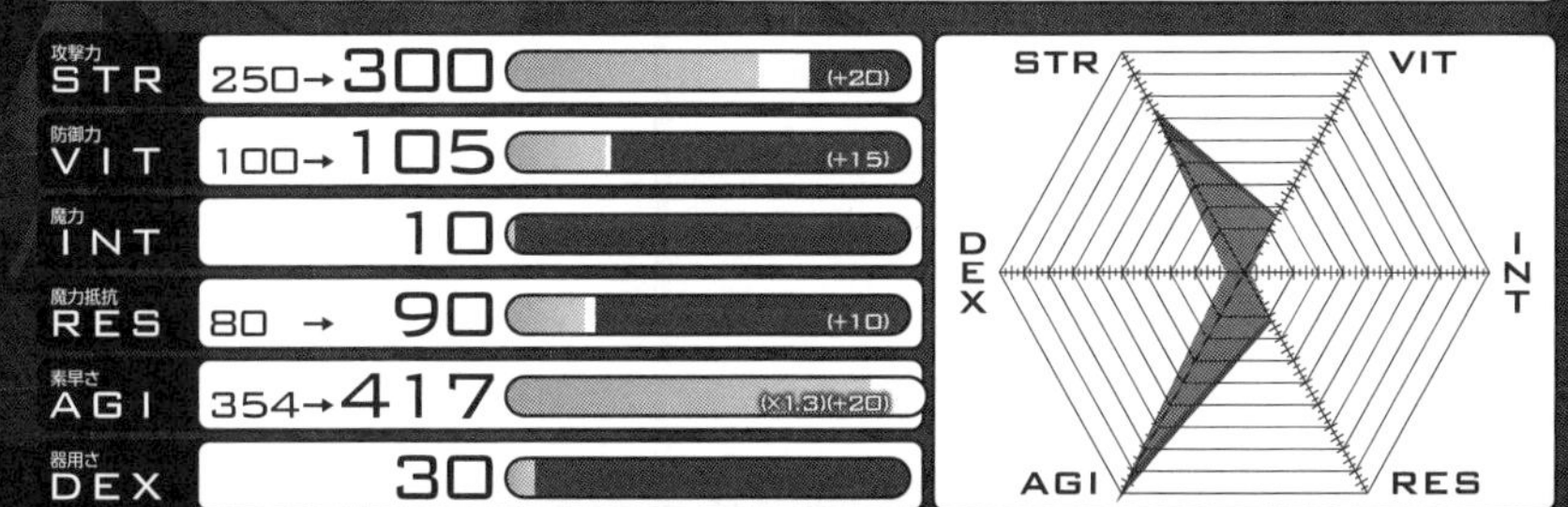

SUP ステータスアップポイント 0P →171P→ 0P
SP スキルポイント 0P → 9P→ 0P

スキル

素早さブースト LV5 / 短剣二刀流 LV10 / 投刃 LV1 / フォースソニック LV5 / スルースラッシュ LV1 / 鱗剥ぎ LV5 / 二刀山猫斬り LV1 / 急所一刺し LV5 / 32スターストーム LV1 / デルタストリーム LV1 / スターブーストトルネード LV4 / スターバースト・レインエッジ LV5 / ソニャー LV5 / 罠突破 LV1 / 直感 LV5 / 回避ダッシュ LV1 / 突風 LV1 / ギルド 幸運 / 装備 打撃耐性 LV2 / 装備 麻痺耐性 LV3 / 装備 移動速度上昇 LV10 / 装備 爆速 LV5 / 装備 罠爆破 LV5

魔法

ユニークスキル

ナンバーワン・ソニックスター LV5

装備

右手 ソウルダガー(STR↑/AGI↑)
左手 アイスミー〈氷属性〉(STR↑)
体① アーリンの衣(打撃耐性)
体② 軽快装着ベルト(VIT↑/AGI↑)
腕 抵抗のミサンガ(麻痺耐性)
足 爆速スターブーツ(移動速度上昇/爆速/罠爆破)
頭 ソウルシグナル(RES↑/MP↑)
アクセ① 魔力マフラー(MP↑)
アクセ② 守護ミサンガ(VIT↑/HP↑)

名前 NAME

リカ

人種 CATEGORY		職業 JOB	LV
侯爵/姫	女	姫侍	56

HP 502/502 → 568/568

MP 440/440 → 470/470

獲得SUP:合計20P　制限:STR+5 or VIT+5

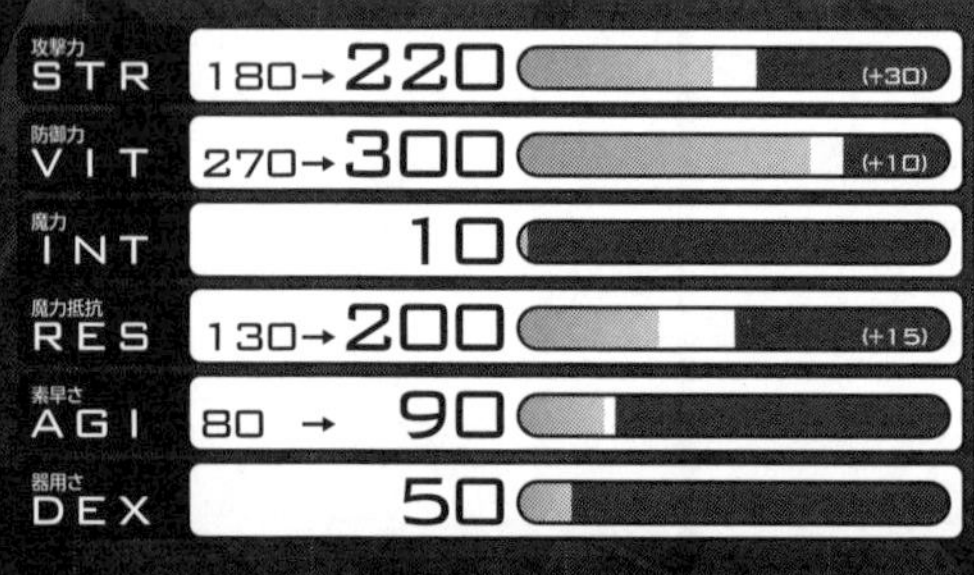

攻撃力 STR	180→220	(+30)
防御力 VIT	270→300	(+10)
魔力 INT	10	
魔力抵抗 RES	130→200	(+15)
素早さ AGI	80 → 90	
器用さ DEX	50	

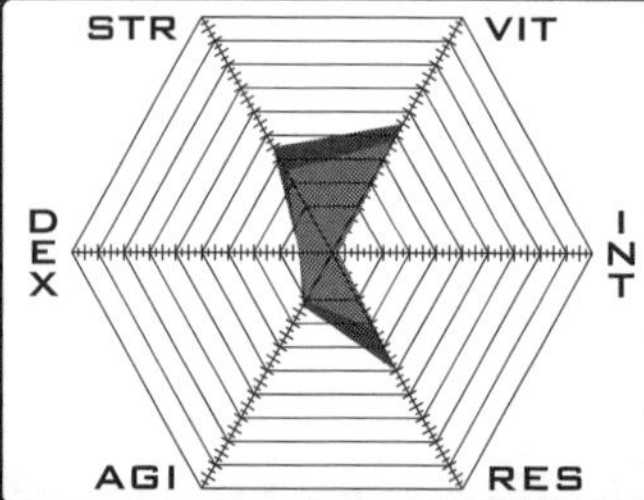

SUP ステータスアップポイント　0P →180P→ 0P

SP スキルポイント　0P → 9P→ 0P

スキル

二刀流 Lv5　果し合い Lv5　大勇 Lv1　戦意高揚 Lv5
切り返し Lv1　切り払い Lv1　上段受け Lv1　下段払い Lv1
受け払い Lv1　残影 Lv1　二刀払い Lv5　弾き返し Lv5
名乗り Lv1　影武者 Lv1
刀撃 Lv1　ツバメ返し Lv4　横文字二線 Lv1　十字斬り Lv1
飛鳥落とし Lv1　焔斬り Lv1　雷閃斬り Lv1　凍砕斬 Lv1
光一閃 Lv1　闇払い Lv1　パリング成功率上昇 Lv4
ギルド 幸運　装備 ビーストキラー NEW Lv6

魔法

ユニークスキル

双・燕桜 Lv10

装備

右手 剛刀ムラサキ(STR↑)　左手 六雷刀(ろくらいとう)・獣封(けものふうじ)
体①・体②・頭・腕・足 姫侍装備一式
アクセ① 武闘のバングル(STR↑/VIT↑)　アクセ② 魔防の護符(RES↑)

名前 NAME

セレスタン

人種 CATEGORY		職業 JOB	LV
分家	男	バトラー	37

HP 329/329→381/331(+50)

MP 280/230(+50)

獲得SUP:合計19P　制限:STR+5 or DEX+5

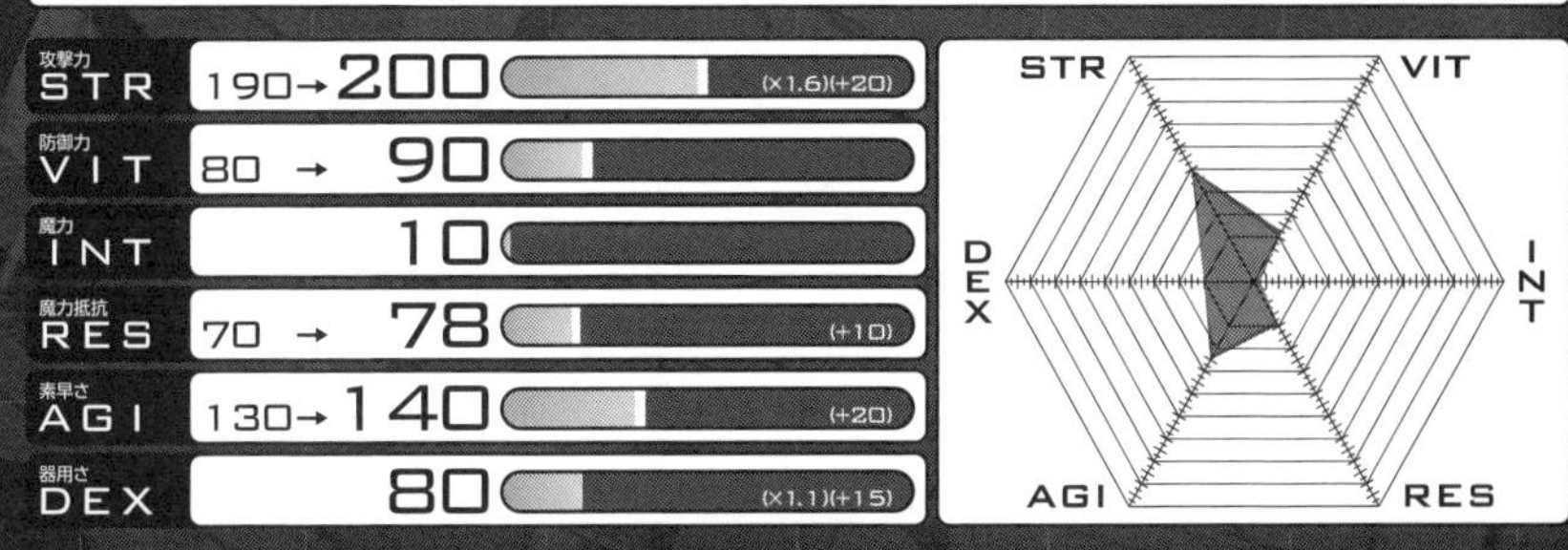

攻撃力 STR	190→200	(×1.6)(+20)
防御力 VIT	80 → 90	
魔力 INT	10	
魔力抵抗 RES	70 → 78	(+10)
素早さ AGI	130→140	(+20)
器用さ DEX	80	(×1.1)(+15)

SUP ステータスアップポイント
0P → 38P→ 0P

SP スキルポイント
9P →11P→11P

スキル

宮廷作法 LV2　毒味 LV1　気功 LV10
ティー作製 LV2
ストレートパンチ LV5　三回転裏拳 LV1　上段回し蹴り LV5
挑発 LV5
ギルド 幸運
装備 執事流武闘 LV10

魔法

ユニークスキル

装備

両手 執事の秘密手袋(執事流武闘)
体①・体②・頭・腕・足 執事装備一式(HP↑/MP↑/STR↑/AGI↑)
アクセ① 執事のメモ帳(DEX↑)　アクセ② 紳士のハンカチ(RES↑)

名前 NAME

ケイシェリア

人種 CATEGORY		職業 JOB	LV
エルフ	女	精霊術師	41

HP 239/239→ 258/258

MP 550/550→652/622(+30)

獲得SUP:合計20P　制限:INT+5 or DEX+5

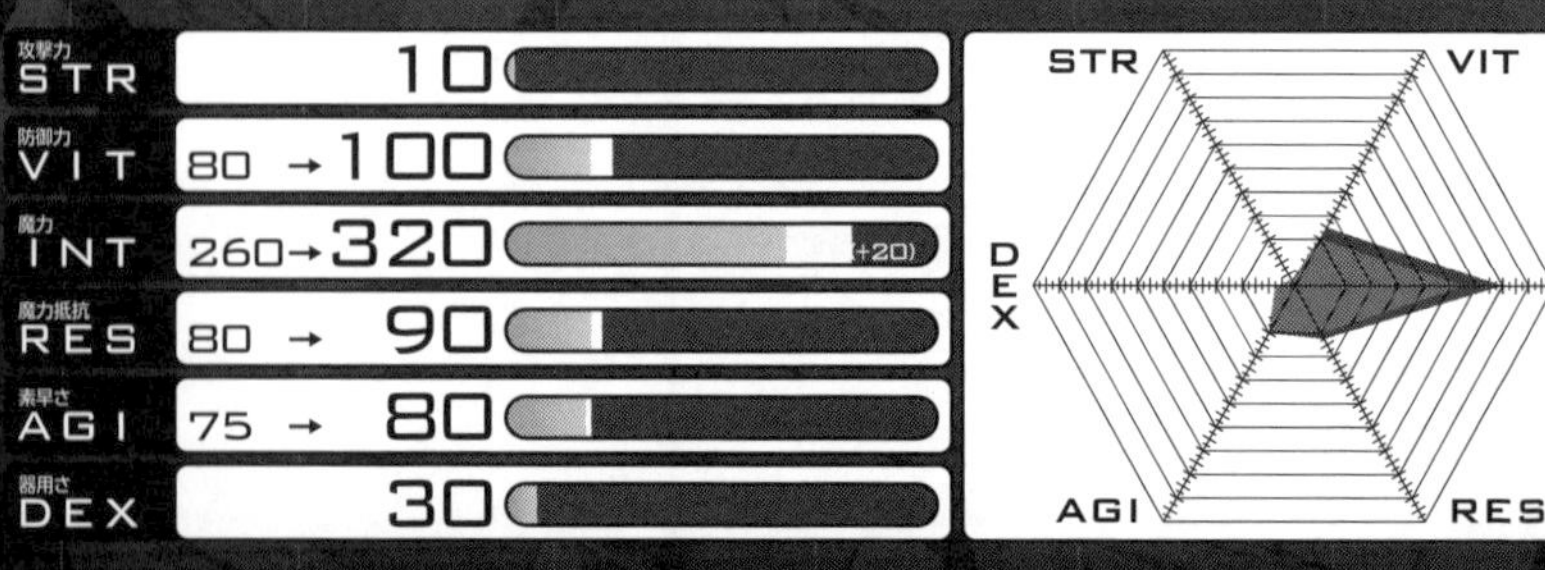

攻撃力 STR		10
防御力 VIT	80 →	100
魔力 INT	260→	320 (+20)
魔力抵抗 RES	80 →	90
素早さ AGI	75 →	80
器用さ DEX		30

SUP ステータスアップポイント
0P →120P→ 0P

SP スキルポイント
5P →11P→ 0P

スキル

ギルド 幸運　装備 精霊術威力上昇 LV5

魔法

精霊召喚 LV5　エレメントリース LV10　エレメントブースト LV10
エレメントアロー LV1　エレメントシュート LV1　エレメントランス LV1
エレメントジャベリン LV5　エレメントウェーブ LV1　エレメントウォール LV1
オール NEW LV1　ソーン NEW LV1　古式精霊術 NEW LV1
イグニス NEW LV1　グラキエース NEW LV1　トニトルス NEW LV1
ルクス NEW LV1　テネブレア NEW LV1　サンクトゥス NEW LV1
ブレッシング NEW LV1

ユニークスキル

大精霊降臨 NEW LV1

装備

両手 小精霊胡桃樹の大杖(精霊術威力上昇)
体①・体②・頭・腕・足 最高位エルフ装備一式
アクセ① フラワーリボン(INT↑)　アクセ② 魔法使いの証〈初級〉(INT↑/MP↑)

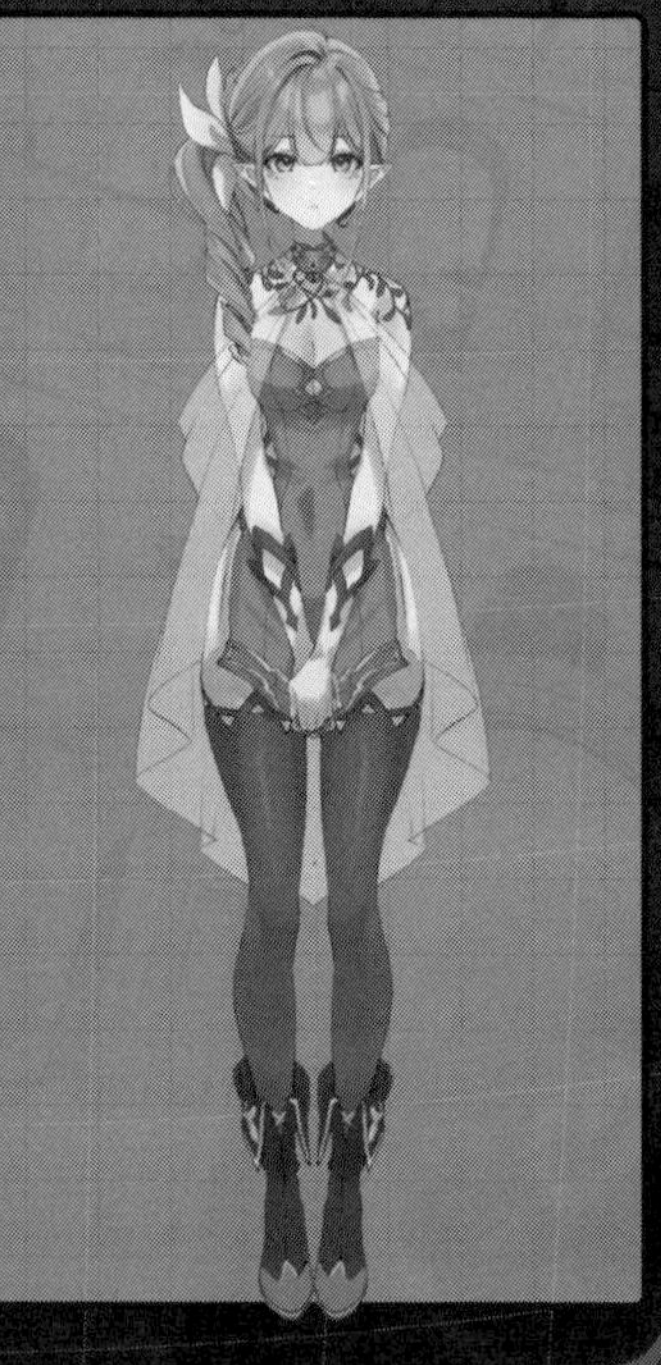

名前 NAME

ルルル

人種 CATEGORY		職業 JOB	LV		
子爵/姫	女	ロリータヒーロー	41	HP	456/456→ 492/492
				MP	140/140→ 170/170

獲得SUP:合計20P　制限:STR+5 or VIT+5

攻撃力 STR	200→240
防御力 VIT	190→220
魔力 INT	10
魔力抵抗 RES	90 →110
素早さ AGI	80 → 90
器用さ DEX	20

STR VIT INT RES AGI DEX

SUP ステータスアップポイント
0P →120P→ 0P

SP スキルポイント
6P →12P→ 0P

スキル

ヒーローはここにいるの LV5　ヒーロー登場 NEW LV1　ヒーローだもの、へっちゃらなのです LV5　ヒーローは負けないんだもん NEW LV5　無敵のヒーロー NEW LV1　復活のヒーロー NEW LV1　小回り剣技 LV1　ハートチャーム LV1　ハートポイント LV1　ロリータソング LV1　ロリータマインド LV1　キュートアイ LV1　小回り回避 LV1　ローリングソード LV1　チャームソード LV1　ポイントソード LV1　チャームポイントソード LV1　ロリータタックル LV1　小回転斬り LV1　ジャスティスヒーローソード NEW LV1　ヒーロースペシャルインパクト NEW LV1　セイクリッドエクスプロード NEW LV1　ロリータオブヒーロー・スマッシュ NEW LV1　片手ヒーロー LV1　ギルド 幸運　装備 ヒーロースキルMP消費削減 LV8　装備 毒耐性 LV5　装備 麻痺耐性 LV5

魔法

ユニークスキル

ヒーローはピンチなほど強くなるの LV10

装備

右手 ヒーローソード(ヒーロースキルMP消費削減)　左手 ——
体①・体②・頭・腕・足 スィートロリータ装備一式
アクセ① 痺抵抗の護符(麻痺耐性)　アクセ② 対毒の腕輪(毒耐性)

名前 NAME

シズ

人種 CATEGORY		職業 JOB	LV
分家	女	戦場メイド	38

HP 284/284→ 286/286

MP 380/380→ 398/398

獲得SUP:合計19P　制限:STR+5 or DEX+5

SUP ステータスアップポイント 0P → 76P→ 0P

SP スキルポイント 12P→16P→16P

スキル

宮廷作法 LV10　ティー作製 LV1
ファイアバレット LV1　アイスバレット LV1　サンダーバレット LV1
グレネード LV5　連射 LV5
照明弾 LV1　閃光弾 LV1　チャフ LV1
ギルド 幸運
装備 通常攻撃威力上昇 LV7

魔法

ユニークスキル

装備

両手 冥土アサルト(通常攻撃威力上昇)
体①・体②・頭・腕・足 戦場メイド装備一式
アクセ① 宮廷メイドのカチューシャ(DEX↑)
アクセ② 宮廷メイドのハンカチ(VIT↑/DEX↑)

名前 NAME

パメラ

人種 CATEGORY		職業 JOB	LV		
分家	女	女忍者	40	HP	251/251→ 283/283
				MP	380/380→ 392/392

獲得SUP:合計19P　制限:STR+5 or DEX+5

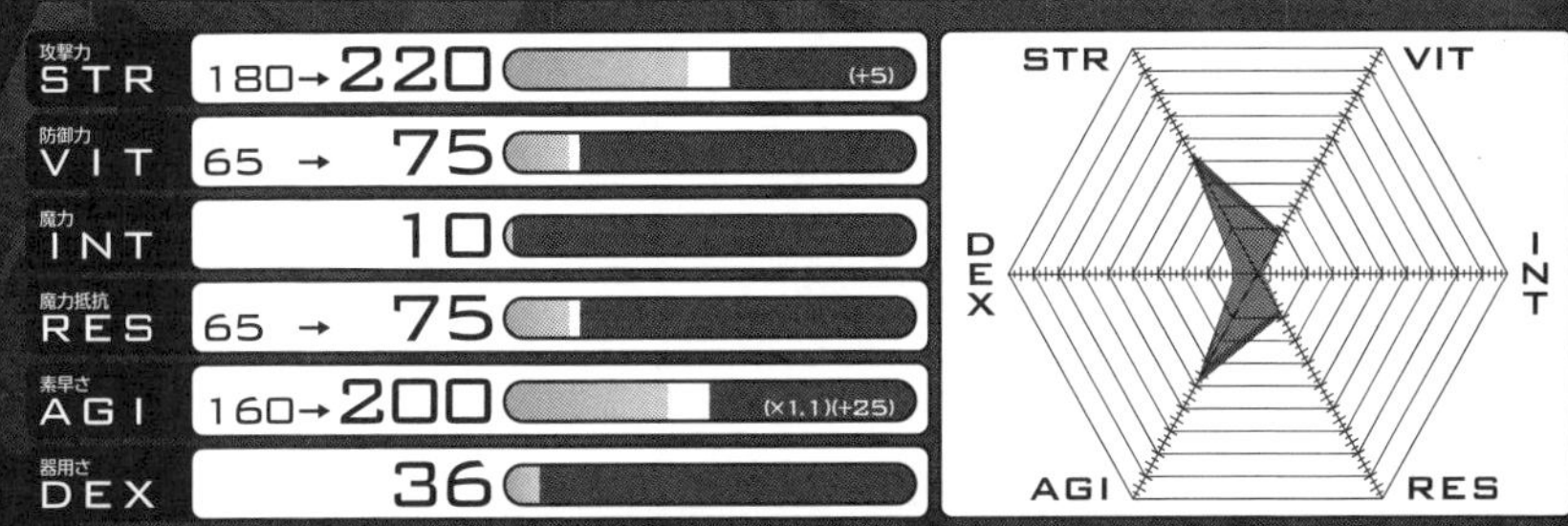

攻撃力 STR	180→220	(+5)
防御力 VIT	65 → 75	
魔力 INT	10	
魔力抵抗 RES	65 → 75	
素早さ AGI	160→200	(×1.1)(+25)
器用さ DEX	36	

SUP ステータスアップポイント　0P →114P→ 0P
SP スキルポイント　4P →10P→ 0P

スキル

忍法・囮影 LV1　忍法・幻影 LV1　忍法・影縫い LV1
忍法・身代わり LV1　忍法・空蝉 NEW LV1　目立つ LV5
お命頂戴 NEW LV1　暗闇の術 LV5　毒霧の術 LV1　刀撃 LV1
麻痺毒斬り LV1　一刀両断 NEW LV1　豪炎斬波 NEW LV1　氷結斬躯 NEW LV1
雷斬り NEW LV1　巨大手裏剣の術 LV1　毒手裏剣 LV1　立体駆動 LV1
水上歩行の術 LV1　回避ブースト NEW LV2　瞬動 NEW LV1
気配察知 LV1　索敵 LV5　軽業 LV1
罠発見 LV5　罠再利用 LV1　罠解除 LV1
ギルド 幸運　装備 暗闇付与率上昇 LV10

魔法

ユニークスキル

必殺忍法・分身の術 NEW LV1

装備

右手	直刀ランマル(STR↑)	左手	竹光(AGI↑)
体①・体②・頭・腕・足	女忍者装備一式		
アクセ①	暗闇の巻物(暗闇付与率上昇)	アクセ②	軽芸の靴下(AGI↑)

名前 NAME

ヘカテリーナ

人種 CATEGORY		職業 JOB	LV
公爵/姫	女	姫軍師	20

HP 92/92 → 157/157

MP 87/87 → 305/205(+100)

獲得SUP:合計20P　制限:STR+5 or DEX+5

攻撃力 STR	10
防御力 VIT	20 → 45
魔力 INT	45 → 110
魔力抵抗 RES	20 → 45
素早さ AGI	20 → 45
器用さ DEX	45 → 110

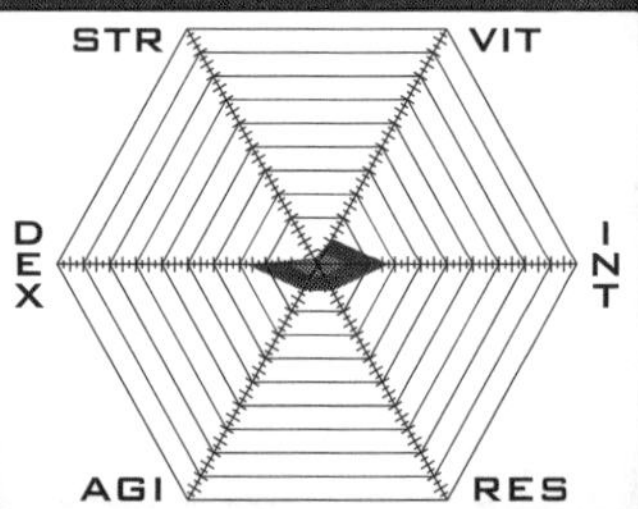

SUP ステータスアップポイント 0P →26P→ 0P
SP スキルポイント 4P →17P→ 0P

スキル

望遠 LV5　号令 LV1
ギルドコネクト NEW LV5　指揮砲 NEW LV1　祝砲 LV1
マジックスフィア LV1　四連魔砲 NEW LV1　爆発魔砲 NEW LV1
モンスターウォッチング NEW LV1　人間観察 NEW LV1　観測の目 NEW LV5
状況把握 NEW LV1　ターゲット補足 NEW LV1
ギルド 幸運
装備 魔空砲 LV5　装備 統率力 LV5　装備 指揮 LV1

魔法

ユニークスキル

装備

両手 ドラフォトー(魔空砲)
体①・体②・頭・腕・足 姫軍師装備一式(統率力)
アクセ① 指揮棒(指揮)　アクセ② お嬢様のリボン(MP↑)

REINCARNATION IN THE GAME WORLD 〈DANKATSU〉

GAME ADDICT PLAYS "ENCOURAGEMENT FOR JOB HUNTING IN DUNGEONS" FROM A "NEW GAME"

ADDITIONAL EPISODE — FATE STORY

1 ユーリ先輩と学園長の上級ダンジョン攻略準備相談。

2 シェリアとエステルの昔話。

3 ラナは健気に復習する。

ユーリ先輩と学園長の上級ダンジョン攻略準備相談。

僕はSランクギルド〈キングアブソリュート〉のギルドマスター、ユーリという。

この国、シーヤトナ王国の第一王子にして王太子でもあるんだ。そして歳が二つ下にはそれはそれは可愛い妹がいてね。名前はラナ。僕とは二人兄妹なんだ。

少し前にラナがこの〈迷宮学園・本校〉へ入学してね、僕のギルドにすぐに誘ったのだけど、断られた。辛い。

僕も王になるべく日々頑張っているのだけど、そのせいでラナをしばらく蔑ろにして嫌われてしまったんだ。今回、仲直りしようと思ったのだけどそう簡単には許してもらえないみたい。辛い。

「はあ」

「これ、ユーリ殿下。そんな人前で溜め息なんて吐くものではありませんぞ」

「おっとこれは失礼した学園長」

ここは〈迷宮学園・本校〉の中心地、〈ダンジョン公爵城〉の学園長室。

うっかりラナのことを考えてしまって無意識に出てしまった溜め息を注意され、僕は気を引き締め直した。

「またラナ殿下のことを考えていらしたな？」

「おっと、学園長には見抜かれてしまったか」

「ユーリ殿下は分かりやすいからの」

学園長はさすが年の功というべき御方で、様々なことを見抜いてくる。僕の教育係の１人だ。今日呼び出されたのも理由があってのことだ。

あ、ちなみに本来なら王太子を呼び出すなんてことはしてはいけないのだけど、今の僕は学生の身分で真剣に学ぶべき大事な時期、このくらいのことに我儘を言って時間を削るのは愚かな行為ということで、端的に言えばためされているんだ。

常に気を張らなければいけないから疲れるけれど、これも必要な事ということでなんとか慣れるよう努力しているよ。

「さて、では本題に入ろうかの」

ここに呼ばれた件はとても大事だ。時間との勝負でもある。

だからこそこうしてすぐに僕は駆けつけていた。

「上級ダンジョンの攻略の件じゃが、ようやく反対派も押さえ込めたわい。あやつらが大人しいうちに上級ダンジョンへの攻略を開始した方が良いじゃろう」

「そうですか！」

学園長の言葉に僕から喜色の声が出た。

長く待っていた上級ダンジョン攻略進出の時が、ここに来てようやくやってきたのだ。

次期国王というのはそこに座るために何かと成果を求められる。

失敗は基本してはいけないし、生徒数2万人という学園で常にトップである事が求められたりする。

僕の父上、現国王は学生の時それを成し遂げるため上級ダンジョンへと挑み、そして見事に上級ダンジョン攻略という大偉業を成し遂げ、次期国王としての立場を盤石にしたのだ。

僕はそんな父上を誇らしく思っている。でも、そんな大成果が今、僕の前に大きな壁として立ちはだかっている。

父は偉大で立派な方だった。なら息子も、と期待を多く寄せられるのは当然だ。

もちろん上級ダンジョン攻略の期待だ。次期国王へのハードルが上がったんだ。

僕もこの学園に来る前から敏感にその期待を察知し、動き出していた。

学園に入学してからも2年間、振り向かずに前だけを見続け、ギルドもSランクへと昇格させた。

ギルドメンバーも頼りになる傑物ばかりだ。

だというのに、今度は上級ダンジョン攻略反対派が足を引っ張ってきた。

上級ダンジョン攻略は一大事業。その成果と名誉、名声は計り知れないが、それを達成するには大きなハードルと莫大な費用が掛かる。

予算の方はこの2年でだいぶ稼げたと思う。ダンジョンには多く挑み、たくさんの強敵を倒し、希少価値のあるアイテムをたくさん持ち帰ったからだ。

しかし、それまで稼いだ金でもまだまだ足りず、上級ダンジョンに挑み、そこから持ち帰った素材で帳尻を合わせる必要があった。だけど、そのためには父上が突破したダンジョンとは別の、未踏のダンジョンで手に入れる素材などじゃないと採算が取れない可能性があった。

反対派はそんな成功するかも分からないことに莫大な予算を使い、失敗して僕の王太子としての地位が揺らぐことを恐れている。父上が上級ダンジョンを攻略したときより今の僕の戦力は低く、それなのに向かおうとしている未踏のダンジョンは父上が攻略したダンジョンより難易度が高いというのが大きな理由だ。確かに分からなくはない。でも僕はやらなければいけないんだ。

そして、先のAランクギルド〈千剣フラカル〉とのギルドバトルによって反対派を押さえ込むことに成功した。上級ダンジョンへ挑む、またとない機会がやってきたんだ。

これを逃す手はない。

「準備を開始しますかの。まず、国王様が上級ダンジョンを攻略したときに消費したアイテムなどの目録が、これじゃな」

「すぐに集めよう。上級ダンジョンへ挑むのがずいぶん遅れてしまった。できれば後2週間で挑みたいが」

「慌てなさんなユーリ殿下。もう少し落ち着くべきじゃ」

「しかし、反対派がまた横やりを入れてくるとも限らない。ここは迅速に行動すべきだと思う」

「気持ちは察するがの、では6月の頭に挑むのを目標としてはどうかの？　それまでに学園の方でも各方面に依頼を出し、品を集めておくわい」

すでに上級ダンジョンの攻略はかなり遅れている。特に遅れているのが物資(アイテム)確保だ。

〈ハイポーション〉などのアイテムは学生も大量に使うためいつも品薄状態で、かき集めるには外部から取り寄せる必要があったのだけど、今までそれに予算が使えなかった。

だが、今なら上級ダンジョンの攻略を開始するという名目があるため外部から様々なものを取り寄せることが出来る。〈学生手帳〉のキャッシュレス化したお金を現金化して外部に放出しなければいけないのでやや大がかりだけど、その辺学園長がなんとかしてくれるだろう。

だけど準備も大変だ。最低2週間は掛かるだろう。できればすぐにでも上級ダンジョンに挑みたいくらいだが、あそこは遭難すれば最後、捜索もままならない危険地帯。必ず帰還するために準備はしすぎるくらいがちょうど良い。学園長はそう言いたいわけだね。

僕は年の功である学園長の提案を受け入れ、余裕を持って6月の頭に挑むことにし、準備に奔走することにした。忙しくなる。

「学園中に依頼を出すのじゃ。薬師、錬金術師にはポーション類を優先して作ってもらえるよう、〈生徒会〉にも通達をしておこう」

「それと装備も不安だ。特にこれから行くダンジョンでは視界が悪く、〈雷属性〉の攻撃が多いという。『雷属性耐性』の付いた装備が必要だね。これの素材も手配しよう。やはり耐性値の高い〈ビリビリクマリス〉がいいか。作製のスケジュールを計算すると、1週間くらいで採ってきてほしいけれど」

「ユーリ殿下、さすがに1週間でこの量はちと無理じゃ」

「そこをなんとか頼む。QPに糸目はつけない。どこか出来るギルドはないのかい？」

「うーむ、そうじゃの……なら〈エデン〉に頼んでみるかの」

「！　ラナのいるギルド。だが彼らは入学して1ヶ月だよ、まだ中級ダンジョンに進出していないのではないか？」

「そこは心配なさらんで大丈夫じゃ、つい先日〈丘陵の恐竜ダンジョン〉を難なく攻略したという報告があっての」

「！　まさか」

「ほっほっほ。それに勇者君にはまだ秘密があるようじゃ。この前などレアボスであるはずの〈エンペラーゴブリン〉の素材が実に10体分以上売りに出されたのじゃが、これも勇者君が原因の可能性が高いようじゃ」

「レアボスの素材が10体？　いったい何をすればそんなことが？」

「いや、これは知らない方がよいじゃろうな。わしの勘が触るべからずと警報を鳴らしておるわい。もしこれが明るみに出れば、大混乱は必至じゃ」

「……なるほど。触らぬ神に祟り無し、か」

「じゃから、おそらくなのじゃがな。〈ビリビリクマリス〉の素材回収は〈エデン〉にしか任せられないとわしは思っておる」

「……分かった。ラナに無理を言うのは心苦しいけれど、〈エデン〉に頼むとしよう。あと学園長、ラナにはこの事は」

「うむ、当然学園は依頼主のことは言わないので安心せよ」

まあ、調べれば僕だって分かってしまうんだけどね。

そもそも調べられないようセレスタンにも根回ししておかないと。

僕がラナをこき使ったなんて思われたら、さらに嫌われちゃいそうだからね。

うっ、考えたらまた辛(つら)みが……考えないようにしよう。

それからも僕と学園長は夜が更け消灯時間になるまで話し合ったのだった。

そして1週間後、学園長から届いたＱＰの請求額に僕の目が点になったのは別の話。

シェリアとエステルの昔話。

私はギルド〈エデン〉に所属しました、ケイシェリアと申します。

長いのでシェリアと呼んでくださいね。

〈エデン〉に加入して慌ただしくも充実した時が過ぎ、ようやく落ち着いてこの生活にも慣れてきたこの頃。今日も私にしか見えない精霊たちといつもと同じくギルド部屋で戯れておりました。

これは修業の一環で、精霊と戯れ親和性を高めることにより精霊の能力を引き出しやすくなったり、エルフとしてもっと精霊を身近に感じ、力を高めるのに効果的なのです。

そのためエルフは暇があれば精霊とコミュニケーションを取ることが推奨されているわけですね。

とはいえギルド部屋にいる精霊はしゃべれない子しかいないので、こうして戯れているのです。

私の手をブランコに見立てて座っちゃう子もいれば、私の指を鉄棒代わりにしてぶら下がっちゃう子もいます。

みんな小さいですからね。私の指くらい小さいですから。

この子たちは私がギルドに持ち込んだ、〈精霊園〉と呼ばれる3点セット、〈ユグドラシルの苗木〉、〈赤い実〉、〈観葉植物セット〉で生活している子たちです。

今ここには〈火精霊〉〈氷精霊〉〈雷精霊〉〈光精霊〉〈闇精霊〉〈聖精霊〉の6体の精霊が住んでいます。ダンジョンでは『精霊召喚』のスキルで呼び寄せることで力を貸してもらえる、とても大切な子たちです。

あ、〈光精霊〉と〈聖精霊〉が抱き合っています。ああ、とても可愛らしいですね。

思わず溜め息を吐いてしまいます。

「はぁ」

「あら、シェリアだけですか？」

「エステル？　1人なんて珍しいですね」

そこで部屋に入ってきて私に話し掛けてきたのは私と小さな頃から付き合いのあるエステルでした。

「ええ。今はシズが居ますからね。少し時間が出来まして、少し癒しを満喫しようかと」

エステルはラナ殿下の護衛の任務を受けている見習い騎士です。

少し前にラナ殿下の従者が2人加入したので、今は護衛をローテーションしていると話に聞いています。四六時中仕事では身体が参ってしまいますからね。休息は必要不可欠です。

そしてエステルの休息でここに来たということは、やることは決まっています。

「ぬいぐるみですね？」

「もちろんです。ちゃんとシエラ殿から許可は得ていますよ」

「知っていますし、誰でも愛でて良いとおっしゃっていたではありませんか」

そう、ぬいぐるみです。

ここ〈エデン〉のギルド部屋には十を超えるぬいぐるみたちが飾られていますが、これはほとんどシエラ殿が買ってきた物です。理由は私と同期で加入した、ルルのためですね。

ぬいぐるみが嫌いな人は居ません。みんな大好きです。ルルもぬいぐるみがそれはもう大好きで、並々ならぬ持論まで持っているほどです。ああ、可愛い。

ルルはぬいぐるみを見て楽しみ、抱いて楽しみ、愛でて楽しみます。

そして、そんな光景を見て私たちは和まされるのです。おっと思考がそっちへ行きそうになってしまいました。

シエラ殿は誰でも自由にぬいぐるみを可愛がってよいと言っていました、という話です。

「可愛いです」

エステルもすでに三つほどぬいぐるみをお借りし、膝に乗せたり、腕で抱きしめたり、胸の上に置いたりして愛でています。最後のはあれですね、出来る女性と出来ない女性がいるやつですね。

「はう、癒されます」

「……エステル、あなたそんな抱き方をする方でしたか？」

幼少期からエステルを知っている身としては、胸の上にぬいぐるみを乗せ首に寝かせて撫でる今のエステルは、ずいぶんとその、じょ、女性らしくなったと見えました。いえ、これは単純にエステルの発育が良いせいですけど。エルフではどう頑張っても無理です。できません。エルフは成長してもスレンダー体型なのです。巨乳などというエルフは里にも1人も居ませんでした。

「これは仕方が無いのです。小さい頃のように胸で抱こうにも抱けないのですから」

「………」

どうやらエステルは癒しを全力で満喫中のようで、答えに微妙に意識が籠もっていません。つまりテキトーというやつです。

エステルと私は幼少期、それこそ物心付く前からの付き合いです。

昔から私もエステルもぬいぐるみが好きで、よく愛でていました。

ですが、ぬいぐるみはそれなりにお高い物、エステルは騎士家なのでお金持ちですが、私はそこまでお小遣いに余裕があるわけでも無く、エステルとはぬいぐるみをよく貸し借りする仲でした。

私が覚えている幼い頃のエステルのぬいぐるみの抱き方は、常に胸元に寝かせてゆっくり撫でるという動作をするものでした。

ですが成長する毎に発育がよくなり、幼い頃のような愛でるやり方は出来なくなったようです。

エステル曰く、胸が大きすぎて足下やお腹が見えないそうなので自然とそういう抱き方にシフトしたのでしょう。これはちょっと、男性には見せられませんね。私でも少しドキドキしますし。

「ふう。堪能しました。――そういえばシェリアは精霊との戯れですか？」

「ええ。ギルドにも加入しましたし、ゼフィルス殿にも最強になりたいと申しました。ですが、他人任せで最強に至れるなんておこがましいですから。少しでも自分が成長するためです」

ようやくこちらに意識が帰ってきたエステルが、続いて膝に置いたぬいぐるみを愛でながら問いかけてきましたので答えます。エステルには精霊は見えていないですが、私が精霊と絆を深める様子は幼少期から見ているので見慣れたもののはずです。

「私も精霊を見てみたいのですが、小さくて可愛いのでしょう?」

「そうですね。私にとっては大切な隣人のような感覚なのですが、小さくて可愛いですよ」

私は本当に物心付く前から精霊を見て、触れて、共に育ってきましたから感覚的には妹や弟のようなもので、可愛いとかそんな感覚はあまり抱きません。ですが、世間一般からして精霊は可愛い部類になると思います。癒されますし。

「羨ましいですね」

「エステルは小さい頃からそれを言っていますよね」

「だって羨ましいじゃないですか。シェリアだけ精霊が見れて触れるのは羨ましい以外になんと言えば良いのですか」

「それも小さい頃から何度も言われましたね」

これも聞き慣れた台詞です。

エステルは小さい頃からぬいぐるみが大好き、というより可愛い物全般が大好きでした。

ですが、騎士家の娘という身の上で厳しく育てられ、ぬいぐるみを持つ事もあまりできなかったのです。

そのためぬいぐるみは基本的に隠し持つか、私が家に持ち帰っていました。

そしてエステルに会う度に何かしらのぬいぐるみを持って来ては2人で愛でるわけですね。

可愛い物好きのエステルは当然私が帰る時間になると目を潤ませて今のセリフを言っていました。

「ぬいぐるみをいつでも愛でられて羨ましい。精霊とふれ合えて羨ましい」と。

私が精霊と戯れる修業は見慣れているエステルです。精霊がどんな見た目をしているか語る機会は当然のようにあり、それ以来そんなセリフが定着してしまいました。

あの時は帰るのがとても心苦しくて、エステルにはこっそりぬいぐるみを持って帰って隠す方法を教えたりしていましたね。エステルは真面目なので最初は苦労しましたが、次第にぬいぐるみは隠れて愛でるものと学んだようで、今まで一度も家の人に見つかる事無く隠し通しているようです。

さすがは王女殿下の護衛に抜擢されるだけありますよね。優秀ですよエステル。

「羨ましいと言えば、私にとってはラナ殿下の護衛というポジションの方が羨ましいのですけどね」

「これぱかりはシェリアが相手でも譲りませんよ?」

「それは残念です」

私にとってもエステルにとっても、ラナ殿下は可愛い、というのは共通認識です。

正直エステルを見ていると羨ましくなるときがあります。

私もお仕事をするのなら、可愛い子の護衛とかが良いですね。とても充実した毎日を過ごせると思います。まあ、それにしたって修業は大事です。

私は精霊とのふれあいに戻りました。

いつか精霊術師として最強に至るため。エステルのように可愛い者と仕事をするために。

ラナは健気に復習する。

私はラナ。ギルド〈エデン〉に所属するこの国の王女よ。

今日は一風変わった、一般人がよくする作業なるものをゼフィルスから教えてもらったから、その練習をしているの。

「えい！」

私が気合いを入れてそれを振ると「スコーン」というなかなか耳心地の良い音が響いたわ。

今の、悪くなかったんじゃないかしら？

「エステル！　シズ！　パメラ！」

「はい。今のはとても良いスイングでした」

「素晴らしい才能をお持ちですよ。やはりラナ様はなんでもできます」

「どこまでもかっ飛ばせそうな勢いだったデース！」

私のことを見守る3人に聞くと、大体同じ意味のセリフが返ってきたわ。

でも幼いころからの付き合いである私には分かる。エステルもシズも思ったことを口にしているのよね。問題なのはその思っていることが完全に甘々という部分なのだけど、パメラは……どこがかっ飛ばすよ。私はひ弱よ！

ふう、ちょっと落ち着きましょう。

私が手に持ったオノを降ろすと、すかさずエステルとシズが近くに寄ってくる。

「ふう」

「お疲れ様ですラナ様、ジュースをどうぞ」

「ラナ様汗をお拭きしますね」

「苦しゅうないわ」

差し出される飲み物を飲んで、一息入れる。その間にシズがせっせとハンカチで汗を拭ってくれるわ。私はそれを当り前に受け入れるの。王女だもの。

「それにしてもラナ殿下は練習熱心デス。王女なのデスからオノなんて別に振れなくても良いと思うのデース」

「こらパメラ、不敬ですよ」

「別にいいわ。これはね……これはその、ゼフィルスに教えてもらったのよ。『伐採』スキルのやり方だそうよ」

「「ああ～」」

私が少しすまし顔でそういうと、何かを察するようにシズとパメラの口から納得の言葉が漏れる。

むむ、なんだか察せられるのって恥ずかしいわ。私は恥ずかしさを誤魔化すようにやや早口で言う。

「ま、まあ？　突然素材が入り用になって？　ゼフィルスが頼んで来ることもあるかも分からないじゃない？　そんなときその、一度手取り足取り教えてもらったのに出来ないとかかっこ悪いじゃない」

「はい。確かにそうですね」

「練習を怠らないラナ様は素敵だと思います。ゼフィルス殿もきっと同じ事を思うでしょう」

私の言葉にシズが頷き、エステルが私の欲しかった言葉を言う。

そ、そうよね？　それにあんなにしっかりと教えてもらったのに忘れちゃったらその、なんか他のことに気を取られてたんじゃないかとか思われちゃうかもしれないでしょ？

べ、別に私はゼフィルスの腕とか、顔とか、耳元で囁く声とか、男らしい体つきとか手に触れるゼフィルスの感触とかに気を取られていたわけじゃないんだから！

そう、だから練習は必須なのよ！

「でも忘れていた方がもう一度教えてもらえるというシチュエーションが味わえたんじゃないデスか？」

「なんですって……？」

パメラの一言に私は雷でも落っこちたかのような衝撃を受けたわ。

また、ゼフィルスの腕に包まれているようなあの感覚をもう一度？

「ら、ラナ様お気を確かに！」

「ぐっ、い、いいの。エステル、大丈夫よ」

そう、別に惜しいとか思っていないわ。あんなのたくさん受けたら本当に命が危ういもの。だからこれでいいの。うん、いいの……。

「全然大丈夫ではなさそうですね」

「シズは少し口を閉じてなさい。さあ、練習の続きよ！」

そうよ。ゼフィルスに頼まれたとき出来なかったってなるほうが後悔するわ。多分。きっとそう。

「エステル、私は先のことをしっかりと聞いていないのですが、いったい何があったのですか？」

「そうデス。ラナ殿下がゼフィルスさんに『伐採』の仕方を教えてもらったとしか聞いてないデスが。ラナ殿下照れまくっているデス。これは何かあったに違いないデス！」

「そうですね」

「ちょっとエステル⁉」

私が慌ててもエステルは気にせずに従者メンバーに情報共有してしまう。

確かに情報を共有するのは大事だけど、していい情報としなくていい情報ってあると思うのよ！

「ゼフィルス殿がラナ様にですね、こうやって教えたのですよ。こう、後ろから抱きしめるようにですね――」

「ふおおお⁉　頭の後ろ側がとんでもなく柔らかいものにぽよんぽよん押されるデス⁉」

エステルが見本を見せるようにパメラの後ろに回って手を取るけど、その大きな胸がちょうど背の低いパメラの後頭部を直撃したみたい。実は私も何度か味わったことがあるわ。あれ、なんか意識が別の意味で飛ぶのよね。

案の定パメラもエステルの胸に意識を持っていかれてるわ。

「パメラ、しっかりしなさい。私たちにはラナ様のことを知る義務があるのですよ」

「デスが、この感触、が、いちいち意識を持っていくのデス⁉　兵器デスよ⁉」

「大丈夫ですパメラ、ラナ様もゼフィルス殿に後ろから抱きしめられて同じような反応をしていましたから」

「抱きしめられたわけじゃ無いわよ⁉　というか私はそんな反応してないわ！」

エステル、嘘はダメよ⁉　わ、私はそんな動揺なんてしてないわ！

「それで最初の時はラナ様が目を回して意識を飛ばしてしまったのです。護衛として、あの時はひやりとしました」

それは、それよ。ちょっと動揺した時があったかもわからないわね。

「なるほど」

「よ、よくわかるデス。エステルが相手でこれデスから、ゼフィルスが後ろから抱きしめたらもっと凄そうデス」

「だ、抱きしめられたわけじゃないわ！　その、振り向いたらゼフィルスの顔があったのよ」

「ゼフィルス殿の顔を間近に見たため目を回した、ということですか？　……ラナ様が純情で可愛いです」

「こらシズ！」

た、確かに醜態をさらしてしまったかもしれないわ。

でもしょうがないじゃない。ゼフィルスの顔が近くにあって、後ほんの少し迫れば、迫れば……。

ううっ。

「わ、ラナ殿下の顔が真っ赤デス！」

「思い出してしまったのですね。……これでごはんが美味しく食べられそうです」

シズがなんかボソッと呟いたわね。なんて言ったのかしら？

たまにシズは私に聞こえないくらいの声で何か呟いているのよ、そう言うときに限ってなんだかよくない感覚が過ぎるのだけど、気のせいかしら？

「と、とにかくそのことはもういいのよ。エステル、いいのよ？　分かった？」

「はい。ですが共有しておくべき所は共有しておかなければなりません。——シズ、パメラ。まとめますと、ラナ様はゼフィルス殿から教えてもらったことだからこそこうして真に打ち込んでいるのです」

「とても納得しました」

「突然『伐採』の練習をすると言った時は何事かと思ったデス」

む、むう。確かに共有すべき所はあるかも知れないわね。

でもゼフィルスから教えてもらったことだからのくだりはいるかしら？　エステルの主観が強く入ってない？

「ですがそういうことでしたら私たちは練習に賛成です」

「上手くなったラナ殿下の『伐採』をゼフィルスさんが見たとき、なんて思うデスかね」

「………………」

3人の視線が私に集中する。

パメラが良いところを突いたからね。

べ、別に？　教えたことを相手が練習してさらに上手くなっていたらゼフィルスも嬉しいでしょうし？　なんて、そんなことは全然考えていないんだからね！

私は3人に背を向ける。

と、とにかく練習よ！

私は吹っ切れるようにまたオノを持ち上げ、木に向かって水平にスイングする。

「『伐採』！」

スコーンという気持ちの良い音と共に木は伐採されて素材になったわ。

うん。もう完璧じゃないかしら？

「お見事ですラナ様。それほど上手くオノを水平に振るのはなかなか難しいのですよ？」

「さすがはラナ様ですね。飲込みが早いです」

「これならゼフィルスさんもラナ殿下を褒めてくださるデース」

エステルとシズの言葉に気をよくした私は次々と木を伐採していったわ。パメラは後でお説教よ。

王女をイジるなんてとんでもないことだわ！

うん。それからもスイングが的確で百発百中、百成功ね！

だいぶ上手くなった実感があるわ。だからゼフィルス、いつでも『伐採』を頼んでいいわよ！

でもちゃんと褒めなさいよね！

あとがき

こんにちはニシキギ・カエデです。

『ゲーム世界転生〈ダン活〉～ゲーマーは【ダンジョン就活のススメ】を〈はじめから〉プレイする～』第06巻をお手に取っていただき、誠にありがとうございます。

そして、この本をお買い上げいただいた貴方には、最大の感謝を！

こうして無事巻数を重ねる事が出来たのも、応援してくださる読者の皆様のお陰です！

これからも頑張って面白さを追求していきますので、今後ともよろしくお願いいたします！


第06巻はリカとカルアと一緒のダンジョン探索&ギルドバトル編となりました。

中級ダンジョンに進出したリカとカルアを組み込んだゼフィルスパーティの活躍。そしてギルドバトルでもリカとカルアは参戦するなど、2人の活躍をメインとして書かせていただいた巻でした。

もう表紙から挿絵までリカとカルアのかっこよくも可愛く、和む絵でいっぱいでした！

これだけでも感謝感激雨あられでしたよ！

特にリカのユニークスキル『双・燕桜』の挿絵がカッコ良すぎでした！

カルアはリカと絡むともう愛くるしい子猫みたいで可愛かったですね。特に〈六雷刀（ろくらいとう）・獣封（けものふうじ）〉がドロップしたときの抱擁シーンは和み度３００％でした。もう作者も自分で何を言っているのか分かりません！　寿命ががっつり増えた心地です！

そして挿絵と言えば、実はこれも初登場。〈ダン活〉ではお馴染み、ボス周回では外せない。〈レアモンの笛（ボス用）〉通称〈笛〉！

今回は〈笛〉が8個も登場する、まさに〈笛〉が大活躍する巻で、絶対に〈笛〉の挿絵は入れてほしいと担当者様に頼み込んでしまいました！

いざ〈ビリビリクマリス〉に挑む直前。ゼフィルスが「やるぜやるぜ」という顔をしながら持っているのが〈笛〉です！　縦笛に円形が付いていて、5個のランプが光っていますね。使うと1個ずつランプが真っ白に消えていきます。これを見せていただいた時はとても感激しました！

また紙媒体の書籍版ですと、カバーをめくった裏表紙に〈笛〉の全体像が載っていますので是非見てみてください！

また、本巻では第3回目のギルドバトルが行なわれましたが、その挿絵も書籍版オリジナルを掲載させていただきました！　サターンたちがどの位置にいて敗北したのか、ゼフィルスが考える効率的な初動のマス取りなどがしっかり画かれています！

はっ！　挿絵にテンション上がって書きまくっていたらもう残り僅かに⁉　今回はこの辺で！

最後に謝辞を。

担当のYさんを始めとするTOブックスの皆様、素敵なイラストを描いてくださった朱里さん、本巻の発行に関わってくださった皆様、そして何より本巻を手に取ってくださった読者の皆様に厚く御礼を申し上げます。

また、次巻でお会いしましょう。

ニシキギ・カエデ

GAME ADDICT PLAYS "ENCOURAGEMENT FOR JOB HUNTING IN DUNGEONS" FROM A "NEW GAME"

ゲーム世界転生

〈ダン活〉

〜ゲーマーは[ダンジョン就活のススメ]を〈はじめから〉プレイする〜

REINCARNATION IN THE GAME WORLD DANKATSU

@COMIC

第6話

▶ たのしよみ
はじめから
つづきから

漫画：浅葱洋
原作：ニシキギ・カエデ
キャラクター原案：朱里

第6話

どりゃっ
ギャン
ガ
ガ

よっしゃ
12回目クリアだぜ!!
お疲れ様
ゼフィルス君
今回のって一番
早かったんじゃない?
だな!
クマアリクイ
相手にするのも
慣れてきたし
ハンナも戦闘に
参加してくれる
ようになったからな
ゼフィルス君のスキル
『アピール』のおかげ
だけど
えへへ
いやいやいや
いくら俺がヘイト
取ってるからって
ボスに躊躇なく
行けるって
才能だと思う
結構怖いぞ
リアルボス

救済場所に戻って強力なスキルで門をドカンってすると
ボスがリポップしちゃうなんてびっくりだよ
本来「ボス攻略者が転移陣で去ったあとにリポップする」だしな
だから学園でも「次の人に迷惑が掛かるので必ず転移陣で帰還しましょう」って教える
だから内緒なんだね
そうそう
ってことにしとこう
でもコレ公式公認の技なんだよな
通称〈公式裏技戦術ボス周回〉だし
学園生活は３年間タイムアップでゲームオーバーを迎えたくなければボス周回推奨!!
開発陣
すぐ13回目始める?

いやさすがにMPが枯渇した
ボスリポマラソンは1度引き上げよう
じゃあ戻る？
いや階層を戻る
!!

それマナー違反じゃ
まぁ今は俺たちがこのダンジョン独占中だし
もちろん帰りは転移陣を使う

問題なし！
グッ
ぐっ
うーーん
それなら…
いい
ギッ
…のかな？

ねぇ
ゼフィルス君
この腕輪って
なんだろう？
!!

こいつは〈『ゲスト』の腕輪〉だ！
初級下位じゃ間違いなくトップレベルのレアドロップだぞ!!
うおおおお
え！
うそ
やった――!!

これのせいで初級下位の真の大当たりは〈金箱〉ではなく〈銀箱〉って言われたほどだ
いつかは当てたいと思ってはいたが
まさかこれほど早く当てるとは
それ どんな効果があるの？
わっ
わっ
〈パーティメンバーとは別枠でパーティに参加できる〉
…うん
あー…そうだな
さっきの見た目が暑苦しい筋肉パーティ思い出してみ
パーティって最大5人までだろ？
あ！

ダビデフ教官がゲスト!?
正解

ちなみにゲストは戦闘に参加できない
したら自壊する限定条件付きだ
でもそこを抜きにしてでもひとり増やせるメリットは大きい

しかもほぼ売りに出されることがないうえ
学園側で高値で買い取ってくれるが…
レアって高そう!!

うん
ナイショにしておこう
よし！
階層に戻って
ザコ倒しつつ
MPが回復したら
ボス周回始めるぞ！
うん!!

6層まで戻り9層まで
資源と素材回収を
続けること2時間
せっ
せっ
俺のMPが60ほど
回復したので
ボス周回を
再開

30分後

本日のボス周回終了!!
お疲れ〜
ラストも〈銀箱〉か何かいいもの出たか？
MPすっからかんだぜ
お疲れ様
腕輪ドロップしてから毎回言ってるよねそれ

まぁ
そうなんだけど～
〈『ゲスト』の腕輪〉から
5周目の〈銀箱〉だし
そろそろ
来ても…
それっ
レアだレア！
〈フレムロッド〉
そんなに
ポンポン
出ないから
レアなんでしょ
〈フレムロッド〉
攻撃力2　魔法力 11
『ファイヤーボール　LV. 2』
続きはコロナにてお楽しみ下さい！▶

第7巻も強ジョブ・お宝超ゲット! お楽しみに!
2023年秋発売!
S〈エデン〉全員(メンバー)総力戦開始!!

07
次巻予告
ゼフィルスへの
嫉妬に狂った男たちと
前代未聞の
GAME ADDICT PLAYS "ENCOURAGEMENT FOR JOB HUNTING IN DUNGEONS" FROM A "NEW GAME"
ゲーム世界転生
〈ダン活〉
〜ゲーマーは【ダンジョン就活のススメ】を〈はじめから〉プレイする〜
REINCARNATION IN THE GAME WORLD DANKATSU
ニシキギ・カエデ
イラスト：朱里

ゲーム世界転生〈ダン活〉06
~ゲーマーは【ダンジョン就活のススメ】を
〈はじめから〉プレイする~

2023年9月1日　第1刷発行

著　者　ニシキギ・カエデ

発行者　本田武市

発行所　TOブックス
〒150-0002
東京都渋谷区渋谷三丁目1番1号　PMO渋谷Ⅱ　11階
TEL 0120-933-772(営業フリーダイヤル)
FAX 050-3156-0508

印刷・製本　中央精版印刷株式会社

ISBN978-4-86699-918-0

Printed in Japan